Grama de Vidro

Grama de Vidro.
Copyright © 2023 by Débora Ciampi Eller
Copyright © 2025 by Novo Século Editora Ltda.

Direção editorial: Luiz Vasconcelos
Produção editorial e aquisição: Mariana Paganini
Preparação: Renata Panovich
Revisão: Karoline Panato Hilsendeger
diagrama: Ana Maria Duarte
Diagramação e Capa: Alexandre Santos

Texto de acordo com as normas do Novo Acordo Ortográfico da Língua Portuguesa (1990), em vigor desde 1º de janeiro de 2009.

Dados Internacionais de Catalogação na Publicação (CIP)
Angélica Ilacqua CRB-8/7057

Eller, Débora Ciampi
  Grama de vidro / Débora Ciampi Eller. —— Barueri, SP : Novo Século Editora, 2025.
  280 p.

ISBN 978-65-5561-992-8

1. Ficção cristã I. Título

25-0506 CDD-B869.3

Índice para catálogo sistemático:
1. Ficção cristã

uma marca do
Grupo Novo Século

GRUPO NOVO SÉCULO
Alameda Araguaia, 2190 — Bloco A — 11º andar
Conjunto 1111 — CEP 06455-000
Alphaville Industrial, Barueri — SP — Brasil
Tel.: (11) 3699-7107 |
E-mail: atendimento@gruponovoseculo.com.br
www.gruponovoseculo.com.br

DÉBORA CIAMPI ELLER

Grama de Vidro

SÃO PAULO, 2025

Para aqueles em busca do seu lugar de paz.

Que tal ouvir a playlist do livro para já ir entrando no clima?

Ou pesquise por *Grama de Vidro* na barra de busca.

Boa leitura!

"Presa em laços de trevas,
Sua luz os nós desfaz."

— "Lugar de paz", de Madu Rios

Capítulo 1
Queria um banho, recebi um ataque cardíaco

É claro que isto iria acontecer. Falando em termos óbvios.

Recorramos à matemática básica para explicar tal fenômeno:

Melhor amiga podre de rica + essa mesma amiga ser completamente fissurada por uma *boyband* desde os nossos 12 anos = ir ao show dessa *boyband* em outra cidade com sua melhor amiga.

E é isso aí.

— Tá, Madu, qual playlist você quer ouvir? — Não apenas a voz de Carol como todo seu corpo exalam animação enquanto ela conecta o celular ao rádio do carro pelo bluetooth. — A da Glass geral, a específica do Peter, a do Drew, a do Derek ou a do Josh?

Nenhuma das alternativas anteriores, penso ao manobrar para sair da locadora de automóveis do aeroporto.

Sim, minha amiga tem uma playlist específica para cada um dos garotos da Grass of Glass. Todas as canções da banda têm um solista principal e Carol as juntou em playlists de acordo com esse critério.

E, sim, minha amiga é tão, mas tão fã que, mesmo eu não curtindo tanto a banda, sei tudo o que se tem para saber deles. Sei a letra de cada música e cada informação inútil que se possa imaginar sobre a vida pessoal de cada um dos quatro meninos. Não é como se eu tivesse outra opção. Qualquer pessoa que conviva o mínimo com a Carol já vai saber o máximo sobre a Glass.

— E se a gente ouvisse a playlist de *O rei do show*? — Abro um sorriso incerto, mas com um pinguinho de esperança, considerando que esse é nosso musical preferido.

Não é nem que eu não goste da Grass of Glass, é só que não sou fã. Eles têm algumas músicas bem legais e uma ou duas de que eu realmente gosto, mas a questão é que o som deles não é meu estilo de música favorito.

— Ai, amiga, é que estamos a exatamente três semanas do show! — Carol solta com um muxoxo. — Já queria entrar no clima!

Vamos ter vinte e um dias intermináveis para isso!

Além do mais, essa não é a primeira vez que ela vai a um show da Grass of Glass! Como Carol é milionária, ela já foi a tantos outros shows deles que já perdi as contas.

Até *eu* já fui a alguns shows da Glass. E só por mera consideração à minha amiga, porque não gosto de muvuca, nem de som alto, nem de muita interação social.

De qualquer forma, resolvo ser legal e ceder:

—Tudo bem... — Não consigo conter um suspiro. — Vamos ouvir a do Peter, então.

Essa, para mim, foi a escolha mais óbvia, porque, dos quatro integrantes da banda, Peter é o mais alegre, o que se reflete até nas músicas que ele sola — com exceção de uma. E, sempre que posso, escuto coisas capazes de aflorar esse lado mais otimista dentro de mim.

Sem precisar de mais incentivo, Carol coloca a playlist com as músicas da Glass soladas pelo Peter para tocar. E é claro que é justamente a única canção dele de que eu não gosto que ecoa pelos alto-falantes do carro.

— Ah, não, Carol... Essa não...

— Mas "If no one" é minha preferida dele! — Carol faz um biquinho.

— Mas ela é uma das mais pesadas da Glass! — Recorro ao meu argumento de sempre.

— Tá bom, tá bom...

Carol suspira e passa para a próxima música da playlist.

A voz aveludada do cantor preenche o carro pelo restante do caminho, acompanhada pela Carol, que não erra sequer os momentos em que ele pausa para respirar. Cantarolo cada música também, de forma distraída, atenta ao trajeto indicado pelo GPS até nosso hotel, que é só um dos principais do Rio de Janeiro.

"O maior de Copacabana", segundo o carinha que pega nossas malas após deixarmos o carro alugado com o manobrista. Coisa pouca, como podem ver.

Seguimos o moço até a recepção, enquanto admiro, impressionada, tudo ao meu redor. Não é a primeira vez que viajo com a Carol, então não é a primeira vez que fico em um hotel de gente rica, mas ainda assim não me acostumei a todo esse luxo.

O ar-condicionado está no talo e fico com frio assim que pisamos no interior do hotel. A moldura dos quadros, as paredes e os móveis são todos em tons de dourado, as superfícies ou são espelhadas ou são de vidro, dando um ar ainda mais sofisticado ao local.

As pessoas em volta falam baixo, como se sons altos não pertencessem a um lugar requintado como este. Amei, claro.

Os sussurros preenchem o ar ao nosso redor com os mais diversos idiomas. Escuto um pouco de espanhol, francês e outras línguas que não identifico, mas a que mais se sobressai é o inglês. Para a minha surpresa, a única língua que não ouvi pelos corredores até agora — com exceção do funcionário com nossas malas — foi o português.

— Tem certeza de que brasileiros podem se hospedar aqui? — pergunto para Carol, em tom de brincadeira.

Ela revira os olhos com um sorrisinho de canto.

— Não, Madu, eles selecionam os hóspedes com base na nacionalidade.

Dou uma risadinha.

Depois do que pareceram *horas*, considerando que é janeiro e o hotel está cheio por ser alta temporada, vamos para o nosso quarto. Ele fica na ala dos mais ricos, pelo que posso perceber, já que é de acesso restrito e há vários seguranças na frente da maioria das portas.

Felizmente, Carol nunca precisou de guarda-costas, porque, ainda que seja podre de rica, não é famosa; então, sem brutamontes na nossa cola!

Ao observar o corredor, vejo mais guardas do que portas, o que me faz questionar quem são os nossos vizinhos.

Querendo sair da vista desses homens do tamanho de armários, coloco o mais rápido possível meu cartão na frente da maçaneta, para destravar a tranca magnética, e abro a porta, entrando logo em seguida. Assim que a fecho e relaxo, quase perco o ar com nosso "quarto" — entre aspas, porque está mais para um apartamento.

Logo que entramos, damos de cara com a sala e somos recebidas por uma vista fenomenal da praia. Uma porta de correr de vidro conduz até uma varanda que fica de frente para o mar, dando a impressão de que bastaria estender a perna para mergulhá-la no oceano.

Ainda na sala, há uma bancadinha e um frigobar — que mais parece uma geladeira pequena. De frente para a bancada, tem um sofá e uma mesa — bem grande, com lugar para pelo menos seis pessoas.

Da sala, se virarmos para a esquerda, encontramos o banheiro. À direita, fica o resto do apartamento, que consiste em dois quartos apenas — enormes, é claro —, com uma cama de solteiro em cada. Na verdade, preciso ser justa: as camas podem até ser de solteiro, mas aposto que o tamanho é de uma *king size*. Além disso, a aparência é tão confortável que me faz querer deitar na hora!

Ainda estou embasbacada com a grandiosidade de tudo aqui quando Carol me vem com a seguinte frase:

— É, até que é um quarto bem razoável.

— Razoável?! — Arregalo os olhos, beirando a indignação.

— É, já me hospedei em melhores — ela comenta, não para se exibir, porque a Carol não é assim. É só que, para ela, ser rica é algo tão normal que, de vez em quando, faz comentários ostensivos sem nem perceber.

— Bom, esse é com certeza o melhor hotel em que já fiquei — digo. — Muito obrigada de novo por tudo isso! Sério! Não sei nem como te agradecer pelo tanto que você me mima!

Dou um abraço nela.

— Imagina, amiga! Você sabe que odeio viajar sozinha, então no fim é bom para nós duas! — Carol retribui meu abraço.

A primeira coisa que fazemos é ir para a praia, claro. Como boas brasilienses, nosso maior desejo ao chegar em qualquer cidade litorânea, é matar as saudades do mar!

Afundo os pés na areia e desfruto do vento salgado soprando em minha pele. O som das ondas quebrando ao redor e nas minhas panturrilhas é como uma sinfonia da natureza, mais eficaz que qualquer calmante.

Fecho os olhos e ergo o rosto para o céu, absorvendo os raios solares que aquecem minhas pálpebras. Respiro fundo, inalando os aromas marítimos de que tanto senti falta.

Na minha cabeça, sempre tomada por alguma música, em uma espécie de trilha sonora eterna e particular, está tocando "Volver", do João Manô. A letra se encaixa com perfeição ao momento: "Quero o mar / Quero a areia e seus lençóis / Quero o pôr do sol / E as correntes de ar / Pra me lavar do que / Tanto me prende aqui / Meu Deus me bastará".

Sorrio. A natureza sempre me lembra da grandeza do nosso Criador. Os céus de fato proclamam a glória de Deus[1]. Bem que Jesus nos disse para observar os pássaros e as flores do campo para nos livrarmos das ansiedades da vida[2].

Sentindo-me nova depois de ser lavada pelas ondas, deito-me na canga que trouxemos. Carol me acompanha, estirando-se ao meu lado. Aproveito para ler um livro e minha amiga mexe no celular.

— Madu, você *precisa* ver a foto que o Drew acabou de postar! — Carol diz empolgada, como se alguém tivesse acabado de descobrir a cura para o câncer.

---

[1] Salmo 19.1.

[2] Mateus 6.25-34.

"Precisar" é uma palavra muito forte, penso, e meu rosto acompanha o raciocínio, assumindo um ar irônico. Felizmente esse foi o máximo de opinião que expressei, mantendo a resposta mais grossa dentro de mim, como a menina educada que sou — ou, pelo menos, tento ser.

Pego o celular de Carol e vejo a foto sem um pingo de interesse. Drew, que era quem segurava o celular para tirar a selfie, estava sentado ao lado de Peter em um jatinho. Do outro lado do corredor, estavam Josh e, no banco mais afastado da foto, Derek.

Com exceção de Derek, cuja capacidade de esboçar qualquer emoção remotamente feliz parece não ter sido incluída no pacote quando foi criado, os outros três sorriem para a foto. Drew exibe seu típico sorriso charmoso; Josh, um mais sóbrio; e Peter coloca a língua para fora, do seu jeito travesso de sempre. Derek, cujo sorriso só devo ter visto no máximo três vezes em todos esses oito anos acompanhando a banda, apenas ergue as sobrancelhas, como se o mundo não fosse digno de vê-lo.

Os quatro integrantes da Grass of Glass com certeza explicam o motivo de Carol ter surtado ao ver o post de Drew.

— Você já tirou um *print* dessa foto, né? — pergunto, em um tom monótono, conhecendo bem minha amiga.

— Assim que ela apareceu no meu *feed* — Carol responde sem nem se abalar e estende a mão em um pedido silencioso para que eu devolva seu telefone.

Voltamos para o hotel horas mais tarde e já me sinto outra pessoa. Nada como um bom mergulho no mar para renovar nosso espírito!

Enquanto passamos pelo saguão, reparo que há muito mais seguranças espalhados por aí do que eu tinha percebido no primeiro momento.

Conforme inspeciono os arredores, entendo o motivo para tantos guarda-costas: muitas celebridades estão hospedadas aqui. Em apenas uma caminhada rápida pelo hotel, vi uma cantora pop mundialmente famosa saindo do elevador e entrando em seu carro superchique; um jogador de futebol na recepção, meio que discutindo alguma coisa com a pobre recepcionista; e um senador conversando concentrado pelo celular.

Chegamos ao nosso quarto, tomamos um banho para nos limpar da areia do mar e depois pegamos o carro alugado para explorar esta Cidade Maravilhosa.

Estamos no Rio há dois dias e nossa rotina tem sido basicamente ir à praia, comer e fazer compras. Não fomos nem ao Cristo Redentor nem ao Pão de Açúcar, porque ambas já estivemos aqui antes com nossas famílias e conhecemos esses pontos turísticos.

Então, aqui estamos nós, cumprindo nossa rotina horrível e indo ao shopping depois de um dia no mar. Ah, que vida cruel. Que pena de nós duas.

— Madu — Carol me chama —, a gente precisa comprar roupas novas para arrasar daqui a dezenove dias.

— Dezenove dias? — Não sei por que pergunto, pois seu tom de voz deu a entender que ela poderia me dizer também quantas horas e minutos faltavam.

— É, no show!

— Ah, sim, claro! — falo, um tanto confusa. Achava que ela já tinha uma roupa para o show.

Enquanto estávamos no shopping, Carol, de tempos em tempos, checava o celular. Ao reparar meu olhar feio, pelo fato de eu estar sendo trocada por uma tela, Carol assume um tom de lamento e diz:

— Desculpa, amiga! É porque tô tentando descobrir quando os meninos vêm para o Brasil! — Ela mexe o polegar, subindo o *feed* do Instagram. — A equipe deles não tá divulgando muito sobre a agenda dos meninos nos dias antes dos shows aqui. Aí, a gente tá ficando doida, tentando descobrir por nós mesmas...

Em situações como essa, quando a Carol fala no plural, "a gente isso, a gente aquilo", ela na verdade se refere a ela e às outras *glassies* brasileiras. Ao que tudo indica, nenhuma delas acha razoável a banda querer se preservar o mínimo possível ao não revelar cada mísero detalhe dos passos que darão pelos próximos dias.

Carol estende o celular na minha direção e mantém o polegar pressionado na tela, a fim de me mostrar um *story*.

— Olha isso aqui — ela pede. — Para você, esse lugar é no Brasil?

Na foto, dá para ver apenas Peter de frente para uma parede, com seu sorriso arteiro típico e a pequena cicatriz perto do lábio inferior. Bem no cantinho da foto, aparece uma parte mínima de uma janela, em que é possível ver apenas uma rua asfaltada e parte de um carro em movimento.

Olho para Carol sem acreditar que ela quer mesmo tentar especular onde eles estão a partir dessa foto.

— Não faço ideia, amiga — respondo. — Poderia ser literalmente qualquer lugar.

Carol solta um suspiro inconformado.

Depois disso, permanecemos mais algumas horas no shopping. No fim, ela não encontrou nada que lhe agradasse e preferiu manter a roupa que tinha planejado usar originalmente no show.

Quando voltamos ao hotel, aproveito para tomar uma ducha. Mesmo sendo noite, estou toda suada e morrendo de calor. A hashtag Rio 40 graus não existe à toa e, após um dia inteiro zanzando por aí, eu já estava precisando de uma refrescada.

Tomo meu banho como sempre: cantando. Em alguns dias, acompanho uma das minhas playlists do Spotify; em outros, como hoje e na maior parte das vezes, prefiro cantar à capela mesmo.

Minha voz ecoa pelas paredes do box com minhas músicas preferidas, que vão desde *O rei do show*, passando por louvores e terminando em músicas mais antigas, como as de Celly Campelo ou Vencedores Por Cristo.

Mas então acontece algo que *não* é como sempre: eu tinha plateia, e não era a Carol nem o povo lá de casa.

Tudo bem, "plateia" não é a palavra certa, porque dá a impressão de que alguém me assistia. Acho que a palavra mais adequada seria "ouvinte", uma vez que tinha um ser me ouvindo, sabe-se lá de onde.

— Wow, não para de cantar, não! — A voz em inglês ecoa um tanto distorcida pelo banheiro.

Fico tão chocada que escorrego em sei lá o quê — provavelmente na água com restos de sabonete e shampoo no chão — e quase caio. Meus pés devem ter feito um som de "estou deslizando" e meu tapa espalmado no vidro do box para evitar minha queda deve ter feito um barulho maior do que eu imaginava, porque a voz vinda do além pergunta:

— Está tudo bem?

— Hã... — resmungo, incapacitada de formular qualquer frase.

Que que tá rolando, meu Senhor?

AI, CARAMBA!

SERÁ QUE ELE TÁ ME VENDO?

AI, CARAMBA! AI, CARAMBA! AI, CARAMBA!

Enrolo-me na toalha, meio desesperada, e olho em volta — no exaustor em cima do box, em algum possível buraco embaixo da privada ou da pia — em busca de algum rosto, ou olhos, ou até uma câmera! Mas não vejo nada. Só uma pequena janelinha para ventilar o banheiro, na parte de cima de uma das paredes do box, que dá para o interior de concreto do prédio.

Por via das dúvidas, tento checar essa janela também, para descobrir se dá para ver alguma coisa. Só que essa foi uma péssima ideia, considerando que a janela está uns muitos centímetros acima de mim, e estou molhada, e não tem nada para eu subir, então preciso *pular* para tentar ver o que tem do outro lado da janela — o que, como já disse, foi uma *péssima* ideia, porque o chão *também* está molhado! — e acabo de fato caindo dessa vez.

— Você está bem...? — a voz pergunta ao ouvir o baque do meu corpo encontrando o chão. — Você fala inglês?

— Sim — enfim digo alguma coisa, só que na língua errada. Corrigindo-me, continuo: — Sim, estou bem e, sim, falo inglês.

Como eu dizia isso no idioma em questão, minha resposta ficou um tanto redundante, mas não posso fazer nada, não me encontro no meu estado normal no momento.

Estou em um banheiro que não é meu, enrolada numa toalha, toda molhada e encharquei o banheiro todo, TUDO PORQUE UM

ESTRANHO COMEÇOU A FALAR COMIGO NO MEIO DO BANHO!

— Desculpa se te assustei — ele diz, como se meu surto fosse audível no silêncio que pairava entre nós.

— Há... Não é nada... — respondo, porque não sei o que dizer, apesar de ser, sim, *alguma coisa*!

— Mas está tudo bem? Ouvi o barulho de algo caindo.

— Tudo ok.

Ficamos em silêncio por alguns segundos, então aproveito para fazer a pergunta que não quer calar:

— Há... Você consegue, tipo... me *ver*?

Tenho que parar de ficar falando "hã" o tempo todo.

— Não.

Graças a Deus!

Meus ombros relaxam e solto o ar que ficou entalado nos pulmões pelos últimos minutos.

— Você consegue? — ele indaga. — Me ver, quero dizer.

— Não.

— Ainda bem.

Ninguém fala nada por uns dois segundos, até que ele quebra o silêncio:

— Foi mal te assustar assim, mas é que sua voz é muito bonita. Tipo, muito mesmo. Não deu para ouvir e não falar nada.

— Ah, tá. — *Nossa, como sei interagir com pessoas*. Percebo que falei em português, então, em uma tentativa de corrigir a falta de tato, digo agora em inglês: — Obrigada.

— Pode continuar cantando. Não quis te interromper nem nada assim.

Demoro para responder, decidindo se falo a verdade ou se falo que já estava de saída e vou embora com condicionador e sabonete no corpo mesmo... Mas aí as circunstâncias decidem por mim e cai um pouco do produto para cabelo nos meus olhos, obrigando-me a ser sincera:

— Na verdade, não me sinto exatamente à vontade para cantar agora... — Solto uma risada nervosa.

— Ah, entendi. Que pena, então... Eu que saio perdendo. Mas, realmente, isso foi um pouco bizarro, imagino. — Ele pigarreia.

— Me desculpa mais uma vez, não foi minha intenção ser sem-noção nem qualquer coisa do tipo.

O ar sai pelas minhas narinas em uma lufada estranha, que era para ter sido uma espécie de risada, e escuto uma porta sendo aberta.

— Acho que vou indo, então... Foi um prazer — ele diz, mantendo aquela cordialidade usual de quando você conhece alguém, EXCETO QUE ISSO NÃO FOI NEM UM POUCO NORMAL!

Então, como ainda estou consideravelmente surtada com isso tudo, respondo de forma brilhante com um:

— Aham.

Não tenho certeza, mas acho que ouvi uma risadinha.

— Tá, e você ficou desesperada por causa disso? Até parece que nunca ouviu ninguém de algum banheiro ao menos uma vez na vida! Fala sério, isso é a coisa mais normal do mundo — Carol revira os olhos.

— É, tá, mas acontece que NINGUÉM NUNCA *FALOU COMIGO DURANTE MEUS BANHOS!*

— Ai, Madu, para de drama, eu, hein. Ninguém viu nada... nem dá para ver nada, inclusive.

Respiro fundo e reflito sobre o que ela falou.

— Tudo bem. Você tem razão, talvez eu tenha surtado à toa.

— Tá, mas e esse cara é americano? Você disse que ele falou em inglês com você, né?

— É, mas não dá para ter certeza de onde ele é. Todas as vezes em que interagi com algum dos hóspedes aqui no hotel foi em inglês, então ele meio que pode ser de qualquer lugar do mundo.

— E quantos anos ele tem? Qual o nome dele?

— Sei lá. A gente não teve exatamente uma conversa, sabe...?

Carol balança a cabeça em descrença.

— Fala sério, Madu! Como assim rola um negócio desses e você nem faz nada? Não é como se isso acontecesse todo dia.

— Não era você que tava me falando agorinha que ouvir as pessoas pelo banheiro é a coisa mais natural do mundo? — Cruzo os braços.

— Sim, mas *conversar* com alguém pelo banheiro não é comum.

— Ahá! — Aponto um dedo na cara dela. — Então você *admite* que o que aconteceu não foi normal!

Minha amiga revira os olhos, mas seus lábios se erguem de leve nos cantos.

— Sim, admito, ok? Mas não acho que isso seja um motivo para surtar. Na verdade, é uma oportunidade incrível.

— Oportunidade de quê? — Solto uma risada de escárnio. — Fazer amizade com um completo desconhecido pela janelinha de um banheiro de hotel?!

Carol ergue as sobrancelhas em desafio.

— E por que não?

— Porque isso seria loucura! Além do mais, você sabe muito bem que não saio por aí fazendo amizade com qualquer um.

— Não... — Carol me corrige, erguendo um dedo. — A Madu *do passado* não saía por aí fazendo amizade com qualquer um. A Madu *de hoje* está bem mais sociável, precisamos reconhecer seus avanços.

Reviro os olhos, mas acabo sorrindo. Realmente, melhorei bastante — depois de muito esforço e oração — nesse quesito ao longo dos últimos anos.

— Tudo bem — digo —, talvez você esteja certa. Mas, de qualquer forma, fazer amizade pelo banheiro já seria um pouquinho demais para mim.

No dia seguinte, eu e Carol acordamos mais tarde, quase na hora do almoço, e resolvemos andar pela cidade o resto do dia e ir à praia à noite, para dar uma variada.

Assim, aqui estamos nós, deitadas em nossas toalhas e tomando um banho de lua. Celly Campello ficaria orgulhosa de nós — e esse é justamente o tipo de comentário que nem me dou ao trabalho de fazer com outras pessoas. No geral, ninguém da minha idade pega esse tipo de referência mais antiga. Até explicar que Celly Campello foi a cantora brasileira que gravou "Banho de lua", muito da minha bateria social — que já é pouca — teria sido usada.

— Amiga — a voz eufórica de Carol me desperta —, esse lugar com certeza é o Brasil!

Ela enfia o celular na minha cara, mostrando um *story* de Drew.

Deixo meu Kindle de lado, em cima da toalha em que estou deitada, e pego o celular para ver o que minha amiga me mostra.

Drew aponta animado para um letreiro enorme com a divulgação da turnê da Glass. Como não é possível enxergar direito as letras do pôster, fica difícil tentar descobrir o país em que eles estão pelo idioma na imagem.

— Não tô vendo nada de mais... — comento, ainda observando a foto.

— Como não?! — Carol pergunta. — Olha isso aqui!

Ela aponta para o cantinho da imagem. Estreito os olhos e aproximo o rosto do celular, numa tentativa de ver o que quer que seja que ela está indicando.

— Tá vendo? — *Não*. — Dá para ver uma pichação ali embaixo!

Franzo o cenho para Carol. Ela não pode estar falando sério.

Tem umas duas linhas pretas no canto inferior direito da foto que poderiam ser qualquer coisa.

— Onde mais teria uma pichação senão no Brasil?! — Ela arregala os olhos para mim, como se seu argumento fosse irrefutável.

Balanço a cabeça, sem acreditar.

— Amiga, sinto muito por ser eu a ter que te dar essa notícia, mas, diferente do que dizem por aí, a pichação não é patrimônio brasileiro, ok?

Carol revira os olhos.

— Aff, esqueci que não dá para conversar com você sobre essas coisas! — Ela se levanta, juntando seus pertences.

— Aonde você vai?

— Para o quarto, onde posso criar minhas teorias da conspiração em paz com minhas amigas *glassies*!

Dou uma risada, mas me levanto e junto minhas coisas também.

Chegando ao nosso apartamento, vou direto para o banheiro enquanto Carol já está em chamada de vídeo com algumas amigas que fez pelos *fandoms* da Glass de que ela participa, em especial o @glassielidades, o perfil no Instagram voltado para o universo da banda que a Carol administra.

Tomo banho com tranquilidade, cantando minhas músicas preferidas e aproveitando para tirar bem a areia e o suor da pele.

Quando fecho o chuveiro e começo a me secar, ouço de novo o cara de ontem.

— Ae! Fico feliz de te ouvir cantar de novo.

Ok. Momento constrangedor.

Tinha esquecido *completamente* que eu podia ser ouvida aqui!

Mas calma, Maria Eduarda, não há motivos para surtar.

Como foi que a Carol me disse ontem? "Ninguém viu nada, não dá para ver nada."

Esse surto, por incrível que pareça, durou apenas um milésimo de segundo, então decido agir normalmente — ou o mais perto disso que consigo. Resolvo ver essa situação inusitada pela ótica da Carol. Como uma oportunidade não para surtar, mas para, quem sabe, e contra todas as expectativas, fazer alguma espécie — bem estranha — de amizade nova.

Se as coisas tomassem um rumo estranho, eu apenas cortaria contato, nunca mais cantaria no banho neste hotel, nem falaria com ele. E ainda reclamaria na recepção em relação a isso e pediria para Carol e eu mudarmos de quarto. Mas, por ora, seguiria com a conversa, prestando bastante atenção a qualquer alerta vermelho que ele pudesse dar.

Ó, Deus, me dê sabedoria e abre os meus olhos. Quero ser prudente como a serpente e simples como a pomba.[3]

Mais confiante após a oração, me forço a levar tudo com mais leveza.

— Obrigada, eu acho.

— Você é cantora?

Uma risada escapa de mim.

— Não… Sou apenas uma grande fã de música.

— Nossa, e onde aprendeu a cantar assim?

— Com a vida e com vídeos no YouTube, acredita?

— Sério? Você nunca fez aula de canto nem nada do tipo?

— Não… — *Nunca tive dinheiro para isso.* — Já participei do coral da igreja, vale?

— Vocês aprendiam técnicas vocais lá?

— Não, a gente só fazia aquecimento e coisas assim.

— Então, não.

No silêncio que se aloja entre nós, o que ele me disse momentos atrás vem à tona na minha mente e rumino suas palavras por uns dois segundos, até que me vejo perguntando:

— Você achou mesmo que eu fosse cantora profissional?

— Com essa voz? Fico admirado que não seja.

Ainda bem que ele não consegue me ver, porque sinto meu rosto assumir um tom rosado.

— Obrigada — digo em um fio de voz.

No prédio dos meus pais, vira e mexe os vizinhos me ouviam cantando pelo banheiro e me elogiavam também — *para os meus pais, e não durante meu banho, diga-se de passagem!* —, mas é diferente vindo de um desconhecido e com tanta ênfase assim.

— Bom, preciso ir — ele diz —, mas foi um prazer te ouvir de novo.

Dou uma risada. Ele foi cirúrgico: foi um prazer me *ouvir*, e não me ver, porque, né?, nós nunca nos vimos de fato.

— Foi um prazer te ouvir também — respondo.

---
[3] Mateus 10:16.

— Então até a próxima serenata.

— Ai, espero que não.

— Por quê?!

— Fico sem graça de saber que estou sendo ouvida.

— Não fique. Sua voz é linda e muito mais gente deveria te ouvir cantar. Você tem um canal no YouTube ou algo do tipo?

— Não...

— Deveria ter. Eu seria o primeiro inscrito. — Uma voz distante grita alguma coisa do outro lado da janela do box. — Preciso mesmo ir, e acabei de perceber que não sei seu nome ainda, mas, se eu ficar aqui mais um segundo, provavelmente vou ser vítima de assassinato, então, na próxima serenata, eu pergunto seu nome e a gente se apresenta direito, pode ser? — Ele está com tanta pressa que nem espera pela minha resposta. — Até mais!

CAPÍTULO 2
O cara do outro lado da janelinha do box

Três dias se passaram e meu ouvinte anônimo não apareceu mais.

Meu cérebro ainda tem dificuldade para interpretar esse fato — parte de mim está aliviada e outra, desapontada. Aliviada, porque a situação é estranha demais para mim; desapontada, porque, apesar disso, eu estava até gostando um pouco. Vamos ver qual lado meu vai sair ganhando nesta.

No quarto dia, desconfiada de que o cara-do-outro-lado--da-janela-do-box nem esteja mais hospedado aqui, volto a cantar de forma despreocupada — diferente dos dias anteriores, em que apenas cantarolei, quase sussurrando, ao mesmo tempo temendo e desejando ser ouvida.

Assim que acabo a última música, já vestida, com os cachos penteados e definidos, e pronta para sair do banheiro, a voz que está se tornando familiar para mim ecoa pela janelinha.

— Achei que nunca mais ouviria essa voz de anjo.

Meu estômago dá uma cambalhota e o canto da minha boca se ergue em um pequeno sorriso contra minha vontade.

— Não fui eu que sumi por três dias — rebato, num tom de brincadeira.

— Ah, quer dizer que sentiu minha falta, é?

— Claro que não. — Cruzo os braços.

— Você estava muito atenta para alguém que não sentiu minha falta. Até contou os dias...

Franzo o nariz com o mole que dei.

— Talvez eu estivesse apenas contando os dias em que pude tomar banho em paz.

Ele dá uma risada.

— Sei... Mas, então, quantos anos você tem?

— Achei que você perguntaria meu nome na minha próxima serenata.

— Olha só quem estava prestando atenção ao que eu falava... — ele brinca. — Qual é o seu nome, então, ó, voz angelical?

— Ia perguntar: "tenho cara de quê?", mas, considerando que nunca nos vimos, vou mudar a pergunta para: "minha voz tem cara de quê?"

— Ok, porque isso faz todo o sentido do mundo, né? — Ele ri.

— Você entendeu, é isso que importa.

— Tudo bem, deixa eu pensar... Eu diria que seu nome é... Amber.

— Amber? — Gargalho.

— O quê, acertei?

— Não chegou nem perto!

Ele ri de novo.

— Valeu a tentativa. — Quase consigo vê-lo dar de ombros. — E eu, pela minha voz, qual você acha que é meu nome?

Sorrio ao perceber que ele entrou no jogo e respondo:

— Hum... sei lá. — Tento pensar em nomes comuns nos Estados Unidos. — Henry...? Noah...?

Ele que gargalha dessa vez.

— Isso é difícil! — digo.

— E eu não sei?

A gente ri junto e o assunto parece acabar, até que Henry/Noah pergunta:

— E quantos anos você tem?

— Quantos anos você acha que tenho?

— Sei lá, é difícil estimar apenas pela voz... — Ele fica em um silêncio pensativo por alguns segundos. — Chutaria que você tem mais que 18, mas menos que 20. Estou certo?

Quase. Tenho vinte cravado. É o que penso, mas respondo:

— Quem sabe... E você, tem quantos anos?

— Quantos você acha?

Dou um sorriso travesso e repito:

— É difícil estimar apenas pela voz. Mas chutaria que você tem mais que dezoito, mas menos que vinte. Estou certa?

Ele dá uma gargalhada.

— Você realmente acha isso ou está apenas me copiando?

— Um pouco dos dois. Mas, de verdade, acho que você não passa dos 25.

— Hum...

— Estou certa?

— Quem sabe... — ele repete minha resposta e quase posso sentir o sorriso em sua voz.

Mais uma vez o assunto parece morrer e, mais uma vez, Henry/Noah o traz de volta à vida.

— Então nós vamos ficar no anonimato, é isso?

— Ao que tudo indica, sim.

— Ótimo.

— Por que "ótimo"? Tem algo a esconder, Henry-barra-Noah?

Ele solta uma risada.

— Se te respondesse isso, acabaria com toda a nossa vibe misteriosa.

Dou uma risada também, mas uma pontinha de preocupação surge no fundo da mente. Preciso dar um jeito de descobrir se ele é, sei lá, um psicopata. Sempre importante conferir — não converse com estranhos e tudo o mais.

— Você tem alguma religião? — Henry/Noah me traz de volta à nossa conversa.

Achei a pergunta um tanto nada a ver com o assunto, mas não poderia estar mais feliz por ele tê-la feito. Essa era uma informação crucial se eu estava disposta a me arriscar a conhecê-lo melhor, como Carol sugeriu, principalmente ao perceber como a conversa parece sempre fluir entre nós.

— Tenho e você? — respondi.

Preferi não contar a minha religião de primeira, porque não queria influenciar a resposta dele. Depois que me dissesse no que cria, eu diria também. Meu medo era de ele falar que tinha a mesma religião que eu apenas para me iludir ou coisa do tipo.

— Sou cristão.

Meus ombros até relaxaram.

— Legal, sou cristã também.

— Que ótimo! Qual igreja você frequenta?

Dedicamos os minutos seguintes a uma longa conversa sobre nossa fé, nossas histórias de conversão, nossas experiências na igreja, nossa visão de mundo e outros temas importantes. Na certa teríamos continuado por muito mais tempo se não tivéssemos sido interrompidos por Carol, que grita:

— Madu!

Quase faço uma oração para que Henry/Noah não tenha escutado. Por sorte, o quarto dela é bem longe do banheiro para que ele não a ouça — pelo menos, assim espero.

— Quê? — grito para ela.

— Já tá pronta? Você tava pensando de ir almoçar que horas? É que tô ficando com fome...

— Tô indo, vou só me despedir aqui. — Não espero que ela responda e falo para meu colega de banheiro: — Tenho que ir. Até a próxima?

— Espero que sim.

Ao mesmo tempo sem graça e nervosa, além de não fazer ideia do que responder, resolvo não dizer nada, simplesmente indo embora.

Assim que encosto na maçaneta, contudo, quase como se pudesse me ver, ele emenda:

— Ah, Amber? Só mais uma coisa!

— Diga.

— Você precisa decidir meu nome. Não posso ter dois.

Dou uma risada.

— Ok, vou pensar nisso.

— Vou cobrar, hein. Todos merecemos um nome.

— Sim, senhor.

Saio do banheiro com um sorriso divertido.

— Você tava falando comigo? — Carol pergunta, vidrada no celular, assim que chego ao quarto dela.

— Não, tava falando com o Henry.

— Então descobriu o nome dele?! — Ela ergue os olhos do celular e me encara com uma pitada de ironia. — E o que aconteceu com o seu papinho de "ai, fazer amizade pela janelinha do banheiro é demais para mim"? — ela me imita de forma infantil.

Reviro os olhos, contendo um sorriso.

— Resolvi pegar um pouco do seu otimismo e ver as coisas do seu ponto de vista, tá bom? — admito, como se não fosse nada, e Carol bate palminhas enquanto faz uma espécie de dança estranha, comemorando na cama. — E, na verdade, não descobri o nome dele.

Carol estreita os olhos na minha direção.

— Oxe, como assim?

Conto para ela a nossa conversa e explico que agora meu nome é Amber.

— Então ele acha que você é americana? Uaaau, tá de parabéns, hein! Os anos que passou estudando inglês não foram à toa!

Dou uma risada do exagero dela.

— Aposto que ele não acha que eu sou americana. Ele já me ouviu cantando em português.

— Tudo bem, mas isso não muda o fato de que seu inglês é muito bom.

Antes que eu consiga abrir a boca para falar, Carol se ajeita na cama com um pulinho, ficando de joelhos para concentrar toda sua atenção em mim.

— Mas e aí, como vai chamá-lo?
— Henry.
— Por quê?
— Porque acho mais bonito que Noah.
— Justo.

Carol olha para o lado, mordendo o lábio e estreitando os olhos por um instante, então diz:

— Como já sabemos que ele é cristão, agora só falta uma coisa para vocês terem minha bênção.

Gargalho.

— O quê?
— A gente garantir que ele não é um psicopata.

Na mesma hora, Carol me arrasta até a recepção do hotel e está há cerca de quinze minutos insistindo com a pobre atendente do balcão:

— Mas tô te falando... É uma questão de segurança, sabe?
— E estou te falando, senhorita, que não posso fornecer esse tipo de informação.

Olho para o crachá da moça, que deve ser um ou dois anos mais velha que eu e Carol, tentando descobrir seu nome.

— Com licença... Thaynara, certo? — interfiro na conversa quando percebo que as duas não estão indo para lugar nenhum. — Desculpa a insistência, mas é que a gente precisa saber... Você pode pelo menos nos falar se nossos vizinhos são psicopatas ou algo do tipo?

A recepcionista me olha por dois segundos, processando a pergunta, antes de gargalhar.

— Não mesmo! — Ela ri mais um pouco. — O que te fez pensar que eles eram psicopatas?

— Nada — Carol diz e cruza os braços. — Mas a gente só queria confirmar.

— É que dá para a gente se ouvir pelo banheiro, e a gente conversou um pouco — explico e Thaynara arregala os olhos. — Aí, a gente queria ter certeza de que não era nenhum maluco, sabe?

A garota continua me encarando com as sobrancelhas erguidas.

— Vocês *conversaram* com os... seus vizinhos? — Thaynara indaga.

— Sim? — Minha resposta acaba saindo como uma pergunta.

Thaynara sacode a cabeça.

— Bom, em todo caso, como eu ia dizendo, não posso fornecer informações pessoais dos nossos hóspedes. Mas posso garantir para vocês duas que em nosso hotel não hospedamos psicopatas.

— E você tem certeza de que nossos vizinhos não são malucos? — Carol insiste.

— Tenho.

— Como? Você os conhece?

A moça faz uma careta, sem saber como responder.

— Nossa equipe tem todas as informações necessárias para saber que não há perigo algum para nossos hóspedes — Thaynara alega, por fim. — Podem conversar com eles com tranquilidade. Inclusive, aproveitem.

Estreito os olhos para ela, tentando entender seu tom de voz e o brilho nos olhos.

— De todo modo — Thaynara acrescenta —, temos câmeras instaladas em todas as nossas dependências e seguranças a postos a qualquer momento que precisarem. Caso percebam algo estranho em qualquer circunstância durante a estadia, não hesitem em nos contactar. A segurança de vocês é nossa prioridade.

Dando-se por satisfeita, Carol diz:

— Ótimo. Agora, sim. Muito obrigada, moça. — Então ela agarra meu pulso e volta a me arrastar, dessa vez para fora do hotel. — Vem, amiga. Já que esclarecemos esse tópico importantíssimo, podemos resolver um outro problema, que se chama estômago vazio.

— Você tá ouvindo isso? — pergunto para Carol.

— O quê? — ela questiona, mas já estou saindo da sala e indo para o banheiro.

Por um momento, achei que tinha ouvido alguém resmungando alguma coisa e pensei que poderia estar ficando doida.

Conforme me aproximo do banheiro, contudo, concluo que não preciso me preocupar com minha sanidade mental. Tem alguém cantando. Muito bem, inclusive.

Eu me sento na tampa da privada e aproveito para apreciar a voz familiar cantando músicas que eu não conhecia em um tom rouco e agradável. Poderia escutá-lo por horas.

Quando a música acaba, falo:

— Henry?

— Amber? — ele exclama, como se tivesse levado um susto. — Não sabia que você estava aqui…!

— E eu não sabia que você cantava tão bem! Por que não me disse?

— Você não perguntou…

Reviro os olhos, mas aí lembro que ele não pode ver, então dou um suspiro dramático, a fim de ele ouvir.

— Ma…! — Carol começa a me chamar.

— SHHH! — berro, se é que é possível berrar um "shh", para evitar que Carol grite meu nome para qualquer um ouvir.

— Iiih, que foi, louca? — Ela vem para o banheiro também.

Aponto enfaticamente para a janelinha.

Carol arregala os olhos e abre um sorriso malicioso.

— O quê? — sussurro.

— Vocês dois — ela diz, movendo o indicador de mim para a janela —, inventando de ficar conversando só pelo banheiro… Se conheçam logo!

Ela fala mais alto do que um sussurro, quase no tom de voz normal, e agradeço mentalmente por Henry não falar português. *Quer dizer, ele não fala português, né?*

Tão rápido quanto veio, Carol voltou para o sofá. Com um suspiro um tanto dramático, digo para Henry:

— Desculpa por isso.

Ele dá uma risada.

— Quem era aquela?

— Minha amiga.

— Só vieram vocês duas para cá?

— Não sei se eu devia te dar essa informação, ainda não estou certa de que você não é um doido psicopata nem nada do tipo — brinco.

Apesar de ter ido tirar essa história a limpo na recepção, não me sinto à vontade — nem acho que seja sábio — de sair dando tantas informações sobre mim para ele. Nem sei quem ele é!

Henry deve ter percebido meu desconforto, porque fala:

— Também estou aqui com meu amigo.

— Legal. Os pais da minha amiga sempre vão com a gente para os shows da Grass of Glass. — O que não é mentira... Essa é a primeira vez que eles não vieram com a gente, mas o estranho do outro lado da janelinha com certeza não precisa saber disso.

— Ah, então é por isso que vocês estão aqui no Rio?

— A Ca... minha amiga é muito fã deles. — Dou uma resposta meio evasiva.

— E você, não é *glassie*?

— Você considera uma pessoa que sabe tudo sobre a Grass of Glass uma *glassie*?

— O que você quer dizer com "tudo"?

— Por exemplo, sei que o nome original da banda não era Grass of Glass, mas GarageSound. "Grass of glass" era o nome apenas de uma das músicas, a primeira delas que estourou, fazia parte do primeiro álbum que eles lançaram com músicas originais, o *UpSound Down*. — Jorro as informações com naturalidade. — "Grass of Glass" ficou tão famosa que as pessoas começaram a se referir à banda pelo nome da música, e aí pegou. No fim, foi bom para eles. Grass of Glass é bem melhor que GarageSound.

— Saber esse fato não te qualifica como *glassie* — Henry diz num tom brincalhão. — Qualquer pessoa sabe disso.

— Na verdade, não. Quase ninguém sabe.

— Sério?

— Sério.

— Bom, de qualquer forma, só saber disso não faz de você uma *glassie*.

— O que me faria uma *glassie*, então? Saber o nome de todos os integrantes, a data de nascimento de cada um, o nome dos pets deles, quais tatuagens eles têm e por quê, e todas essas outras coisas bizarras para se saber sobre alguém que você nem sequer conhece de verdade?

— Depende. Você gosta deles?

— Não tenho nada contra.

— E essa é a resposta típica de alguém que *não é glassie*.

Dou uma risada.

— E você — continuo a conversa —, está fazendo o que aqui no Rio?

— Vim a trabalho.

— É mesmo? Trabalha com o quê?

Ele hesita meio segundo antes de falar:

— Sou uma espécie de produtor. E vocês são aqui do Rio mesmo?

— Não, senão a gente não estaria hospedada em um hotel, né?

Ele ri.

— Tem razão.

— E você, de onde é?

— Não sou do Rio — é o que responde e quase consigo ver um sorriso divertido em seu rosto.

— Tudo bem, desculpa, pergunta pessoal.

— Não esquenta.

Ficamos em silêncio.

É difícil puxar assuntos que não revelem tanto sobre nós.

— E qual é o nome da sua amiga? — Henry pergunta.

— O que acha que vou responder? — indago, séria, mas com um tom de brincadeira, o que o faz rir.

— Tá... Hum... Eu falaria que o nome dela é Chloe, apesar de eu saber que vocês não são americanas.

— Certo. Mas e aí, você vai manter esse nome americano, então, ou vai tentar chutar um outro?

— Não sei nomes típicos do seu país.

— Claro que não, você não sabe nem de onde eu sou — provoco.

— Eu desconfio — ele diz no mesmo tom.

— É? De onde, então?

— Se te falar agora, perde a graça — de novo, quase consigo vê-lo sorrindo enquanto fala isso.

— Sei... E o seu amigo se chama Noah, né?

— Claro! Mas, então, calma aí, se meu amigo se chama Noah, quer dizer que me chamo Henry?

— Fico surpresa por você não saber o próprio nome.

Ele ri.

Continuamos conversando pelo que pareceram horas até que Henry se despede, dizendo ter um compromisso.

Mal piso para fora do banheiro e já sou interceptada pela Carol:

— É oficial. — Ela enfia o celular na minha cara. — Eles realmente estão no Brasil. Olha o *story* que o Josh acabou de fazer!

O menino tinha literalmente acabado de postar a foto. No topo da tela diz que foi há apenas "alguns segundos".

— Às vezes me pergunto se devo me preocupar com você — digo, encarando a tela.

— Oxe, por quê?

— Além do seu vício em redes sociais, acho que de vez em quando você exagera nessa sua fixação pela Glass. Acho que vale você refletir se isso aí já não virou idolatria.

Carol revira os olhos.

— Claro que não, né, amiga? Só gosto muito deles, mas é óbvio que eles não são um ídolo.

— Tudo bem. — Mordo os lábios e pondero por alguns instantes se devo falar mais alguma coisa.

De forma geral, prefiro não insistir muito. Já comentei sobre essa questão com a Carol algumas vezes antes, mas ela sempre desconversa ou se chateia. Eu me esforço ao máximo para escolher muito bem o momento em que vou falar isso com ela e oro sempre pela minha amiga, para Deus abrir seus olhos. Sei que, no fim, não sou eu que vou convencê-la, nem é esse o meu dever. Meu dever, como sua irmã em Cristo e melhor amiga, é apenas alertá-la, quem convence de fato é o Espírito Santo.

— De qualquer forma — digo —, acho que seria bom você orar sobre isso.

— Tá, tá... — Ela abana o ar com a mão, desconsiderando meu comentário. — Mas agora me diz que isso não é o Rio!

Ela coloca o celular a míseros milímetros do meu rosto mais uma vez.

Os quatro meninos da Grass of Glass estão dentro de uma van com janelas de vidro fumê, passando na frente do Cristo Redentor com o sol quase a pino como um halo dourado na mão direita da estátua.

— O sol tá muito alto na foto. — Afasto com um empurrãozinho o celular.

— E daí?

— E daí que o sol está se pondo agora. — Aponto para a janela.

Carol revira os olhos.

— Caramba, amiga, é tão difícil assim só admitir que eles estão mesmo no Rio? — Carol suspira. — Devem ter tirado a foto no caminho, mas resolveram só postar agora, sei lá.

— Tudo bem, então eles chegaram. — É a *minha* vez de revirar os olhos. — Fico feliz por você.

Ainda que eu não veja que diferença isso possa fazer na vida dela. Não é como se ela fosse esbarrar com eles por aí...

CAPÍTULO 3
Não tenho nada contra, é só que não tenho nada a favor

Dois dias se passam sem notícias de Henry.

Dessa vez, cantei alto nos dois dias, na esperança de chamar sua atenção de alguma forma, caso ele estivesse por aqui, mas sem resultado.

Sem expectativa de que ele vá aparecer hoje também, canto sem pensar em mais nada. Solto a voz e me entrego à sensação maravilhosa de ser envolvida pelas notas que ecoam pelas paredes do box.

Depois de umas duas ou três músicas, resolvo cantar "Rewrite the stars", de *O rei do show*. Como não tinha ninguém para ser meu par no dueto, fiz toda a primeira parte do Zac.

Puxo ar pelo nariz, preparando-me para cantar a parte da Zendaya também, quando um tom rouco faz isso antes de mim. O susto foi tão grande que minha voz sumiu.

Henry dá uma risadinha com meu sobressalto, mas segue cantando o que na teoria seria minha parte como se nada tivesse acontecido. Levo o tempo de ele chegar ao refrão para me recompor, então já entro na segunda voz, voltando a fazer a parte da Zendaya, e Henry migra de forma bastante natural para a voz de Zac.

Nosso dueto fica tão lindo que até desligo o chuveiro, a fim de me concentrar no que estava cantando e aproveitar melhor o resultado. Minha voz de soprano se mistura com seu tom rouco com tanta familiaridade que é como se cantássemos juntos há anos. A harmonia entre as nossas vozes é tão perfeita que a única sensação possível em meu peito é o deleite em sua forma mais pura.

— Nossa, ficou sinistro! — A voz de um outro menino perfura nossa bolha. — Me manda esse vídeo depois, D...

— LALALALALA! — Henry grita como um alucinado.

— Cara, você está bem? Está parecendo eu... — A voz do outro menino se aproxima.

Escuto cochichos, uma risada e o som de um tapa, o que me faz rir.

— Oi, Amber! — o outro menino, suponho que seja o amigo que Henry mencionou outro dia, me cumprimenta.

— Oi, Noah! — digo.

— Quê? — Carol berra para mim do quarto.

— Nada, tô falando com o Noah e o Henry! — grito para ela, em português.

— Quem é Noah?

— O amigo do Henry!

— Ah, é? Se até o amigo dele tá participando da conversa, quero também!

Aproveito que já tinha terminado o banho e me enrolo em uma toalha e o cabelo em outra.

— Oi, meninos! — Carol chega segundos depois.

— Noah, essa é a minha amiga. Minha amiga, esse é o Noah.

— Oi, amiga da Amber — Noah responde.

— É Chloe — Henry avisa.

— Meu nome é Chloe? Por que você não me falou, Ambs? — Carol me pergunta num tom de voz debochado, mas com uma expressão um tanto pensativa.

— Que foi? — murmuro, apesar de estar falando em português.

— A voz do Noah me lembra a de alguém que conheço... — ela também cochicha.

— Mas e aí, vocês são brasileiras? — Henry puxa assunto, interrompendo nossa comunicação sussurrada.

— Vocês são americanos? — respondo ao mesmo tempo que olho feio para a Carol, que tinha respondido com um "sim".

Minha amiga me encara com um ar inocente e mexe os lábios, formando as palavras "que foi?". Reviro os olhos.

Os meninos demoram um pouco para responder:

— Sim.

— Sei — respondo, desconfiada, já que eles tiveram que pensar na resposta.

— Agora será que dá para você ir embora? — Henry pergunta, na certa para o amigo.

Noah solta uma risada travessa:

— Tudo bem, vou dar privacidade aos dois pombinhos.

— Entendi o recado também! — Carol diz e balanço a cabeça, sem acreditar.

Quando voltamos a ficar sozinhos, comento com Henry antes que um silêncio desconfortável se instale entre nós:

— Nunca iria imaginar que você gosta de *O rei do show*.

— E não gosto mesmo — ele diz bem tranquilo.

— Mas você conhecia muito bem a música para alguém que não gosta.

— Olha quem fala... A enciclopédia ambulante da Grass of Glass que nem curte os caras.

— O quê? — Dou uma risada, incrédula. — Vai me dizer que só conhece as músicas porque seu melhor amigo é viciado também? O Noah é fã de *O rei do show*, por um acaso?

— Não, mas uma menina que conheço gosta e talvez eu tenha começado a ouvir porque me lembra dela.

Fico em silêncio, processando, por uns dois segundos.

— Ah. — Sou *muito* eloquente, como podem ver.

E muito sagaz também, porque estou me perguntando se essa menina, por acaso, seria eu.

Considerando que quase todo dia canto alguma música desse musical, fica difícil pensar que ele *não* estava falando de mim...

E, por algum motivo, saber que Henry começou a ouvir *O rei do show* só porque o faz se lembrar de mim me deixa com um frio gostoso na barriga.

Depois disso, eu e Henry temos nos encontrado todos os dias.

Na verdade, acho que "temos nos falado" seria mais correto, já que ainda não nos vimos pessoalmente, apesar de passarmos *horas* conversando um com o outro. Em uma das nossas conversas, que costumam iniciar depois de a gente cantar umas músicas juntos, ele pergunta:

— E aí, animada para o fim de semana?

Franzo o cenho, tentando lembrar o que tem no sábado e domingo. *Ah é, o show!*

— Aham...

Henry dá uma risada.

— Nossa, dá para sentir sua animação daqui.

— É só que não sou a maior fã de shows...

— Não é a maior fã de shows ou da Grass of Glass?

— As duas coisas, mas principalmente de shows.

— Deve ser difícil não gostar da Glass e ser melhor amiga de uma *glassie*... — ele brinca.

— Em momento nenhum falei que não gostava deles, só não sou a maior fã.

— Não vejo a diferença, para ser honesto.

— Não tenho nada contra a Glass, só acho que eles são muito tristes, sabe?

Henry gargalha.

— Acho que posso entender. E o que você tem contra shows?

— Só o fato de que tem muita gente animada, fazendo muito barulho. E não sou fã de muita gente junta fazendo muito barulho.

— É, então shows não são mesmo o seu ambiente...

— Nem um pouco!

— Então por que você vai?

— Por amor — digo em tom de piada, mas há um quê de verdade.

— Amor?

— É.

— Mas achei que você não fosse *glassie*...

— E não sou.

— Então, o quê? É muito fã só de um dos caras da banda?

— Não. — Solto uma risada. — Não tô nem aí para os caras da banda.

— *Ouch*.

— Isso soou estranho. — Faço uma careta, embora ele não possa me ver. — Não tenho nada contra os meninos, é só que não tenho nada a favor também. Eu nem os conheço!

— Achei que você tinha dito que sabia tudo sobre eles.

— O que não é a mesma coisa que conhecer alguém. Além do mais, sei só o que a mídia divulga, vai saber o que é verdade ou não...

— Você está certa — ele diz. — Mas, se você não é fã nem dos caras nem da banda, então você vai por amor a *quem*?

— À Chloe. Como eu disse, ela ama *muito* os meninos, ou a imagem que tem deles, e esses shows são *muito* importantes para ela. — Suspiro. — Então, sim, sempre que eu puder e ela me quiser junto, estarei com ela nos shows.

— Então esse não é o primeiro show da Glass que você vai?

— Ah, não — dou risada —, não mesmo. Já até perdi as contas de quantos fui. E nem acompanhei a Chloe em todos os que ela já foi, só para você ter uma ideia de quanto ela é fã.

— Wow...

— Pois é...

— Então quer dizer que você conhece as músicas deles?

— Cada uma delas, de trás para frente — falo com um ar solene e ele ri.

— Canta aí uma, então.

— Ai, sério?

— Por mais que eu ache que vá me arrepender disso depois, sim — pede, em tom de pesar, o que me faz dar uma risadinha.

— Se você insiste...

Sem nem parar para pensar, começo "Grass of glass". Essa é a minha escolha óbvia — não apenas porque é a mais famosa deles, mas porque fiz algumas adaptações nela.

A letra original era muito melancólica e, como a Carol vive escutando essa música perto de mim, resolvi acrescentar algumas partes, a fim de torná-la mais esperançosa — ou, no mínimo, mais leve. De melancólica já basta minha cabeça, não preciso de nenhum incentivo para ser sombria.

Pouco depois de eu começar a música, a voz rouca de Henry se juntou à minha, o que foi ótimo, porque assim eu poderia cantar os versos que compus sem precisar me desdobrar em duas.

Quando entoei minhas primeiras estrofes extras, Henry parou por um segundo, como se processasse a novidade, mas logo se recuperou e voltou a cantar também. A voz dele, contudo, parecia menos enfática e mais mecânica, como se não prestasse atenção ao que fazia — como se todo seu foco estivesse na letra que eu acrescentava à original.

— Wow! Isso ficou muito bom! — ele comenta, assim que terminamos. — Você que compôs esses versos?

— Sim, acho a letra original muito para baixo...

— Wow — Henry repete, parecendo sem palavras. — A gente pode cantar de novo? Queria ouvir mais uma vez a letra.

— Eu recito para você — digo, constrangida de repente.

— Mas também quero ouvir de novo a melodia. É espetacular como você conseguiu encaixar tão bem... Parece que a música foi feita desse jeito!

O elogio faz uma onda de serotonina invadir minhas veias, resultando em minhas faces coradas.

Amo compor músicas, mas morro de vergonha de mostrar aos outros. Para mim, nunca estão boas o suficiente.

— Tudo bem — concordo por fim. — Você puxa?

Ele me responde já começando a cantar de novo, do início.

Desta vez, que ele estava não apenas preparado, mas também esperando minha parte, a música flui ainda mais. Nossas vozes se conectam e ressoam harmônicas pelas paredes do banheiro. O resultado final me encanta — ficou melhor do que eu esperava!

— Você tem outras músicas também? — Henry me pergunta, após a última estrofe. — Tipo, você já compôs outras músicas?

— Já.

— Canta para mim?

Faço uma careta, insegura.

— Ah, não sei...

— Por quê?

— Acho que elas não estão prontas para serem mostradas para o mundo ainda...

— Se forem tão boas quanto esse trechinho que você inseriu em "Grass of Glass", tenho certeza de que são ótimas e estão mais do que prontas para serem ouvidas por mais pessoas!

Com um suspiro, digo:

— Queria ter meu violão aqui, mas...

Morrendo de vergonha, resolvo cantar minha música preferida dentre as que compus. Ela se chama "Lugar de paz" e tem sido minha companheira fiel em momentos difíceis. Quando começo a ser engolida por mim mesma em preocupações e ansiedades, cantarolo a canção e me lembro de onde e, mais importante, em *Quem* está minha paz.

— Wow! — Henry exclama, com a última nota ainda ressoando pelo banheiro.

Escuto palmas vindas de seu lado da janela e solto uma risada num misto de nervosismo, orgulho, timidez e alegria.

— A melodia é linda — ele diz —, sua voz é angelical, o que não é nenhuma novidade, e a letra parece ser incrível também... Mas o que ela quer dizer?

Improviso uma tradução para ele, que me ouve com atenção.

— Wow! Que linda! — ele fala. — Você conseguiu encaixar a letra e a melodia muito bem. A canção como um todo transmite a paz da qual você está falando. Parabéns.

Meu peito se aquece, assim como meu rosto, e fico grata por ele não poder me ver.

— Obrigada — digo, em um tom um tanto acanhado.

— E você tem mais músicas originais? — Henry quer saber.

— Algumas...

— Canta para mim? — O tom é tão doce e empolgado e o pedido tão sincero que não consigo — nem quero — recusar.

Passo os próximos minutos entoando para Henry cada um dos meus versos. Ele consegue se empolgar tanto quanto a Carol — a única pessoa para quem eu já tinha mostrado todas as minhas composições.

Se dependesse da Carol, ela já teria me patrocinado e me feito gravar essas músicas em estúdio há muito tempo. Mas sempre arranjo uma desculpa e fujo. Só que a Carol é irredutível — segundo minha amiga, ela só vai desistir quando eu tiver gravado meu primeiro EP.

Vamos ver.

— Você vai assistir ao show do dia 28 ou do dia 29? — Henry me pergunta de repente.

— Do dia 28, por quê?

— Você topa fazer alguma coisa no domingo, então? — Ele faz uma pausa, parecendo nervoso. — Tipo, a gente se conhecer de verdade e tal.

Levo alguns segundos para responder. Ele me pegou de surpresa.

Assim que meu cérebro processa o convite dele, meu coração acelera e tenho medo de que ele exploda meus pulmões e saia de mim galopando.

Tentando manter a compostura, digo:

— Claro, seria muito bom. — *"Seria muito bom?"* Sério?! Sacudo a cabeça e finjo naturalidade: — Que horas?

— Umas 17h?

— Onde? — E essa é a pergunta mais importante.

— No restaurante do hotel, o que acha?

Um lugar público, ótimo. Atendeu a um dos meus únicos pré-requisitos para aceitar o convite.

— Combinado! — digo.

— Combinado.

Ficamos em silêncio. Um parecendo mais sem jeito que o outro.

— Bom, acho que vou indo, então — Henry avisa.

— Até domingo!

— Ou até a próxima, caso a gente se escute antes disso.

Dou uma risada.

— Até!

Na véspera do show, Carol passa o dia atualizando o @glassielidades, seu perfil no Instagram sobre a Glass. A cada cinco minutos, mais ou menos, ela me dá uma informação super-relevante, tipo "O Josh foi visto tomando sorvete hoje. Espero que ele não gripe, porque o show é amanhã!", ao que respondi: "Amiga, aqui é o Rio. Ninguém gripa tomando sorvete...".

— O Derek acabou de postar um *story*! — Carol anuncia, já compartilhando no próprio perfil e lendo em voz alta o que ele escreveu: — "Indo dormir. Antes, espero encontrar minha voz preferida." Como assim? Será que ele tá rouco? — Ela estreita os olhos. — Ele não pode faltar ao show amanhã! Espero que ele encontre mesmo a voz dele! E ele já tá indo dormir? Se bem que ele costuma dormir mais cedo em véspera de show mesmo...

Assinto, mas sem erguer os olhos do meu livro, pouco interessada na vida dos meninos da Glass.

— O Peter tá comendo feijoada *agora*?! — Carol balança a cabeça em sentido negativo. — Esse menino é doido mesmo, espero que não passe mal. — Minha amiga me olha por meio segundo antes de voltar sua atenção para a tela. — O Peter *precisa* estar no show amanhã. Você sabe que ele é meu preferido!

— Uhum — respondo, sem interromper a leitura.

A essa altura do campeonato, já aprendi que, nesses momentos, Carol não quer de fato conversar, quer apenas compartilhar as informações.

— Olha, o Drew tá fazendo uma live! — Carol dá um gritinho empolgado, já entrando na transmissão.

Suspiro, enfadada com todas essas informações sobre os mínimos detalhes da rotina da banda.

Carol está surtando com a live do Drew. Ela convida outras amigas *glassies* para uma chamada de vídeo, a fim de assistirem juntas à transmissão. Elas conversam aos gritinhos, comentando cada coisa que Drew, um dos preferidos das *glassies* em geral, faz ou fala.

Reviro os olhos e saio do quarto dela sem que perceba. Resolvo me preparar para dormir, porque amanhã vamos levantar antes do sol — literalmente, para minha infelicidade.

Escovo os dentes e prendo o cabelo em um coque frouxo e alto, tentando preservar os cachos para o dia seguinte, enquanto cantarolo distraída.

— Amber? — O motivo da minha distração me tira dos devaneios.

— Oi, Henry!

— E aí, animada para amanhã? — ele provoca.

— Talvez *preparada* fosse uma palavra melhor — resmungo. — Mas, ainda assim, acho que a resposta seria não.

Ele gargalha.

— Você vai ao show também? — pergunto.

— Quem sabe…?

— Evasivo até nisso? — O canto dos meus lábios se ergue. — Bom, então *quem sabe* a gente se encontra lá, não é mesmo?

Ele solta uma risada.

— Quem sabe?

Ficamos em silêncio alguns segundos.

— Preciso ir. — Ele parece dividido, como se quisesse continuar aqui mais um pouco. — Nós nos vemos no domingo?

— Com certeza!
— Ótimo — ele diz, satisfeito. — Boa noite, Amber.
— Boa noite, Henry.

CAPÍTULO 4
Uma multidão de glassies e o medo da baba de artistas

O show é só daqui a onze horas, mas já estamos no local, em uma fila quilométrica, há umas três.

— Só estou aqui por pura consideração a você — digo para Carol.

Cruzo os braços e observo com desconforto a multidão, que só cresce a cada minuto.

— Fala sério. Sei que você curte a Glass.

— Não a ponto de ficar mil anos numa fila embaixo do sol.

— Que sol? — Carol pergunta, com uma expressão petulante.

Faço uma careta e minha amiga sorri, porque sabe que ganhou a discussão.

Por ironia do destino, já faz uns três dias que não tem sol no Rio e, nesses três dias, choveu. Além disso, ainda não são nem oito da manhã direito. Sim, chegamos aqui às cinco horas da manhã e, de acordo com a Carol, isso já era muito tarde.

Ela queria ter dormido aqui na fila, mas consegui convencê-la de que não era a opção mais segura — muito menos a mais confortável — e que, como estávamos nas primeiras fileiras, mesmo que chegássemos não tão cedo quanto ela gostaria, ainda teríamos os melhores lugares, na cara do palco — literalmente!

Ergo o rosto para o céu, cheio de nuvens, carregado e cinzento — não muito distante do meu estado de espírito, para ser sincera. Apesar de termos uns guarda-chuvas pequenos em nossas mochilas, torço para que não chova. Ficar no meio de uma multidão com mais ânimo do que eu teria em cem vidas já é ruim o suficiente sem o céu caindo sobre nós, muito obrigada.

Quando volto a atenção para os demais seres humanos, percebo os olhos castanhos de Carol sobre mim. Ela me encara, como se esperasse uma resposta.

— O quê? — pergunto.

— Falei que quero dar um jeito de entrar no camarim.

— E eu quero que a Disney faça uma princesa brasileira e me chame para ser a dubladora.

— Tô falando sério, Madu.

— Eu também.

Carol coloca as mãos na cintura, o que me leva a suspirar.

— Tá — eu me dou por vencida —, e como você quer fazer isso exatamente? Por arrombamento?

— Ha, ha. Como você é engraçadinha.

Reviro os olhos.

— Tem alguma ideia melhor?

— Na verdade, tenho. — Minha amiga cruza os braços, em uma pose um tanto cheia de si. — Falar com os seguranças.

— Ah, tá. Porque a chance de eles deixarem duas completas estranhas entrarem no camarim é mesmo muito grande, né?

— Posso tentar comprar nossa entrada!

— Para o camarim?

— É, Madu, presta atenção!

Respiro fundo. Eu me recuso a perder a calma.

— E eles vendem entrada para o camarim? — questiono, sem conseguir conter o ceticismo.

— Não, mas quase tudo no mundo está à venda.

Balanço a cabeça, sem acreditar no que ouvi.

— Tudo bem — dou de ombros —, esse foi um comentário bem mesquinho, caso você queira saber. Mas se você diz...

— Vou lá, então. Não custa nada tentar.

— Quer que eu vá com você?

— E perder nosso lugar na fila? Tá doida?! — Ela me olha horrorizada. — De jeito nenhum! Não ouse sair daqui, ok?

Concordo, soltando um suspiro.

Ela dá a volta no quarteirão e segue em direção à entrada do que supostamente seria o camarim da banda. Perco minha amiga de vista poucos metros depois de ela ter se afastado.

Uns trinta minutos se passam sem notícias da Carol. Começando a ficar meio preocupada com a demora, mando uma tonelada de mensagens para ela. Depois de mais dez minutos sem ela nem sequer visualizá-las, passo a ligar.

Já estou cogitando seriamente ir atrás de algum policial de plantão para ver se consigo notícias da minha amiga desaparecida quando vejo Carol vindo em minha direção. E ela não está sozinha.

Umas cinco meninas, que devem ser um pouco mais novas que a gente, acompanham minha amiga, conversando de forma animada sobre o show. Quando digo "de forma animada", quero realmente dizer isso. Elas estão quase saltitando e, a cada frase, a voz delas sobe um tom.

— O que aconteceu? — pergunto para Carol assim que ela chega onde estou. — Por que demorou tanto?

— Obviamente, não nos deixaram entrar. — Ela revira os olhos, como se fosse algo ridículo não permitirem toda e qualquer fã visitar o camarim.

— E levaram mais de meia hora para te dizer isso?!

— Não, mas acabou que conheci outras meninas tentando entrar lá também. — Ela aponta para suas novas amigas e nos apresenta umas às outras.

Depois disso, elas voltam a conversar sobre a banda.

É impressionante como conseguem falar tanto tempo seguido sobre um mesmo tópico sem enjoar. Sorrio de forma sociável, mas reviro os olhos e me imagino batendo a cabeça em uma parede. Estou mesmo tentando aproveitar o dia, mas, para ser sincera, esse excesso de animação não está me incentivando muito a ser uma pessoa melhor.

Finalmente — finalmente! — entramos na porcaria do estádio. Carol segura minha mão e nos conduz em meio à multidão peculiar. Metade do público da Glass é fã porque gosta da música e a outra metade é fã porque gosta dos meninos; a diferença entre esses dois grupos é gritante.

Quem é fã da Glass por causa da música costuma ser jovem — na casa dos vinte anos —, e estar vestido com diferentes tons de preto, coturnos, jaquetas de couro e todo o combo que acompanha o estereótipo clássico dos roqueiros. Quem é fã da Glass por causa dos meninos costuma ser adolescente e estar vestido com uma blusa com o rosto do membro da banda preferido, segurando faixas com dizeres como "Josh, eu te amo!" e todo o combo que acompanha o estereótipo clássico dos *fandoms* de bandas famosas.

Carol é uma mistura perfeita dos dois grupos. Vestida com uma calça jeans escura, jaqueta de couro e um coturno preto, minha amiga se misturaria bem em meio aos fãs por causa da música. Ao mesmo tempo, por baixo da jaqueta, ela veste uma camisa cinza com uma foto dos meninos, em que Peter está em destaque, com os dizeres: "*Glassie to the bones*" (*Glassie* até os ossos).

Já eu, escolhi uma roupa mais confortável para *suportar* passar o dia em pé no meio de um monte de gente. Um jeans macio de tanto ser usado por mim, um All Star azul-marinho — sei que não é a opção mais confortável de calçado, mas o que posso fazer se eu gosto dessa marca? —, uma blusa grafite sem estampa e um casaco de moletom enrolado na cintura compõem meu look nada planejado para o dia.

Sem soltar minha mão, Carol abre caminho até a pista em que vamos ficar enquanto continuo observando as pessoas por quem passamos, classificando-as entre fãs da música da Glass, fãs dos meninos e fãs da muvuca — sempre tem quem está ali apenas pelo agito, o que não sei se algum dia vou conseguir entender.

Ao chegarmos *bem* lá na frente, assumimos nossas posições na cara do palco — literalmente, já que estamos na pista mais privilegiada de todo o estádio.

Avisto algumas cadeiras, que duvido que serão usadas por alguém — além de mim, que tenho bons planos para elas.

Arranjamos lugares logo na primeira fileira. *Bem no meio* da primeira fileira, para ser mais exata. Estamos tão perto do palco que tenho medo de acabar me molhando com o suor ou com a baba da banda. Esse meu medo, obviamente, é uma esperança para a Carol e as outras fãs.

Comento isso com ela, que apenas ri e volta a conversar com suas amigas novas.

Ainda faltam três horas para o show e já não aguento mais estar no meio de tanta gente. Acho que vou ficar louca.

Finalmente — FINALMENTE! — o show começa.

Os meninos mal sobem no palco e todo mundo começa a berrar — e assim continuam durante todo o tempo que eles levam para se ajeitar com os respectivos instrumentos.

A Grass of Glass é composta por quatro integrantes.

Peter Harrison, o guitarrista — mas que também toca violão, dependendo da música — cujo cabelo castanho parece estar sempre intencionalmente bagunçado. Ele é o mais animado da banda, o mais alegre, o mais espontâneo, o mais divertido. Além dos olhos e cabelos castanhos e rostinho de anjo, o charme de Peter está em seu constante bom humor. Para ele, parece não haver tempo ruim, o que acho bem admirável. Pessoas naturalmente otimistas me intrigam.

Por outro lado, Peter nunca leva nada a sério, o que às vezes me irrita — por exemplo, ninguém sabe ao certo a história da sua famosa cicatriz perto do lábio inferior; sempre que perguntam como isso aconteceu, Peter inventa uma história diferente, uma mais absurda que a outra — o que faz com que os curiosos, como eu, morram por dentro.

Derek Duncan, outro integrante da Glass, seria o perfeito contraponto de Peter. Ele é o mais mal-humorado e carrancudo dos quatro. Está sempre sério, calado, quase nunca interage com os fãs e parece constantemente infeliz com alguma coisa. Derek tem olhos verdes e o cabelo é preto e longo, quase alcançando os ombros. Ele o usa penteado para trás e, para ser bem honesta, não gosto desse estilo — preferia quando seu cabelo era curto.

Derek é um dos vocalistas principais e se reveza entre a guitarra, o piano e o violão, dependendo da música. Até entendo que ele tem motivos para ser um dos mais queridinhos pelas fãs, mas, ainda assim, sua aura melancólica para mim fala mais alto que todo o resto.

Josh e Drew Saunders, os últimos integrantes da banda, são irmãos. Drew é o baterista e Josh, o baixista e um dos vocalistas principais. Os dois têm cabelos castanho-claros, mas o cabelo de Josh é mais curto, estilo corte militar, e o de Drew é mais longo, com uma franja atraente caindo sobre os olhos, fazendo com que jogue o cabelo para o lado, em um movimento charmoso da cabeça, com certa regularidade.

Drew é o mais bonito e carismático dos quatro, o que justifica ele ser um dos preferidos das fãs. Ele é o mais tranquilo, mas também o mais vaidoso. Uma de suas características mais marcantes é passar constantemente a mão na franja, para arrumá-la. As meninas, no geral, vão ao delírio quando ele faz isso, mas, para ser honesta, não entendo qual é o encanto — fala sério! É só um cara arrumando o cabelo!

Josh é o mais velho dos quatro e, como esperado, o mais sensato. Ele é o pai da Grass of Glass — em muitos sentidos, considerando que foi ele quem formou a banda — sendo o mais responsável e certinho. Até o jeito como ele se veste revela esse seu lado mais nerd. Ele costuma ser o porta-voz da banda nas entrevistas, entendendo mais não apenas de música como também de oratória.

Depois de os quatro subirem e se posicionarem no palco, ainda em meio aos gritos alucinados da plateia, Drew bate as baquetas uma na outra e então a música explode pelas caixas de som, fazendo os fãs irem — ainda mais — à loucura.

As meninas ao meu redor, incluindo a Carol, se esmagam com motivação redobrada e ficam na borda do palco, com as mãos estendidas, na esperança de que um dos meninos — ou, se tiverem sorte, *os quatro* — as aperte.

No calor do momento, acabo sendo arrastada pelo furacão e me vejo espremida contra o palco, obrigada a lidar com gente demais invadindo meu espaço pessoal e gritando no meu ouvido — sem contar o volume altíssimo das caixas de som.

A soma de tudo isso é um pouco demais para meu estado de ânimo especialmente rabugento, então me esgueiro entre as meninas até sair do meio da muvuca.

Consigo chegar à terceira fileira de bancos, onde a confusão está um pouco menor, e respiro fundo, numa tentativa de recobrar a paz de espírito.

O show vai indo, e até que é legal — na medida do possível. Os meninos tocam bem, as músicas são boas e a interação deles com o público é espetacular.

Tento me concentrar nas melodias, nas notas e nas vozes harmônicas e agradáveis dos cantores, o que, em situações normais, me acalmaria, mas fico tão incomodada — acho que "perturbada" seria uma palavra melhor — com a confusão em volta de mim que acabo ficando em pé, de braços cruzados, boa parte do show.

Mesmo assim, cantarolo a maioria das músicas, sempre balançando a cabeça no ritmo. Nas que mais gosto, consigo relaxar de leve, tentando me envolver com a melodia, como sempre acontece com uma música boa, e até danço um pouquinho — bem pouquinho mesmo, sem sair do lugar e sem mexer os pés, apenas me balançando de um lado para o outro.

Quando meu nível de exaustão mental atinge o ápice e estou cogitando me sentar em um canto isolado e ler um livro no Kindle para recarregar minha bateria social, finalmente — FINALMENTE! — o show acaba.

A vontade é voltar para o hotel na mesma hora, mas Carol tem outros planos. Minha amiga me arrasta com ela atrás das outras fãs para tentar ver os meninos enquanto eles vão até a van que irá levá-los para onde quer que estejam hospedados.

Depois de perseguir a van deles por mais tempo do que eu gostaria — que é tempo nenhum — e continuar surtando com outras fãs, falando do quanto o show foi incrível e tudo o mais, Carol enfim se sente pronta para ir embora e respiro aliviada.

Chamo um Uber — preferimos não vir de carro, por medo de não ter onde estacionar ou acabarmos sendo assaltadas — enquanto Carol segue conversando empolgada com as meninas remanescentes no estádio.

— FOI SIMPLESMENTE MARAVILHOSO! — O surto de Carol continua dentro do Uber.

Ela tagarela o trajeto inteiro sobre o tanto que os meninos são maravilhosos, e as vozes deles são maravilhosas, e sei lá mais o que é maravilhoso.

Apenas sorrio e concordo com a cabeça, mas não falo nada, no meu esforço para não deixar meu lado mais desagradável acabar transparecendo.

CAPÍTULO 5

Cuidado, ligações tarde da noite podem te levar para festas que você nem queria ir

Depois de ter tomado um banho relaxante, colocado meu pijama confortável e deitado na cama de plumas do hotel em um escuro silencioso, sou outra pessoa. Minha mente parece zumbir, como consequência de ter sido hiperexposta a tanta gente por tanto tempo.

Respiro fundo e me concentro na textura macia do colchão. Estico as costas doloridas e cansadas de passar o dia inteiro em pé, aliviada por poder, enfim, me isolar um pouco do resto do mundo.

Depois de um dia inteiro na muvuca, cercada por muito mais pessoas do que eu gostaria — ou do que é meu costume — minha bateria social se esgotou.

A vontade é passar as próximas horas — se possível, *dias* — isolada do mundo. Pretendo ficar na minha toca — recuperando-me de hoje — por muito, muito tempo.

Fecho os olhos e desfruto do silêncio. Sou movida a música, mas há momentos, como agora, em que não existe som melhor do que o mais profundo nada.

A tranquilidade me envolve e ajuda a me acalmar após este dia agitado, mas esse tipo de paz, baseado em ambientes, dura pouco.

Como se para provar meu argumento, o toque estridente do telefone do hotel perturba minha breve calmaria.

Carol, ainda ligada no 220 V, vai atender quase saltitando, e escuto sua voz por meio das frestas da minha porta fechada.

— Alô?... Sim... Sim!... *O quê?!* — Minha amiga arfa. — Sério?... Sério mesmo?! — ela praticamente grita de tão empolgada. — Aham... Aham!... Sim, sim!... Claro... Tá bom. Nossa, muito obrigada, moça!... Não, eu que agradeço! De verdade, não sei nem como te agradecer!... Sim, mas foi *você* que me deu essas notícias maravilhosas! — Ela ri. — Muito obrigada mesmo e que sua noite seja tão maravilhosa quanto a minha!... Beijo, tchau!

Carol acabou de mandar um beijo para a recepcionista?!

Antes que a curiosidade me coma de dentro para fora, pergunto em um tom alto o suficiente para ser ouvida:

— O que aconteceu?!

Carol vem até meu quarto, abre a porta e arregala os olhos para mim, enquanto declara à beira de um colapso:

— Os meninos da Glass estão hospedados aqui!

— Quem te disse isso?! — Eu me sento na cama e franzo o cenho.

— A recepcionista! Eles estão hospedados *aqui*! — Carol prolonga o "i" da última palavra em um tom estridente, enquanto saltita pelo meu quarto.

— Mas por que a recepcionista te ligaria por causa disso? Ela sabe que você é *glassie*?

Em vez de me responder, Carol continua pulando e dando risadinhas quase maníacas, então prossigo com o interrogatório até que ela me dê alguma resposta satisfatória.

— E por que você ficou tão agradecida com a recepcionista? Por que você tá tão animada? Tudo bem que eles estão hospedados aqui e tal, mas e daí?!

— E daí que um cara podre de rico, dono de uma empresa aí e superinfluente, que, por um acaso, é um dos patrocinadores da turnê da Glass, está hospedado aqui também! Ele veio para assistir ao show com a filha dele, que é *glassie*, óbvio. Aí, ele resolveu fazer uma festa privada aqui no hotel, hoje à noite, para comemorar o show. Ou sei lá. Na verdade sei que é mais para a filha dele conhecer a Grass of Glass, mas não me importo muito, já que esse empresário, ou seja lá o que ele for, RESOLVEU CONVIDAR TODOS OS CLIENTES ESPECIAIS DO HOTEL PARA ESSA RECEPÇÃOZINHA!

Por "clientes especiais", leia-se: as outras pessoas podres de ricas e/ou megafamosas hospedadas no hotel.

— Claro que essa é uma forma de ele se promover também — Carol continua, ainda eufórica —, fazer novos contatos e tal, MAS EU REALMENTE NÃO ME IMPORTO! NÓS VAMOS CONHECER A GRASS OF GLASS!

Forço um sorriso feliz e animado no rosto. Por dentro, gemo de desânimo — tudo o que eu mais queria era descansar um pouco. Dormir por uns três dias seguidos, talvez.

— Amiga — Carol me lança um olhar suplicante, como se pudesse ler meus pensamentos —, sei que esse dia foi megapuxado, em especial para você, mas... por favor, Madu, vem comigo! Preciso de você! É emoção demais para mim!

Não sei como eu poderia ser de alguma ajuda para a Carol, mas concordo com a cabeça. Um sorriso sincero sai com mais naturalidade em meu rosto.

Como resposta, Carol me aperta em um abraço empolgado e agradecido, mostrando que esse pequeno sacrifício vai valer a pena.

Depois de se acalmar um pouco, Carol assume um ar mais sóbrio e se afasta alguns centímetros para me observar com atenção antes de dizer:

— Amiga, se não quiser ir não precisa, ok? Eu entendo, de verdade.

— Eu sei, mas eu *quero* ir. Acho que vai me fazer bem.

Não que eu queira estar no evento em si, mas quero continuar desenvolvendo esse meu lado mais sociável.

Entendo que Deus nos criou para nos relacionarmos uns com os outros. Estar com pessoas é difícil para mim, mas igualmente — se não mais — satisfatório. Ganho muito na convivência com o outro, por mais que isso também me desgaste na maior parte das vezes.

Não é porque algo exige muito de mim ou me deixe cansada que esse algo seja ruim. Na verdade, a maior parte das coisas que valem a pena tem um custo. Eu, como cristã, tenho o dever de amar o próximo — mas como fazer isso se não interajo com ele? Então, ainda que minha obediência ao segundo maior mandamento[4] exija tudo de mim, estou disposta a isso.

Às vezes achamos que o chamado de Jesus para negarmos a nós mesmos, tomarmos nossa cruz e segui-lO[5] se aplica apenas a contextos que consideramos grandiosos e extraordinários, mas acredito que o vivemos muito mais ao abrirmos mão de nossas próprias preferências no dia a dia. É no cotidiano que se evidencia quem realmente amamos, a quem realmente seguimos. Obedecer a Jesus apenas de vez em quando é fácil, difícil é cumprir Seus mandamentos a cada dia, sem se deixar perder dentro da rotina.

— Fico tão feliz em ouvir isso, amiga! — Carol aperta minha mão, com um sorriso carinhoso estampado nos lábios. — Sei como essa tem sido sua luta há anos, mas vejo também como Deus tem te dado vitórias.

— E você tem sido um instrumento do Senhor nesse sentido. — Retribuo o sorriso de Carol, um tanto emocionada.

Carol é uma das pessoas que mais me ajudam a sair da zona de conforto, por isso tenho um carinho enorme por ela.

Por ser filha única e meus pais trabalharem tanto, sempre fui muito sozinha. Passei a infância inteira com um violão e, de vez em quando, com um piano. De alguma forma, acabei me tornando amiga da Carol quando minha mãe foi chamada para dar aula de Inglês no colégio em que ela estudava e ganhei uma bolsa para estudar lá também, por ser filha de funcionária.

Alguns anos depois de ir para a escola da Carol, passei por um momento muito difícil. Nunca fui muito sociável, mas chegar em um colégio onde todo mundo parecia se conhecer desde sempre e serem melhores amigos uns dos outros desde pequenos, sem espaço para mais alguém, sobretudo uma novata como eu, fez com que eu entrasse em um estado de melancolia, não querendo sair com ninguém — a verdade é que eu mal saía do meu quarto.

---

[4] Mateus 22:34-40.

[5] Lucas 9:23.

Carol, de forma providencial, já era minha amiga nessa época. E continuou insistindo em me ver e me convidar para sair — mesmo eu recusando seus convites em quase todas as vezes — e nem sei expressar como sou grata a Deus por nossa amizade.

Quando melhorei um pouco — depois de muitas conversas com minha mãe, que me orientou nesse sentido —, pedi para a Carol me ajudar a sair mais da minha toca — ainda que não com essas palavras, porque na época a gente devia ter uns 14 ou 15 anos. Pedi a ela que me ajudasse a socializar mais, interagir com mais pessoas. Desde então, ela vem insistindo comigo sempre que pode, orando por mim e comigo, e me estimulando a estar com nossos amigos.

Esse simples ato de me dispor a estar com os outros, por mais desgastante que seja para mim na maior parte do tempo, me ajudou de uma forma além do que sou capaz de explicar. Ter coragem para compartilhar com outras pessoas minhas lutas, minhas dificuldades, mas também minhas alegrias e meus prazeres foi um dos principais fatores que me fizeram começar a enxergar a vida de forma mais colorida.

Ainda há alguns momentos em que me sinto mal — como hoje, ao me expor mais do que estou acostumada —, mas nunca mais foi tão grave nem tão difícil quanto há cinco anos. Hoje, meu esforço é para manter sempre em mente o que me traz esperança e perseverar em estar com meus amigos.

A notícia boa é que, quanto mais me exponho ao mundo exterior, menos desgastada fico. Hoje posso afirmar que estar com os outros é algo de que gosto e que faz bem para mim.

Obedecer ao Senhor sempre vale a pena, porque Seus mandamentos sempre são para o nosso bem.

Carol está tão surtada e fora de si que temo que exploda a qualquer momento. Nunca vi minha amiga nesse estado antes.

Enquanto ela joga todas as suas roupas na cama e as revira, em busca do "look perfeito", nas palavras dela, visto minhas roupas básicas de sempre.

Coloco o jeans pretos com uma regata azul-marinho, mas deixo para calçar o All Star mais perto do horário de sair.

Aproveito que ainda faltam uns minutinhos para o evento e me esgueiro para o meu quarto, a fim de tirar uma soneguinha. Qualquer minuto é precioso neste momento.

Ainda assim, o cochilo foi uma mera ilusão. Mal fechei os olhos — ou foi o que pareceu — e comecei a ouvir cochichos agitados.

— Onde tá minha base, onde tá minha base...?

Conforme volto à consciência, escuto com mais clareza Carol conversando baixinho consigo mesma:

— Por que eu sou assim, hein? Que que custava eu deixar as coisas no lugar certo?

Com uma risadinha, resolvo acudir minha pobre amiga.

Chego ao quarto e me deparo com uma explosão de roupas, sapatos e maquiagens.

Ergo as sobrancelhas, achando graça da situação, e pergunto:

— Uma mãozinha, talvez?

Carol faz uma cara de desespero e alívio ao mesmo tempo.

— Sim, por favor!

Ajudo Carol a terminar de se arrumar.

Minha amiga decide usar um vestidinho branco que contrasta com sua pele escura. Como estamos no Rio, ela coloca uma rasteirinha bem praiana, com pedrinhas, conchas e tudo o mais. Faço um delineado de gatinho nos olhos dela e ela termina a fitagem no cabelo, ficando com os cachinhos perfeitos. Carol queria fazer fitagem no meu também, mas não temos mais tempo, então vou com os cachos não tão perfeitos quanto os dela, mas por mim tudo bem.

Quando enfim se dá por satisfeita, tanto com sua aparência quanto com a minha, Carol nos declara prontas.

Estamos uns quinze minutos atrasadas. Minha amiga quase tem um treco e vai me puxando para fora do quarto, falando que temos que chegar o mais cedo possível, para ela ter chance de falar com pelo menos um dos meninos.

Quando entramos no elevador, fico de frente para Carol, seguro seus ombros, olho bem dentro dos olhos dela e falo:

— Respira fundo. Não surta. Relaxa. — Ela me obedece, inspirando e expirando algumas vezes. — Isso. Você tem que estar calma, ou pelo menos *parecer* calma, para conseguir ter uma conversa digna com os meninos. Você acha que consegue fazer isso?

Carol continua respirando fundo, mas assente.

— Consigo — ela diz, por fim, com a voz firme.

As portas do elevador se abrem.

— Muito bem. — Dou um último apertão em seus ombros. — Então, vai lá e arrasa. O momento é seu, amiga!

Carol assente mais uma vez, tentando manter o foco.

— O momento é meu... — ela repete, quase em transe.

Fico surpresa ao perceber que não fomos umas das primeiras pessoas a chegar, considerando que estamos apenas quinze minutos atrasadas. Eu diria, inclusive, que fomos umas das últimas. Estou mal-acostumada com o esquema brasileiro de marcar um horário já se programando para o atraso de, pelo menos, meia hora dos convidados.

Os garotos da Glass estão espalhados pelo salão, o que acho estranho. Não sei por que, mas, na minha cabeça, os quatro ficariam juntos pra lá e pra cá. Pensando agora, acho que nunca os vi separados, mas realmente seria bizarro se eles não desgrudassem nunca um do outro...

Um trovão explode lá fora, fazendo-me pular. Não tenho medo de trovão, mas me assusto com barulhos altos inesperados.

O clarão do raio iluminou um canto mais escondido do salão mostrando que Peter está, para a minha grande surpresa, sem ninguém por perto.

— Carol! Olha o Peter ali sozinho! Vai! É sua chance! — falo, quase a empurrando.

— Não consigo! — minha amiga diz, esganiçada, e me olha com um ar suplicante e desesperado.

Suspiro.

— Vou lá e já volto.

— Não... — Carol segura meu pulso.

— Não, você. Vai se arrepender se não aproveitar essa oportunidade!

Sem nem esperar pela sua resposta, me dirijo o mais rápido possível até onde Peter está antes que alguém faça isso. Sento ao lado dele na bancada em uma dessas cadeiras altas de bar.

— Oi — falo em inglês.

Ele vira na minha direção e me dá um de seus sorrisos abertos, tão característicos dele, que acaba destacando a cicatriz discreta no canto direito do lábio inferior.

— E aí!

Dou um sorriso sem graça com seu jeito intenso e resolvo ir direto ao ponto:

— Tem uma amiga minha que é superfã sua.

— Uma amiga, é? — ele diz, num tom brincalhão, achando que essa "amiga" sou eu.

Dou uma risada, já que isso de chegar e falar "minha amiga tá a fim de você" é uma das cantadas mais manjadas do mundo — ainda que esse obviamente não seja o caso agora.

— É sério. — Arregalo os olhos para frisar. — Minha amiga é sua fã mesmo, mas ela ficou meio nervosa de vir aqui falar com você.

— Sério, por quê?

Olho para ele como se perguntasse "por que você acha?" e, em vez de me dar ao trabalho de explicar, digo apenas:

— Não sai daqui. — Pulo para fora do banquinho. — Sério. Fica aqui.

— Sim, senhora. — Ele faz continência.

Reviro os olhos, mas acabo sorrindo.

Ao que tudo indica, Peter é tão gente boa na "vida real" quanto parece ser pelas mídias sociais.

Corro até Carol, que observava nossa conversa a alguns passos de distância, e a arrasto até lá bem rápido, antes que outra fã surja e ocupe nosso espaço.

— Peter, Carol. Carol, Peter.

— E aí! — Peter fala em seu tom animado e se levanta do banco para dar um abraço na Carol, que cora e fica olhando encantada para ele.

Quando ela vira para mim, digo em português:

— Foco.

— É, tá. Foi mal. — Ela inspira fundo.

— Isso é português? — Peter puxa assunto.

— É — Carol responde, mais centrada.

— Que legal! Então, vocês são brasileiras?

— Somos — Carol diz.

Eles engatam em uma conversa e, como vejo que Carol está segurando as pontas, resolvo deixá-los conversando sozinhos.

Antes de sair, sussurro para minha amiga:

— Tenta descobrir a real história por trás da cicatriz dele! E não se contente com nenhuma baboseira do tipo "tava nadando do rio, fui brincar que era peixe e o anzol me fisgou". — Algo que Peter, de fato, já havia dito antes, em uma das mil entrevistas em que perguntaram sobre sua famigerada cicatriz.

Carol assente, mas me pergunto se me ouviu mesmo, considerando que toda a sua atenção está no cantor.

Solto uma risadinha e me afasto discretamente.

Rodo por alguns minutos pela festa, que continua enchendo — e eu pensando que já estava todo mundo aqui... Pego alguns dos salgados que encontro espalhados pela sala, tomo alguns copos de drinks e refrigerantes, e observo a interação das pessoas ao meu redor.

Todos direcionam a atenção para os meninos da Grass of Glass — o que é bastante óbvio. Onde quer que um deles esteja, uma pequena multidão se forma ao redor; se Carol antes estava sozinha com Peter, agora tem pelo menos mais umas dez pessoas com eles.

Eu me dirijo a um canto do salão e me encosto na parede, analisando o ambiente enquanto beberico uma bebida que parece ser de iogurte.

Peter se desdobra, dando atenção a todas as fãs que o cercam. Ele está sorrindo, como sempre, mas parece cansado, o que me faz pensar se estaria sozinho quando o encontrei porque tentava fugir um pouco da multidão. Ficaria surpresa se fosse o caso — jamais esperaria isso dele, considerando que está sempre animado e bem--humorado —, mas superentenderia — quer dizer, ele acabou de fazer um show, né? Deve ser cansativo cantar, tocar e pular na frente de uma multidão por horas seguidas.

Derek também está cercado, sobretudo por meninas, que parecem competir por sua atenção. Ele responde a todas e mantém uma expressão educada — ainda que séria — no rosto, mas me parece um tanto artificial.

Tudo bem, vou dar um desconto, porque Derek ao menos está tentando. Ele poderia ter simplesmente se isolado e ficado de cara fechada no canto da festa.

Dou uma risada com a minha hipocrisia.

Bem nessa hora, Derek vira o rosto na minha direção e nos olhamos por cerca de meio segundo. Meu coração dispara, por ter sido pega em flagrante enquanto o espiava, e logo desvio os olhos, voltando a observar a festa.

Josh está conversando com um monte de engravatados e mantém a postura sóbria de sempre. Ele parece um verdadeiro cavalheiro, honrando o posto de pai da banda.

Drew, do outro lado da sala, interage de forma animada com o grupo ao seu redor, dando seus sorrisos charmosos tão característicos e arrancando suspiros de meio mundo de garotas quando ajeita a franja com a mão. Reviro os olhos, ainda sem entender qual é a graça em assistir a um cara arrumando o cabelo.

De repente, uma ideia súbita me ocorre. Será que Henry está aqui, neste salão, também?

Considerando que está hospedado no quarto ao lado do meu e já vi alguns guarda-costas na porta dele de vez em quando, concluo que deve ser um dos "clientes especiais" do hotel e, por consequência, deve ter sido convidado para essa recepçãozinha também.

Será que eu e Henry estamos no mesmo ambiente?

Um frio envolve minha barriga apenas com a possibilidade.

Percorro os olhos pelos arredores mais uma vez, agora com um interesse renovado.

Como será que ele é? Será que eu conseguiria reconhecer alguém que nunca vi?

Ando mais uma vez pelo salão, analisando cada um dos rapazes presentes, tentando ver se eu sentiria algum tipo de ligação especial com alguém, ou se algum clique estalaria em minha mente quando olhasse para a pessoa certa, mas não acontece nada, é claro.

Com um suspiro frustrado, me sento em uma das muitas cadeiras vazias espalhadas por ali. Para não morrer de tédio, abro o aplicativo do meu tão amado Kindle e começo a ler no meu celular mesmo.

Não devo ter avançado nem três páginas quando percebo que não adiantaria tentar. Ainda que a história seja cativante, o cansaço do dia somado ao som da chuva, aumentando cada vez mais lá fora, fazem meus olhos pesarem e acabo pescando algumas vezes. Assim, desisto de ler e de tentar ficar aqui, e vou até a Carol.

Eu me enfio no meio das milhares de garotas ao redor de Peter — e, por consequência, da Carol — e digo no ouvido da minha amiga, alto o suficiente para que ela me escute em meio ao barulho das conversas pelo salão:

— Tô subindo, ok?

— Ok. — Ela faz um esforço para desviar o olhar vidrado de Peter para mim. — Quer que eu vá junto?

— Claro que não! — Reviro os olhos. — Jamais faria isso com você! Esse é o seu momento! É só que eu realmente tô exausta.

Nessa hora, Peter faz alguma gracinha e as meninas riem. Carol olha para ele encantada, tentando pegar a piada que perdeu, mas o momento já tinha passado. Voltando a atenção para mim apenas de forma parcial, ela diz:

— Tudo bem, te encontro mais tarde, então!

— Qualquer coisa me liga. — Dou um beijo na bochecha dela.

Quase corro para fora do salão e, quando me vejo diante dos elevadores, suspiro, deliciando-me com o silêncio que me acolhe.

Aperto o botão para chamar a carona até meu andar e massageio os ombros, a fim de desfazer os nós de tensão presentes ali com mais constância do que eu gostaria.

Respiro fundo e solto o ar em um fôlego longo, daqueles que parecem sair de nossos pulmões e alcançar os dedos do pé. Uma sensação muito estimada por mim e da qual senti bastante falta ao longo do dia retorna aos poucos.

Paz.

A tão preciosa paz, enfim, enche meu peito e alivia o cérebro cansado do esforço de permanecer tranquilo o dia inteiro.

Madu, Madu... converso comigo mesma. *Você precisa se lembrar de qual é seu verdadeiro lugar de paz... Se você continuar buscando calma e tranquilidade em ambientes serenos e isolados, você vai estar sempre perturbada. Sim, é importante ter nossos momentos de solitude, mas não podemos depender deles para estarmos bem. Vá para seu lugar de paz, Madu. Seu verdadeiro lugar de paz.*

Antes que eu consiga começar a cantar a música que compus justamente em um momento como este — e *para* momentos como este —, uma melodia breve e suave de duas notas reverbera pelo ambiente, indicando que o elevador chegou.

Assim que as portas se abrem, entro, já apertando o botão do meu andar, doida pela minha cama.

As portas vão se fechando, mas, pouco antes, uma mão se coloca na fresta, mantendo o elevador aberto.

Dou um passo para o lado, a fim de abrir mais espaço para o recém-chegado, que entra, enquanto encaro uma plaquinha na parede perto de mim, para evitar qualquer tipo de contato visual.

Contudo o barulho de alguém apertando de forma ininterrupta o botão de fechar as portas do elevador chama minha atenção. Enfim olho para a única outra pessoa dividindo esta pequena cabine metálica comigo.

Para a minha completa e total surpresa, vejo diante de mim ninguém mais, ninguém menos que Derek Duncan.

CAPÍTULO 6
Um tagarela inesperado, uma jaqueta cheirosa e o elevador de testemunha

— Oi — Derek diz, com educação.

— Oi — respondo um tanto embasbacada, porque: 1) ele é norte-americano, mas se deu ao trabalho de me cumprimentar em português; 2) ele é famoso e eu jurava que era antissocial, mas foi até simpático!; e 3) ele é, tipo, muito bonito, mas tinha me esquecido disso por causa do seu corte de cabelo atual, do qual não consigo mesmo gostar.

Balanço a cabeça e me forço a parar de encará-lo.

Ficamos um tempo sem falar nada e fito o mostrador de andares conforme subimos.

— Você fala inglês? — Derek me pergunta em sua língua materna.

— Sim.

— Que ótimo, isso facilita bastante as coisas, já que "oi" é uma das únicas palavras que sei em português.

Solto uma risada tímida e volto a encarar o painel.

Estou oficialmente chocada: Derek Duncan acabou de fazer uma espécie de *piada*?! Eu nem imaginava que ele soubesse o que é isso!

— Nunca vi um elevador tão lento quanto este — Derek comenta e fico ainda mais surpresa por ele estar puxando assunto. Ainda mais porque, minutos atrás, ele parecia fazer um esforço sobre-humano apenas para interagir com as fãs lá no salão.

Quando vi que ele estava aqui comigo no elevador, não esperava que fosse sequer *falar* comigo, quanto mais desenvolver uma conversa!

— Nem eu. — Eu me forço a responder com naturalidade, já que o cara que eu julgava ser antipático estava se dando ao trabalho de falar comigo. — Ele é tão devagar que fico admirada que consiga arranjar forças para continuar subindo.

Derek solta o ar pelo nariz em uma espécie de risada contida.

Olho para ele, chocada — Derek Duncan quase *riu*?!

Um trovão retumba do lado de fora, fazendo-me dar um pulinho.

— Tem medo de chuva? — Derek pergunta.

— Não, mas me assusto com barulhos altos e inesperados.

Derek abre a boca para falar, mas, bem nessa hora, o elevador para. E não foi uma parada normal. A porta não se abriu, as lâmpadas se apagaram, sendo substituídas pelas luzes de emergência, que mergulharam o ambiente em uma meia-luz, e o painel enlouqueceu, exibindo uns traços que, com certeza, *não* eram números!

Ouço a chuva caindo ainda mais forte lá fora.

— Acho que estamos presos... — Derek comenta, analisando os arredores do elevador assim como eu.

Concordo com a cabeça e continuo olhando da porta para o mostrador de andares completamente doido, esperando que o elevador dê sinal de vida.

— Daqui a pouco volta a funcionar, relaxa — Derek diz, observando-me.

— Tô relaxada, já fiquei presa em elevadores antes. Só não é a melhor experiência do mundo.

Ele ergue uma sobrancelha como resposta e, ainda me analisando com atenção, fala:

— Acho que te conheço de algum lugar.

— Pouco provável, mas acho que *eu* já te vi antes... — Dou uma risada. — Derek, certo?

Ele franze a testa de leve.

— Você sabe quem eu sou?

Reviro os olhos.

— Bom, não moro em uma caverna, então claro que sim.

Um dos cantos dos lábios de Derek se repuxa para cima. Acho que isso é o mais próximo de um sorriso que ele consegue esboçar, então vou entender como uma pequena vitória.

— Por que ficou tão surpreso? — pergunto. — Não é como se as pessoas não te reconhecessem na rua...

— Eu sei — dá de ombros —, mas é que hoje você parecia meio entediada lá no show.

— Como você me viu no meio de outras milhares de pessoas? — Entrelaço um braço no outro.

— Bom, você era a única de braços cruzados. — Ele aponta para mim, que estou na mesma posição em que passei a maior parte do show. — E com cara de quem não queria estar ali, então meio que se destacava na multidão.

Estreito os olhos, decidindo se acredito ou não nele.

— Mas e aí? Você não estava gostando? — Derek pergunta em um tom casual demais para parecer desinteressado.

— Na verdade, estava. Suas músicas são legais e tal...

— Mas...?

Enrugo o nariz, sem saber como desviar o rumo da conversa.

— Mas eu tenho um espírito idoso. O que já deve estar bem claro a essa altura...

— Por que você teria um espírito idoso? — Derek franze o cenho.

Faço uma careta.

— Não gosto de multidões, nem de som alto, nem de animação nível master...

— É, então, fica difícil aproveitar um show.

— Exatamente!

Ficamos por uns dois segundos apenas olhando um para o outro. Tempo mais que suficiente para meu estômago achar que seria legal dar uma cambalhota ao mesmo tempo que meu cérebro parecia bastante fascinado com o tom verde nos olhos dele, visível apenas de forma parcial na penumbra.

— Desculpa, mas como é o seu nome? — Derek pergunta, um tanto sem graça. — É muito estranho, porque você sabe quem eu sou, mas eu não te conheço.

— Teoricamente, também não te conheço, só sei o seu nome e outras informações pessoais. — Dou um sorriso para amenizar minha constatação que poderia ter parecido grossa. — Mas meu nome é Maria Eduarda.

— Maria Eduarda — ele repete devagar, com o sotaque carregado.

— Pode me chamar de Madu, se preferir.

— Madu — ele testa mais uma vez, conseguindo falar com mais naturalidade.

— Então… é a primeira vez de vocês aqui no Rio? — Balanço a cabeça e me corrijo: — Na verdade, não sei por que perguntei isso. Eu *sei* que não é a primeira vez de vocês aqui. Eu poderia, inclusive, dizer quantas vezes vocês já vieram ao Brasil antes.

Derek ergue as sobrancelhas, impressionado, mas cruza os braços e pergunta:

— É mesmo? E quantas vezes já estive aqui, então?

— Você, Derek, especificamente, não tenho certeza. — Enrugo o nariz. — E, de qualquer forma, teria vergonha de falar.

— Por quê?

— Porque vai ser bizarro você ver que sei esse tipo de detalhe sobre a sua vida.

Para o choque geral da nação, Derek dá uma risadinha — tão discreta e tão breve que quase passou despercebida, mas, ainda assim, uma risadinha.

— Por que isso seria bizarro?

— Porque a gente *nem se conhece*!

— Por que você não tenta? — Derek insiste, com um dos cantos dos lábios erguido de leve, o que, já percebi, é o máximo de sorriso que vou ver dele.

Suspiro e digo em um tom um tanto entediado:

— Considerando que a Grass of Glass tem 8 anos, mas vocês só estouraram há 6, vocês já vieram ao Brasil cinco vezes — despejo as informações como se fosse a Alexa, recusando-me a olhar para ele. — Mas você, Derek, sozinho, acho que veio aqui duas vezes além disso, se não me engano.

Crio coragem para espiá-lo e o vejo observando-me, ao mesmo tempo impressionado e assustado.

— Bizarro, eu sei. — Suspiro. — Desculpa por isso.

— Então você é *glassie*?

— Na verdade, não.

— Não?!

— É... Minha melhor amiga é *glassie* desde o começo da banda, quando vocês ainda só faziam *covers* no YouTube. Só caí aqui de paraquedas.

Um lampejo diferente cruza seus olhos e a coisa mais estranha do mundo acontece: Derek sorri. Com direito a dentes e tudo.

Estreito os olhos para ele, como se um chifre cor-de-rosa tivesse acabado de surgir bem no meio de sua testa.

Desde quando Derek Duncan sorri?! Eu nem sabia que isso era anatomicamente possível para ele!

Mal tenho tempo de reparar em como seu sorriso é bonito. Antes mesmo de conseguir terminar esse pensamento, seu rosto volta para a expressão neutra de sempre, mas o sorriso raríssimo que acabei de testemunhar continua presente em seu tom de voz.

— Então você não é *glassie*? — Derek pergunta mais uma vez, cruzando os braços e se apoiando na parede atrás de si.

Dou de ombros, achando um pouco estranho ele estar gostando tanto do fato de eu não ser fã deles.

— Desculpa, mas não.

— Por que "desculpa"?

— Sei lá... Acho que seria falta de educação dizer que não sou sua fã? — A afirmação sai como uma pergunta e estreito os olhos, confusa.

Esta está sendo uma das conversas mais complicadas que já tive — algumas vezes é muito difícil ser honesta e simpática ao mesmo tempo.

— Não vejo como isso poderia ser falta de educação — Derek responde. — Ninguém é obrigado a ter os mesmos gostos musicais dos outros.

— Tem razão.

Percebo, pelo canto dos olhos, que ele me observa com atenção redobrada.

— Mas, então, você não gosta das nossas músicas?

— Na verdade, até que gosto. Só não sou fã.

— E por que não?

— Por que não sou fã?

— É.

Mordo os lábios, procurando uma saída, então pergunto:

— Você sempre quis ser cantor?

Ele ergue as sobrancelhas com uma ironia bem-humorada.

— Você está mudando de assunto?

— Bem, eu estava tentando, se você pudesse cooperar...

Ele solta uma risadinha um tanto enferrujada, como se fizesse tempo que não risse. E é aí que começo a cogitar a possibilidade de eu estar em uma realidade paralela, ou sonhando, ou algo assim.

— Por quê? — Derek questiona.

Apesar de ele ter acabado de falar sobre ninguém ser obrigado a ter os mesmos gostos musicais e tal, não sou o tipo de pessoa que chega na cara da outra e diz que não curte muito o estilo dela, por isso resolvo dizer apenas:

— Não quero te ofender.

— Você não vai, acredite em mim.

— Tudo bem, você que pediu... — aviso, mas fico em silêncio depois disso.

Derek abre a boca para falar alguma coisa, após esperar por alguns segundos que eu concluísse minha resposta, mas uma voz masculina ecoa por um alto-falante na parte de cima do elevador.

— Tem alguém aí? — a pessoa indaga e tenho um sobressalto.

Derek me vê pulando no lugar com o som inesperado e o canto dos seus lábios se repuxa de leve para cima. Olho feio para ele de brincadeira, que apenas ergue as sobrancelhas, ainda parecendo se divertir com a situação.

— Se tiver alguém preso no elevador — a voz continua —, basta apertar o botão com um megafone para podermos nos comunicar.

Vou em direção ao painel com os botões enquanto Derek pergunta:

— O que ele disse?

— Só para a gente apert...

A voz ecoa mais uma vez pelo elevador, dessa vez em inglês, interrompendo-me. Ouvimos em silêncio e, quando a pessoa termina de falar, brinco:

— Foi isso que ele disse.

Derek ergue a sobrancelha, no que estou aprendendo que é sua expressão equivalente a um sorriso de uma pessoa normal, e enfim aperto o botão.

— Oi — digo em inglês, para incluir Derek. — Estamos presos aqui.

— Sentimos muito pelo inconveniente, senhorita — o homem diz, também em inglês. — Como vocês estão?

— Estamos bem. — Olho para Derek de forma indagadora, e ele apenas assente. — O que aconteceu?

— Ocorreu um apagão nos arredores. Ainda estão tentando descobrir o motivo — a voz responde. — Quantas pessoas exatamente estão presas aí, senhorita? As câmeras do elevador não voltaram a funcionar.

— Apenas eu e mais uma.

Olho incerta para Derek, sem saber direito se ele quer que eu diga que é ele que está aqui ou não. Parecendo entender meu olhar,

Derek nega com a cabeça. Dou de ombros, como se dissesse "você que sabe".

— Já estamos providenciando para tirar vocês do elevador — o homem avisa. — Aguentem mais um pouco.

— Certo, obrigada.

Eu e Derek nos olhamos por um breve momento depois disso, até que quebro o silêncio:

— Não quis ser reconhecido?

— É... As coisas costumam ficar tumultuadas...

— Mas, se soubessem que é você, com certeza agilizariam o processo para nos tirar daqui.

— Não tinha pensado por esse lado. — Ele ergue um ombro. — Foi indelicado de minha parte. Se quiser, pode ligar de novo para eles, para virem nos tirar daqui logo.

Suspiro.

— Não, não estou tão desesperada. Acho que posso aguentar mais um pouco, pelo bem da sua sanidade... Sei como é querer evitar uma multidão.

Ele esboça o princípio de um meio-sorriso.

— Obrigado.

— Não há de quê.

Eu me sento no chão, aceitando o fato de que vamos ficar presos aqui por mais um tempo. Derek também se senta, de frente para mim, do outro lado do elevador.

— Então quer dizer que você é *glassie* por tabela, mas não é nossa fã... — ele retoma o assunto de momentos atrás e franzo o nariz.

— Você encucou com isso, né?

— Você não me respondeu quando te perguntei, então, sim, estou encucado.

— É algo tão impensável assim alguém não ser fã de vocês?

— Na verdade não, muito pelo contrário. — Derek apoia a cabeça na parede, o cansaço do dia parecendo pesar sobre os ombros. — Estou tão acostumado a todo mundo puxando meu saco e da banda o tempo todo que quero ouvir alguma crítica para variar.

— Achei que vocês recebessem muitas críticas dos *haters*.

— Sim, na internet. — Ele me analisa com atenção. — Poucos têm coragem de falar na cara, ainda mais quando estamos a sós.

— Só para constar, não sou uma hater. Gosto do som de vocês e acho vocês supertalentosos. É só que não sou fã, sabe...?

— Sim, essa parte já entendi. — Derek dá seu meio-sorriso, num misto de bom humor e ironia. — Estou querendo entender por qual razão você não é nossa fã. Por pura curiosidade, sério.

— Por alguns motivos... — Evito olhar para ele enquanto listo: — Um, o estilo de vocês não faz muito o meu tipo, ainda que eu ache vocês supertalentosos, como acabei de falar. Dois, não tenho paciência para ficar acompanhando banda, nem cantor, nem famoso nenhum, porque, três, não estou nem um pouco preocupada com a vida de vocês. Com todo o respeito.

Derek solta uma risada discreta e abafada, como se ela tivesse saído contra sua vontade. Por isso, arrisco olhar para ele, que me observa com um semblante maravilhado.

— Justo — Derek diz, por fim.

Abro um sorriso amarelo e ajeito um cacho atrás da minha orelha, sem conseguir pensar em outro assunto. Felizmente ele resolve esse problema por mim:

— Então... você não é *glassie*, mas sabe tudo sobre a Glass?

— É.

— E sobre mim?

— Considerando que você é da Grass of Glass, sei tudo sobre você também. — Assim que as palavras passam por minha boca, me pergunto por que admiti isso. É bem estranho conversar com um cara sobre quem sei mais detalhes do que gostaria, enquanto ele não sabia sequer o meu nome até minutos atrás.

— Mas o que seria "tudo"? — Derek continua cavando esse buraco, parecendo se divertir com isso mais do que eu esperava e, com certeza, muito mais do que eu gostaria.

— Me diga você... — resmungo. — Sei seu nome inteiro, o nome dos membros da sua família, o nome do seu cachorro e das suas duas calopsitas, sua data de aniversário, sua cor preferida, sua comida preferida... — Suspiro. — Poderia continuar essa lista constrangedora pelo resto da noite.

— Impressionante — diz, com os cantos dos lábios erguidos de leve.

Dou um sorriso torto enquanto meu cérebro procura de forma desesperada algum outro assunto.

— Mas e aí, vocês gostam mesmo do Brasil ou é só marketing, porque as fãs brasileiras são um dos maiores *fandoms* de vocês? — Óbvio que não pensei muito bem antes de tacar essa pergunta na cara dele.

Derek cruza os braços, com um humor irônico.

— Você é o quê, uma jornalista?

— Não, foi mal, a pergunta foi sem noção mesmo... Finge que nem fiz.

— Vou deixar passar dessa vez — Derek diz, em tom de brincadeira.

Outro silêncio toma conta do ambiente e aproveito para dar uma espiada no meu celular e descobrir que horas são: 23h55. Pelas minhas contas, já deve fazer uns dez minutos que estamos aqui.

Quando ergo os olhos, percebo que Derek está me observando — mais uma vez. Pigarreio e tento continuar a conversa:

— Você não está exausto, não? — Observo seu rosto em busca da resposta. — Eu apenas assisti ao show e estou acabada, nem consigo imaginar como você ainda está se aguentando de pé.

— Teoricamente estou sentado.

Reviro os olhos, mas meus lábios teimam em se erguer.

— Você me entendeu.

Ele me dá um sorriso contido, mas gentil.

— Depois de anos nesse estilo de vida, a gente acaba se acostumando.

— Bom, eu com certeza não nasci para ser fã. Acredita que minha amiga me fez acordar às quatro da manhã para estar na fila às cinco horas?!

Ele arregala os olhos.

— Então você tem bem mais motivo que eu para estar exausta.

— Se você diz...

— Estou falando sério. Às quatro horas da manhã eu estava bem confortável na minha cama, dormindo. Só fui chegar ao estádio poucas horas antes do show.

— Ah, sei muito bem disso. — Reviro os olhos. — As meninas foram à loucura quando vocês chegaram lá.

Ele solta um suspiro cansado.

— Imagino.

Sorrio de canto e fico sem falar nada, com o cérebro exausto demais para pensar em algum assunto para puxar.

Agora que estou sentada, meu corpo começa a relaxar e o frio ao meu redor se torna mais perceptível. O hotel é sempre bastante gelado, com o ar ligado no máximo — ou seria no mínimo? —, mas, agora que o elevador parou, parece ter concentrado todo o frio aqui dentro. O fato de eu estar usando uma regata não ajuda muito nesse quesito também. Dobro os joelhos e me abraço em posição fetal, tentando me aquecer um pouco.

— Fiquei pensando... — Derek diz, depois de um tempo em silêncio. — Como você sabe tanto sobre mim, nada mais justo que eu saiba mais sobre você também, não?

Meus olhos começam a pesar.

— Ah, não tem muito a saber sobre mim, acredite.

— Duvido. Mas podemos começar com o básico, para não te assustar.

Dou uma risada.

— Com o básico?

— É. Tipo... Quantos anos você tem?

— Vinte.

Os cantos de seus lábios se erguem com sutileza, como se se divertisse com alguma coisa.

— E você? Estou perguntando por mera educação. Vou fingir que não sei que você completou 23 no último dia 2 de setembro.

Derek ergue as sobrancelhas, parecendo achar graça, e continua o interrogatório:

— Você tem irmãos?

— Não, sou apenas eu. — O canto dos meus lábios se repuxa em um sorriso brincalhão. — E como vai o Dylan?

— Meu irmão vai muito bem, obrigado — ele responde. — Você tem algum animal de estimação?

— Acredite ou não, mas tenho uma calopsita.

— É mesmo?

— É. Acho que a Juju se daria bem com o Cosmo e a Vanda. Isso se a Naia, sua rottweiler, não comesse a coitada antes.

Derek ergue as sobrancelhas mais uma vez.

Eu me dou um tapa mentalmente — *por que estou me colocando nessa situação constrangedora?* Derek não estava me perguntando se eu conhecia todas essas informações e eu com certeza não precisava mostrar que eu provavelmente sei mais sobre ele do que ele mesmo. Vou culpar meu cérebro cansado por este momento sem noção.

Com um suspiro, tento voltar a um estado de espírito mais alerta e acordado. *Nada de ser esquisita sem motivo, Madu, vamos lá!*

— Qual é sua cor preferida? — Derek quer saber.

— Roxo.

— Não quis acrescentar a minha também ou você não sabia essa? — ele me provoca ao ouvir minha resposta concisa.

Franzo o nariz.

— Decidi parar de ser estranha.

Derek dá uma gargalhada.

Olho em sua direção como se ele tivesse se transformado em um ornitorrinco laranja com bolinhas verdes. Mais uma vez me pergunto se Derek está no perfeito funcionamento de suas faculdades mentais — já o vi sorrir e rir mais em poucos minutos do que em oito anos acompanhando a banda.

— Ah, acredite, você não estava sendo estranha — ele comenta, ainda com resquícios do sorriso na voz. — Engraçada talvez, intrigante com certeza, mas estranha... Acho que não.

— Se você diz...

— Bom, minha cor preferida é verde, caso você esteja se perguntando — ele informa, um toque de diversão se insinuando no canto de seus lábios.

Reviro os olhos, mas acabo sorrindo.

— Eu por um acaso já sabia disso, senhor Duncan. Mas tem uma coisa que sempre me perguntei e finalmente vou ter a chance de matar a curiosidade.

— Diga.

— O fato de verde ser sua cor preferida tem alguma relação com a música "Grass of glass"? Porque, tipo, o que te levou a se comparar com a *grama*, sabe?

De novo, Derek gargalha, dessa vez com gosto, dando ainda mais provas de que estou presa com um clone dele neste elevador.

— Ia perguntar como você sabia que fui eu que escrevi "Grass of glass", mas percebi que seria uma pergunta idiota — ele comenta. — Sobre a dúvida... Se eu gostar de verde teve alguma coisa a ver ou não com a música, não faço ideia. Se tiver tido, foi algo bem inconsciente.

— Entendi. Mas você se identifica mesmo com a grama?

— É uma poesia, Madu... — Seus olhos correm para o lado, assumindo um ar pensativo. — Mas na época que escrevi essa música eu estava passando por alguns momentos difíceis... Eu me sentia quebrado e idiota. Tão relevante quanto a grama. Então, talvez, de forma inconsciente, sim, eu me identificasse com a grama... — Ele dá de ombros. — Sei lá.

— Por quê? — pergunto. — Por que você estava se sentindo quebrado e idiota?

Ele passa uma mão pelos cabelos longos.

— Eu achava que as pessoas só me usavam, entende? Eu e os caras estávamos bem no início da banda, e eu sentia que todo mundo estava tentando pisar em mim, passar por cima da gente de alguma forma... E queria deixar bem claro que eu não era passivo, nem indefeso... que iria revidar. Que, se alguém quisesse pisar em mim mais uma vez, eu iria furar seus pés em resposta. — Derek passa uma mão pelo rosto. — Hoje já não penso mais assim, é claro, mas era o que eu sentia quando compus a música.

Uma vez que, como todos sabem, Derek se tornou cristão há alguns anos, junto de Peter, é compreensível, e até esperado, que seu pensamento tenha mudado mesmo. Mas, ainda assim, minha curiosidade não tinha sido completamente sanada.

— Mas por que *grama*? — indago. — Por que não usar a figura clássica do tapete ou capacho?

Ele dá de ombros.

— A gente poderia dizer que gosto de fugir do esperado. Mas na verdade acho que foi mais pelo trocadilho entre *grass*[6] e *glass*[7]... Não me lembro mais tanto assim do processo criativo dessa música, sendo bem honesto. Eu tinha só 17 anos quando escrevi.

— O que diz muito sobre você enquanto compositor.

Derek me lança um olhar esperto.

— Sabe, é difícil acreditar que você não é *glassie* quando faz comentários desse tipo.

Balanço a cabeça, mas acabo sorrindo.

— Você cismou mesmo com isso de eu não ser *glassie*, né?

Derek me observa com um ar divertido, mas, em vez de me responder, muda de assunto:

— Já que estamos falando sobre música... Você canta? Ou toca?

— As duas coisas.

Os olhos dele brilham.

— O que você toca?

— Violão. E um pouco de piano.

Ele assente, com admiração.

— Legal. Eu também.

Sorrio, apertando os lábios para não falar algo como "eu sei", mas na certa esses pensamentos ficam estampados na minha cara, porque Derek ergue mais uma vez as sobrancelhas, daquele jeito que mostra que está se divertindo, enquanto olha direto nos meus olhos.

Um tremor percorre meu corpo. Vou atribuir isso ao frio congelante em que o elevador se encontra neste momento. Não é nada além disso.

---

[6] "Grass", em inglês, significa "grama".

[7] "Glass", em inglês, significa "vidro".

Ao perceber meu calafrio, Derek se levanta, tira a jaqueta de couro preta, vem até o meu lado e a estende para mim.

— Obrigada — digo, já vestindo a peça quentinha e sendo bombardeada por seu perfume. É claro que ele também era cheiroso...

— Disponha. — Ele se senta ao meu lado.

Ficamos um tempo em silêncio, então pergunto, tentando puxar assunto e me livrar de meu constrangimento:

— E aí, estão curtindo muito o Rio?

— Nem tanto.

— O quê? Por quê? — Viro o rosto em sua direção.

— Nosso agente não nos deixa sair por aí... Ele teve um trabalho danado para conseguir manter em sigilo, ou tanto quanto possível, em qual hotel a gente estava hospedado...

— Ah, entendi... Que pena.

— Faz parte. — Ele dá de ombros. — E você? Se divertindo bastante?

— Nossa, sim! Ainda que minha definição de diversão seja bem diferente da de Carol, depois de anos de amizade, a gente aprende a se adaptar e criar um cronograma que agrade as duas.

— Vieram só vocês?

Olho para ele de esguelha.

— Sabe... Não é porque sei tudo sobre você que te conheço de verdade — digo em tom de brincadeira, mas nem tanto. — Então vou ignorar essa pergunta, porque não acho seguro dar esse tipo de informação para estranhos.

— Justo — ele diz. — Mas espero que você não responda desse jeito para outros estranhos, porque essa resposta meio que já entrega que estão só vocês duas aqui.

Franzo o nariz, o que parece diverti-lo.

— É a primeira vez que vocês viajam sozinhas?

— É. — Meu tom sai um tanto derrotado por não ter conseguido ser discreta.

— E como está sendo?

— Nossa, tudo de bom, né?

Disparo a falar sobre a nossa rotina de praia, compras, comida... A vida regalada dos sonhos de qualquer um. Para minha surpresa, Derek me ouve com atenção, fazendo perguntas aqui e ali.

Quando termino o relato, fico em silêncio, refletindo no tanto que tagarelei.

— Nossa, eu devo ter te cansado com isso tudo. — Observo o rosto dele, tentando descobrir se sua expressão entregava alguma coisa. — Falei demais.

— Nada a ver, gostei de saber que você tem se divertido com a Carol — ele fala o apelido da minha amiga com o sotaque americano, "Kérou".

Dou um sorriso agradecido em resposta à gentileza dele.

De novo ficamos em silêncio, apenas nos olhando. Dessa vez bem mais perto, já que agora ele está sentado ao meu lado.

As luzes de emergência do elevador nos permitem enxergar o suficiente para analisarmos um ao outro com mais atenção. Observo seus cabelos escuros e longos penteados para trás, seus grandes cílios fazendo sombra na maçã do rosto e seus olhos... Eu me perco naquela imensidão verde e percebo detalhes que nunca tinha visto em fotos antes. No centro das íris, ao redor da pupila, há uma espécie de halo dourado e pequenos riscos, como raios de sol, se espalham pelo mar esverdeado.

— Você tem sardas. — A voz de Derek me tira de minha inspeção minuciosa.

Por algum motivo, sua constatação do óbvio me faz corar.

— Tenho.

Derek ergue a mão, como se fosse encostar nas pintinhas discretas que cobrem a parte de cima do meu nariz e das minhas maçãs do rosto. Mas, de súbito, ele parece perceber o que está fazendo e retira a mão de perto de mim.

Pigarreio, em uma tentativa estranha de acalmar o coração acelerado. Então digo, para preencher o silêncio:

— A Carol vai pirar quando descobrir que fiquei presa no elevador com Derek Duncan.

— Não se esqueça do fato de que você também está usando minha jaqueta — ele completa, voltando a se recostar na parede atrás de nós.

Forço uma risada, tentando agir com naturalidade, ainda que meu estômago continue com um frio estranho.

— É, não posso me esquecer disso. — Encosto a cabeça na parede também, já mais relaxada, e pisco de forma lenta. — Não sei para que esse ar-condicionado congelante aqui no hotel, inclusive... — Minha voz sai mais arrastada e meus pensamentos começam a assumir um ritmo devagar.

— Bom, considerando que o Rio é quente pra caramba, acho que posso entender o motivo, Sardas...

Solto uma risada leve, com dificuldade para manter os olhos abertos.

Derek, em vez de puxar mais algum assunto, começa a cantarolar baixinho uma melodia suave com o tom rouco e agradável. Aos poucos, vou mergulhando no meu inconsciente, até que apago.

CAPÍTULO 7
Não são só os fãs que podem pedir para tirar foto com outras pessoas

— Sardas? — Uma voz um tanto distante ecoa em minha mente semiadormecida.

Dedos calejados nas pontas pressionam com suavidade meu braço e abro os olhos lentamente, tentando me situar.

Com um pouco de dificuldade, devido ao meu cérebro enevoado pelo cansaço, percebo que estou sentada em um elevador, acompanhada por mais alguém. Para ser mais exata, a outra pessoa aqui comigo é *Derek Duncan*, apenas um dos vocalistas principais da Grass of Glass.

Estico os braços e bocejo.

— Dormi muito? — pergunto, enquanto passo os dedos pela boca de forma discreta, para checar se não tinha babado.

— Acho que uns dez minutos.

— Nossa, foi mal.

— Não se preocupa. Acho que até eu dormi.

Assinto, ainda sonolenta para falar alguma coisa.

— Eu te acordei, porque finalmente vieram nos tirar daqui — ele diz e boceja, num esforço para espantar o sono também, e aponta para cima, de onde escuto o som de algumas vozes.

Fico em pé e me espreguiço.

Pouco depois, um facho de luz entra no elevador, cegando-me por um momento. Quando recupero a visão, vejo Derek se levantar e ficar ao meu lado, enquanto olha para cima, na direção da lanterna.

— Vocês estão bem? — um funcionário pergunta em português.

Derek olha para mim num misto de confusão e expectativa que eu sirva de intérprete.

— Estamos bem! — respondo ao funcionário, também em português. — Você fala inglês?

— Não, senhora — ele avisa. — Sinto muito.

— Imagina. Sou brasileira, fique tranquilo. É só que tem um americano aqui, então, se você soubesse inglês, a gente conversaria nessa língua para ele não ficar excluído.

— Entendi — ele diz, parecendo pouco interessado na minha explicação, antes de continuar: — Olha, moça, o elevador parou no meio dos andares e vou precisar que vocês pulem para alcançar o chão daqui, vocês conseguem?

— Sim, só um minuto.

Traduzo a situação para Derek, que assente.

— Licença — Derek me fala e, antes que eu possa perguntar o que quer dizer, ele me ergue para cima, na direção do andar em que está o funcionário.

Quando alcanço o piso, apoio as mãos e me forço para cima, para sair do vão do elevador. Logo depois, Derek pula, alcançando o chão e se impulsionando para fora da mesma maneira que eu alguns segundos antes.

— Você está bem? — Derek pergunta enquanto me analisa de cima a baixo, em busca de algum machucado.

— Tudo certo. E você?

— Também.

Um outro funcionário, que parece ter um cargo mais elevado, se aproxima de onde estamos.

— Boa noite, senhores — ele diz em português. — Meu nome é Cláudio, sou gerente do hotel. Em nome de toda a nossa equipe, gostaria de pedir nossas sinceras desculpas. Sentimos muito pelo inconveniente, espero que estejam bem e saibam que esti...

Ele para de falar de forma abrupta quando se aproxima o suficiente para ver melhor o rosto de Derek. Ao reconhecê-lo, Cláudio empalidece.

— Senhor Duncan! Mil perdões! — Cláudio exclama em inglês. Pelo tom desesperado, poderia muito bem se deitar aos pés de Derek a qualquer momento. — Houve um apagão nos arredores e...

— Relaxa. — Derek faz um movimento com a mão, desconsiderando. — Está tudo bem.

— Não, realmente peço desculpas. Foi um tremendo inconveniente um dos nossos principais hóspedes ficar preso no elevador. Espero que nos perdoe, não irá se repetir.

— Não foi nenhum inconveniente. Na verdade, foi bastante agradável — Derek fala e me olha de soslaio com um sorrisinho sutil.

— Por favor, como poderíamos recompensá-lo por essa situação? — Cláudio continua, como se Derek não tivesse falado nada.

O pobre homem começa a chamar outros funcionários, exigindo coisas sem sentido, como que limpassem mais uma vez o quarto de Derek, lhe oferecessem uma refeição e outros exageros do tipo — que se tornam ainda mais sem noção se considerarmos que já passou da meia-noite...

Aos poucos, com o alvoroço nada discreto de Cláudio, outros funcionários por perto notam a presença de Derek, que começou a ser cercado. Pessoas vindas sabe-se lá de onde — uma vez que estamos no 21º andar no meio da madrugada — foram se aglomerando ao redor do cantor famoso, querendo uma selfie ou um autógrafo.

Como ele estava ocupado, começo a me afastar, a fim de seguir meu caminho de escada até o andar do meu quarto. Até pensei em tentar me despedir de Derek, mas tem tanta gente em volta dele e estou tão, mas *tão* cansada que tudo o que quero é minha cama.

A alguns passos da porta que leva para as escadas, uma voz rouca grita atrás de mim:

— *Hey, Freckles!* ["Ei, Sardas!"]

Sardas? Pela primeira vez, reparo no jeito que o vocalista da Grass of Glass está me chamando.

Viro e vejo Derek correndo em minha direção, sendo seguido por pelo menos uma dúzia de pessoas.

— Você estava fugindo de mim? — ele pergunta, em tom de brincadeira.

— Acredita que não? — respondo no mesmo tom que o dele. — Estava só querendo continuar o que a gente começou no elevador.

— Que coincidência! — Seus olhos brilham com diversão. — Eu estava querendo o mesmo!

Franzo o cenho, desconfiada de que não estejamos nos referindo à mesma coisa.

— Você está falando sobre dormir? — pergunto.

— Não. — Ele mantém o tom bem-humorado. — Eu estava falando sobre continuar conversando com você.

Arregalo os olhos e mordo os lábios.

Ok... Isso foi... completamente inesperado.

— Ah. — É a minha resposta genial, porque, honestamente, *ninguém tinha me preparado para uma situação como esta!*

As pessoas acompanham nosso diálogo com impaciência, tirando fotos, filmando e sei lá mais o quê. Ao perceber meu desconforto com a atenção nem um pouco desejada, Derek se aproxima um passo de mim e sussurra em meu ouvido:

— Você se importaria de me esperar na escada enquanto tento me livrar da plateia? Que aí eu, pelo menos, te acompanho até seu quarto.

Estreito os olhos para ele, fazendo cara de desconfiada, para disfarçar o arrepio que percorreu meus braços.

— Tudo bem — digo, por fim, e ele parece soltar o ar.

— Te vejo em alguns minutos.

— Ok.

Derek volta pelo corredor, sendo seguido pelas pessoas determinadas a azucrinar um famoso no meio da noite.

Sigo devagar até as escadas e subo alguns degraus, para ficar mais escondida, sentando-me no topo. Apoio a cabeça na parede e acho que cochilo mais uma vez, porque a próxima coisa que percebo é um carinho gentil em meu braço.

— Ei, estou de volta, Sardas — Derek me acorda em voz baixa. — Desculpa a demora.

Ele me olha com pesar, parecendo se sentir culpado.

— Não deveria ter te pedido para me esperar. Você está exausta.

— Não se preocupe com isso. — Esfrego os olhos, para espantar o sono. — Acredite, se não quisesse ficar te esperando, teria ido embora sem nenhum peso na consciência.

Derek ergue as sobrancelhas.

— Não sei por que não fico surpreso. — Ele estende a mão para me ajudar a levantar. — Onde fica seu quarto?

Estreito os olhos para ele enquanto aceito a ajuda para ficar de pé.

— Vou presumir que você não é psicopata, nem *stalker*, nem maluco, porque, depois de ter ficado presa no elevador com você, acho que conquistou esse direito.

Derek me presenteia com uma risada.

— Não vou trair sua confiança.

— Bom mesmo. — Recolho a mão que ele ainda segurava. — Então, vamos indo, temos um longo caminho pela frente.

Depois de subirmos os primeiros degraus em silêncio, Derek pergunta:

— Você e a Carol ainda vão estar no Rio amanhã?

— Aham, por quê?

— Porque vamos fazer outro show aqui.

— Não me diga… — brinco, enquanto tento entender aonde ele quer chegar.

Derek me olha com ar divertido e diz apenas:

— O que você acha de ir amanhã de novo?

— Onde?

— No show.

— Eu?!

— Sim, Sardas, você.

A pergunta me pega tão desprevenida que paro de andar e o encaro.

— Por quê? — Sim, meu cérebro demorou vários segundos para formular essa frase brilhante.

Derek franze a testa, sem entender.

— Por que o quê?

— Você estava me convidando para ir ao show de vocês amanhã de novo?

Parecia inesperado demais para ser verdade.

— Sim... Ou pelo menos eu estava tentando fazer isso.

— Por quê?

— Por que o quê? — ele repete, parecendo meio exasperado.

— Por que você está me chamando para ir ao show de novo?

Derek dá de ombros e passa uma mão pelo cabelo.

— Você disse que não curtiu tanto o de hoje por causa da multidão.

Estreito os olhos, tentando entender seu raciocínio. Ele dá de ombros mais uma vez e diz, como se não fosse nada:

— Pensei que você poderia assistir amanhã da coxia. Aí poderia curtir ao vivo, mas sem todo aquele bando de gente em volta.

Meu queixo cai.

— Está falando sério?

— Bem sério.

— Nossa, nem tenho como recusar esse convite!

Ele ergue as sobrancelhas — seu equivalente a um sorriso.

— Falando assim, você fica até parecendo uma *glassie*.

— Essa é a questão! Sabe o que a Carol faria comigo se soubesse que você me fez uma proposta dessas e eu *recusei*?!

Derek faz uma careta.

— Mas você está aceitando meu convite porque está a fim de ir ou porque é o que a Carol quer?

— E faz diferença?

— Com certeza. Você já foi ao show por amor hoje. Se for amanhã, quero que seja porque *quer* ir.

Antes que eu possa pensar muito no que ele disse, Derek continua:

— Não precisa passar por tudo isso de novo se não quiser. Já entendi que você não gosta de ter muita gente em volta. — Ele coça a nuca. — Só achei que seria legal você poder aproveitar o show sem ter todos esses... incômodos.

— Eu... — Olho ao redor, procurando as palavras. — Uau. Não sei nem o que dizer.

— Um "aceito" ou um "cai fora" já seria o suficiente — ele brinca e dou risada.

— Aceito, óbvio.

Derek sorri.

— Ótimo! Vamos te deixar no seu quarto, então.

— Sabe — o provoco, enquanto voltamos a subir os degraus —, não imaginei que você faria esse esforço todo só para conquistar mais uma fã...

— Não estou querendo conquistar mais uma fã qualquer...

Abro e fecho a boca algumas vezes, mas, ao que tudo indica, meu cérebro colapsou e encontra-se indisponível para formular frases. Assim, continuamos subindo os lances de escada que faltavam em silêncio.

No meio da subida, um som de máquina voltando a funcionar nos alcança logo antes de as luzes retornarem de vez.

Fecho os olhos por um instante, cegada pela luminosidade. Quando minha vista se acostuma de novo, Derek brinca:

— Quer terminar o trajeto de elevador?

Enrugo o nariz.

— Apesar de ter sido uma honra ficar presa no elevador com você, acho que não quero repetir essa experiência tão cedo.

Ele solta uma risadinha discreta, que não teria percebido se não estivesse atenta.

Após mais alguns degraus, chegamos ao meu andar e anuncio:

— É aqui.

Derek abre a porta da escada para mim e entro no corredor dos quartos, com uma coleção de guarda-costas espalhados por aí.

Atipicamente, os seguranças do apartamento ao lado do meu olham com curiosidade na minha direção — no geral, eles são indiferentes à minha presença. Imagino que o fato de ter uma pessoa famosa ao meu lado tenha chamado a atenção deles.

Conduzo Derek até a porta do quarto.

— É aqui? — ele pergunta, parecendo se divertir com algo.

Estreito os olhos para ele, sem entender qual seria a graça, mas respondo:

— É.

— Sei que talvez seja pedir muito agora, considerando o quanto está cansada, mas será que você poderia, por favor, tentar *não* dormir? Vou passar no meu quarto rapidinho, pegar as pulseiras de acesso ao camarim para você e para a Carol e volto daqui a pouco, pode ser?

— Combinado. Muito obrigada, Derek!

— Não me agradeça, Sardas. — Ele ergue as sobrancelhas para enfatizar. — Apenas permaneça acordada.

Reviro os olhos, tentando manter a pose — mas o meu sorriso traidor quebra minha imagem de durona.

— Vou ver o que posso fazer.

Os olhos dele brilham com humor e entro no apartamento sem olhar para trás — ele não precisa ver meu sorrisinho bobo.

Sigo em direção ao meu quarto, mas, como a luz da Carol está acesa, vou até lá.

— Ué, você já tá aqui? — pergunto. Não achava que ela fosse voltar tão cedo.

— Pois é, depois do apagão, disseram para a gente retornar para os quartos pelas escadas — ela diz e levanta os olhos do celular por uma fração de segundo, a fim de olhar para mim de forma inquisitiva. — Achei que você já estivesse dormindo.

— Não, acabei de chegar. — Eu me sento na cama dela e me preparo para passar bons minutos por aqui. — Fiquei presa no elevador.

Carol me olha de novo, dessa vez por mais tempo e com uma expressão preocupada.

— Não acredito! Sério? Mas você tá bem? — Minha amiga volta a encarar seu celular, como se fosse mais forte do que ela. — E que jaqueta é essa?

— Sim, tudo certo. — Eu me aproximo de Carol e tento enxergar a tela do telefone, ignorando sua última pergunta. — O que você tanto olha aí, hein?

Carol me lança um sorriso extasiado.

— Viu a foto que acabei de postar no Instagram?! — Ela vira o celular para mim, exibindo uma selfie dela abraçada com Peter, parecendo mais feliz do que nunca. — Melhor. Dia. Da. Minha. Vida!

Dou uma risada.

— Então espera só até eu te contar o que aconteceu comigo — falo, com um sorrisinho.

Ela me olha na mesma hora.

— O quê?!

— Sabe quem ficou preso comigo no elevador?

Carol arregala os olhos, já sem acreditar, apesar de nem saber ainda a resposta.

— Quem?!

Ergo as sobrancelhas e mordo os lábios, fazendo mistério.

— Fala, amiga! — Carol agarra meu braço e me sacode de leve.

— Derek Duncan.

O queixo dela cai.

— O QUÊ?!

Carol solta um grito, se levanta da cama e fica pulando pelo quarto.

— *O* DEREK DUNCAN?! — Ela me encara com os olhos arregalados, ainda berrando. — O *MEU* DEREK DUNCAN?!

— Bom, teoricamente, ele não é seu.

— TODOS OS MENINOS DA GLASS SÃO MEUS, MARIA EDUARDA, E VOCÊ SABE MUITO BEM DISSO!

Dou risada e ergo as mãos em rendição.

— NÃO ACREDITO QUE VOCÊ FICOU PRESA COM ELE! — Carol se joga de novo na cama, bem perto de mim. — ME CONTA TU-DO!

Destrincho detalhe por detalhe de cada milissegundo que passei com Derek. O relato demora muito mais do que deveria, porque, a cada frase que falo, Carol pergunta alguma coisa, como: "Os olhos dele são tão incríveis pessoalmente quanto nas fotos?", "Ele é mesmo tão sério quanto dizem?", "Ele é legal? Ou é mesmo metido, como você sempre achou que fosse?" — ela riu muito da minha cara depois dessa última pergunta, por eu estar redondamente enganada no meu julgamento sobre o cantor.

Sua última pergunta até agora foi:

— Ele cheira bem?

— Veja por si mesma.

Estendo o braço, ainda vestida com a jaqueta de couro dele, para que ela cheire. Os olhos dela se arregalam tanto que tenho medo de os globos oculares caírem no chão. Na mesma hora, Carol me agarra e começa a cheirar meu braço.

— Nossa, amiga! O cheiro dele é bom demais!

Ela na certa passaria mais trinta minutos discorrendo sobre a fragrância de Derek se a campainha não tivesse tocado.

Carol franze o cenho para mim de forma questionadora.

— Eu ia chegar a essa parte — digo. — Na verdade, eu já teria chegado a essa parte há muito tempo se certas pessoas não me interrompessem a cada vez que eu respirasse.

Eu me levanto da cama e começo a andar com tranquilidade em direção à porta.

— Ei! Você não pode me dar esse tipo de notícia e esperar que eu fique indiferente! — Carol protesta, correndo atrás de mim. — Quem é, afinal?

Olho para ela com diversão e seguro a maçaneta.

— Só tenta não desmaiar, tá?

Ela franze a testa, confusa, prestes a perguntar alguma coisa, mas então abro a porta. Carol congela no lugar, com a boca aberta e uma frase pela metade, e fica encarando o pobre garoto. Derek, por outro lado, parece bem tranquilo com a reação dela e diz com naturalidade:

— Você deve ser a famosa Carol.

Minha amiga parece prestes a ter uma síncope. Ela fica vermelha como nunca tinha visto antes e vira na minha direção com mil perguntas saltando dos olhos. Apenas sorrio com calma e aviso em português:

— Depois te explico tudo, prometo.

— Como se você tivesse alguma outra opção — ela retruca e dou uma risada.

Derek se apoia no batente da porta de forma casual e nos observa com curiosidade e interesse. Lembrando de ser educada, digo em inglês:

— Sim, Derek, essa é a Carol. E Carol, esse é o Derek, mas com certeza eu não precisaria ter feito essas apresentações.

— Posso te dar um abraço? — minha amiga pergunta, contida, mas com os olhos mais vivos que nunca.

Derek dá de ombros e diz:

— Claro.

Carol quase pula em cima dele, agarrando-o pelo pescoço, e posso ver que se contém para não ficar dando pulinhos.

— Cara... este com certeza é o melhor dia da minha vida!

Derek me olha de forma interrogativa, já que minha amiga tinha falado em português. Traduzo para ele, que ergue as sobrancelhas, achando graça.

— Como ela reagiu quando você contou sobre amanhã? — Derek me pergunta, já que Carol ainda está agarrada nele, que a abraça parecendo um tanto desconfortável por ter alguém invadindo seu espaço pessoal — não julgo, é claro.

— Ela ainda não sabe.

— Cara, quero presenciar esse momento, então.

Carol se desvencilha de seu ídolo para lançar um olhar curioso de mim para ele.

— Do que estão falando? — ela pergunta.

— Quer fazer as honras? — Derek oferece, estendendo-me duas pulseiras de papel.

Com um sorriso de orelha a orelha, por saber como minha amiga vai ficar feliz com a notícia, digo para Carol:

— O Derek nos convidou para assistir ao show deles amanhã de novo.

— MENTIRA!

Vendo que ela está prestes a gritar de novo, ergo a mão, impedindo-a bem a tempo.

— Espera que tem mais!

Ela arregala os olhos, quase hiperventilando.

— TEM MAIS?!

— Nós vamos assistir ao show... — mostro as pulseiras para ela — da coxia!

Por um momento, acho que Carol vai desmaiar e fico realmente preocupada. Mas então ela olha de mim para Derek, e dele para mim, e de novo, de novo, de novo, tentando processar a informação.

— TÁ FALANDO SÉRIO?! — a euforia de Carol é tanta que ela pergunta em português.

— Seríssimo.

— SÉRIO MESMO?

— Mesmo, mesmo.

— MESMO, MESMO, MESMO?!

— Mesmo, mesmo, mesmo.

— MINHA NOSSA, MINHA NOSSA, MINHA NOSSA!

Eu e Derek nos entreolhamos, trocando um sorriso cúmplice. Ainda que ele não tenha entendido as palavras desse nosso último diálogo, não é preciso falar português para pegar a ideia geral do que elas significavam.

Enquanto minha amiga ainda está em seu momento de surto, comento com Derek:

— Você demorou. Seu quarto é longe?

— Pois é... — Ele dá de ombros. — Vocês têm como ir para o show amanhã? Se quiserem, podem ir de carona com a gente.

— Acho que não precisa, nós vamos de Ub...

— Aceitamos a carona! — Carol me interrompe, voltando a um estado mais sóbrio e me lançando um olhar de censura.

Ergo as sobrancelhas para ela, com um ar inocente, como se dissesse "que foi?" ao que minha amiga revira os olhos.

— Bom, então acho que já vou indo... — Derek diz e coloca as mãos nos bolsos da calça, mas não se mexe para, de fato, sair. — Hoje o dia foi cheio e amanhã tem mais.

— Antes, a gente pode só tirar uma foto juntos? — Carol dirige seu melhor olhar pidão para Derek.

Os cantos dos lábios do cantor se erguem bem de leve, achando graça da cara da minha amiga.

— Claro — ele responde, já abrindo um braço para ela abraçá-lo naquela posição típica de fotos.

Estendo a mão para Carol, pedindo seu celular:

— Deixa que eu tiro para vocês.

— Ou a gente pode tirar uma selfie, para você sair também, Sardas. — Derek ergue uma sobrancelha para mim, em provocação. — Sabe, também tiro foto com quem não é *glassie*...

Seguro o sorriso enquanto Carol cochicha alto para mim:

— Você contou para ele que não é *glassie*?! E que história é essa de *Sardas*?!

Sem nem ouvir minha amiga, respondo para Derek:

— Se você queria tanto tirar uma foto comigo, você poderia só ter falado. — Imito a expressão provocativa de Derek. — Sabe, não são só os fãs que podem pedir para tirar uma foto com outras pessoas.

Um pequeno sorriso se insinua no rosto de Derek.

— Ah, é? Então, ótimo. Tira uma foto comigo, Sardas?

Meu coração acelera e um frio se apossa de meu estômago. Ignoro isso e respondo:

— Claro, te darei esse privilégio.

Dessa vez, Derek ri de verdade — ainda que de forma contida —, chocando a mim e a Carol.

Minha amiga nos observa com os olhos semicerrados, virando o rosto de mim para Derek repetidamente, como se assistisse a uma partida de tênis.

Derek ergue o celular com um braço e me puxa para perto de si com o outro.

— Diga "xis".

A cosquinha na boca do estômago aumenta e o coração galopa no peito. Nervosa, olho para Carol e pergunto:

— Você não vem também?

Minha amiga me dá um sorriso malicioso e diz:

— Tira primeiro vocês dois, depois eu vou.

Arregalo os olhos para ela, em um pedido silencioso e desesperado de socorro, o que só faz o sorriso dela aumentar. Em português, Carol diz:

— Só vai, amiga! É só uma selfie!

Tento relaxar e sorrio para a foto, mas não sai nem um pouco natural.

— Boa — Derek brinca, em seu tom monótono de sempre, tentando desfazer minha expressão tensa. — Assim ninguém vai ter dúvidas de que você só tirou uma foto comigo porque foi obrigada.

Sem conseguir evitar, solto uma gargalhada. Derek aproveita esse momento para tirar algumas fotos.

— Agora comigo também! — Carol diz, já abraçando Derek pelo outro lado.

Tiramos mais algumas selfies, depois Carol tira várias fotos sozinha com Derek e então ficamos em um silêncio levemente desconfortável. Derek coloca as mãos no bolso da calça e se apoia no batente da porta, olhando para mim e para Carol — e para mim um pouco mais.

Carol permanece atipicamente calada, segurando um sorrisinho irritante que insiste em surgir em seu rosto enquanto espera para ver o desenrolar das coisas. Luto entre olhar e *não* olhar para Derek, sem saber ao certo o que fazer.

— Acho que agora eu vou mesmo... — Derek diz, por fim, e me olha com uma expressão que não sei identificar muito bem. Parece... expectativa?

De qualquer forma, respondo:

— Ok.

Sua expressão desmorona por um momento, mas, antes que eu consiga interpretá-la, Carol diz:

— Você está com fome? — Ela arregala os olhos de forma enérgica. — A gente pode pedir alguma coisa e comer aqui no corredor na frente do quarto.

Derek me observa, sondando minha reação.

Engulo o surto e forço meu rosto a permanecer sob controle.

Não sei o que quero. Uma parte minha quer se fechar e, sei lá, dormir, mas outra quer continuar conversando com Derek, porque ele é bem mais legal do que eu imaginava e, para a minha completa surpresa, sua companhia é bastante agradável... *Não sei o que fazer!*

Apesar dos meus esforços para parecer indiferente, a confusão deve estar nítida em meu rosto, porque Derek dá um minissorriso de canto e diz para Carol:

— Obrigado pelo convite, mas acho que vou indo mesmo. — Ele se desencosta do batente da porta. — Como eu disse, amanhã o dia vai ser cheio. Acho que é melhor eu descansar um pouco.

— Claro, você está certo! — Carol junta as mãos na frente do peito. — Você precisa se recompor para o show de amanhã ser tão maravilhoso quanto o de hoje!

— Valeu. — Derek me olha de esguelha. — Até amanhã, então, meninas. Durmam bem.

— Tchau, D! — Carol não resiste e o abraça mais uma vez.

— Até amanhã. — Dou um aceno tímido, sem a menor chance de abraçá-lo também.

Derek me observa, intrigado, por alguns segundos, até que suspira.

— Saímos às cinco da tarde — ele informa.

— Às cinco da tarde?! — repito, perplexa.

Era como se, desde o elevador, eu estivesse em um estado letárgico e etéreo, mas, ao ouvir as palavras "cinco da tarde", eu tivesse sido puxada de volta com tudo para o chão, despencando na realidade.

Henry.

Como pude me esquecer dele nessas últimas horas?

Será que sou uma pessoa horrível?

Sou uma pessoa horrível.

— Não posso às cinco — declaro.

Derek me observa com interesse e Carol vira para mim, horrorizada.

— O quê? Por que não?! — minha amiga questiona na mesma hora.

— Já tenho um compromisso...

Ela estreita os olhos para mim.

— Que compromisso?!

Olho desconfortável para Derek, que ainda me analisa com tanta atenção que mal parece piscar.

Eu me volto mais uma vez para Carol, fugindo da intensidade do olhar de Derek.

— Combinei de conhecer o Henry amanhã nesse mesmo horário — sussurro para a Carol em português.

— Remarca!

— Não tem como! Não tenho o contato dele nem nada.

— Bate na porta do apartamento, chama pelo banheiro, sei lá!

— Não dá, Carol... — Troco o idioma de volta para o inglês: — Mas, olha, nada impede a Carol de ir com vocês. Chego lá depois. O show é só às oito da noite, certo?

Essa última pergunta dirijo a Derek, que me responde, atônito:

— Isso.

— Então, pronto. Combinado, tudo certo — digo, trocando o apoio do corpo de um pé para o outro.

Derek continua me observando com uma expressão impenetrável.

Acho que ele não está acostumado a ser dispensado, mas não vou desmarcar com Henry só porque Derek é famoso. E, ainda que Derek seja mais legal do que eu imaginava e me afete mais do que eu gostaria de admitir, eu já tinha combinado de encontrar Henry amanhã.

Além disso, apesar de, segundo meus cálculos, eu e Henry nos conhecermos apenas há três semanas, eu me sinto tão próxima dele que é como se nos conhecêssemos há *anos*. E, por mais que eu relutasse em confessar isso para mim mesma, já faz muitos dias que eu estava querendo conhecer o Henry pessoalmente.

Então, não. Por mais gente boa e atraente que o Derek seja, não trocaria a chance de enfim conhecer o Henry por nada.

Suspiro, perdida com toda essa situação.

Ninguém me preparou para esse tipo de dilema!

— Bom, então agora eu vou mesmo — Derek diz, ainda em um tom insondável. — Boa noite, meninas, até amanhã!

Com um aceno breve e discreto, Derek fecha a porta do apartamento atrás de si e vai embora.

Capítulo 8

Meu jeitinho carismático de fazer Derek Duncan rir

Na manhã seguinte, acordo estranhamente animada. E feliz.

Talvez tenha sido porque dormi até tarde e consegui descansar do dia de ontem. Sim, com certeza é isso.

Como ficaremos no camarim, não precisamos madrugar dessa vez para garantirmos os melhores lugares da pista.

Ainda sonolenta, vou até a sala pegar um copo d'água e encontro Carol sentada no sofá, mexendo no celular e vendo algum filme. Na verdade, o filme parece servir mais como um ruído de fundo, porque ela nem se dá ao trabalho de olhar para a TV.

— Bom dia, flor do dia! — Carol me cumprimenta, mais alegre que o normal.

— Bom dia.

— Dormiu bem?

— Muito bem, na verdade.

— Sonhou com o Derek?

Reviro os olhos. Está explicada sua dose extra de euforia nesta manhã.

— Claro. No sonho, ele se declarava para mim e dizia que queria passar o resto da vida comigo.

Carol dá uma risadinha.

— Isso pode até não rolar hoje, mas não ficaria surpresa se acontecesse algum dia.

Balanço a cabeça e vou pegar o copo d'água enquanto resmungo:

— Você precisa parar de ler *fanfics*, sabe?

— Não é culpa minha se Madison Parker escreve bem.

Madison Parker é uma escritora famosa entre as *glassies*, principalmente no Wattpad, onde ela tem algumas *fanfics* da Glass publicadas. A Carol fala tanto dessa menina e seus livros que acabei ficando curiosa e li também; e, preciso confessar, as histórias da Madison realmente te prendem.

— *Ao redor do Sol* é mesmo muito bom — admito —, mas isso não quer dizer que você tenha que reler essa história todo ano.

— Você também não precisa ficar relendo *Orgulho e preconceito*, mas cada um tem seus favoritos.

Com uma risada, desisto dessa discussão inútil.

Pego a jarra de água no frigobar, encho o copo e volto para perto da Carol. Antes mesmo de eu me sentar, ela diz:

— Se eu fosse você, já me arrumaria logo para a gente ir almoçar. Tava pensando em sair daqui a pouco, porque ainda quero passar no salão.

Impeço meus olhos de revirarem no último segundo.

— Sim, senhora — digo, em tom de brincadeira, mas já indo para o banheiro.

Como de praxe, canto o banho inteiro, mas minha mente se encontra mais distraída que o normal.

Quando estou quase pronta, fico em silêncio, concentrando minha atenção em definir melhor meus cachos hoje.

— Acho que isso quer dizer que o show ontem foi bom, certo? — A voz do meu amigo ecoa pelo banheiro assim que me calo, fazendo-me pular de susto.

— Henry! — Coloco uma mão no peito, numa tentativa de desacelerar os batimentos cardíacos.

— E aí, Amber?

— E aí! — digo, ainda no esforço de voltar ao normal. Estou tão aérea hoje que até tinha esquecido que Henry me ouvia cantando no banheiro.

— Mas você não me respondeu.

— O quê?

— Como foi o show.

— Ah! Foi legal. Os meninos são talentosos e tudo.

Henry solta uma risada.

— Ou seja, você odiou.

— Não falei isso! — protesto e ele dá uma risadinha. — É só que tinha muita gente e isso me desgasta um pouco.

— Entendi.

Hesito por um segundo, decidindo se conto para ele que conheci o Derek ontem. Não sei por quê, mas isso me parecia estranho. Como não encontro uma razão plausível para ser esquisito eu conversar sobre o Derek com o Henry, resolvo falar:

— Sabe quem conheci ontem?

— Quem? — ele pergunta, e seu tom me parecia um tanto divertido.

— Derek Duncan.

— Isso explica o padrão das músicas de hoje.

— Como assim?

— Você só cantou músicas da Grass of Glass — Henry constata. — E, por um acaso, o vocalista principal de todas as músicas que você cantou hoje é o Derek.

— Ah.

Ah. Como o nosso cérebro é uma coisinha traiçoeira, né?

Muito obrigada, Carol, por me fazer ouvir sua playlist com as músicas da Glass soladas pelo Derek por todos esses anos. Olha no que deu!

Sacudo a cabeça, espantando esses pensamentos, pelo menos por agora, e resolvo focar no fato de Henry saber um detalhe tão específico sobre a Glass, como quem é o vocalista principal das músicas.

— Não sabia que você era *glassie* — provoco.

Henry dá uma risada.

— Mas e como foi? Conhecer o Derek.

— Ah... Ele é bem diferente do que eu esperava, na verdade.

— Como assim?

— Primeiro que eu tinha esquecido que ele é bonitinho. Segundo que ele é mais le...

— Como assim você tinha esquecido que ele é bonitinho? — Quase consigo ver Henry franzir o cenho.

— Ah... — Minhas bochechas esquentam. — É que, com esse corte de cabelo, eu tinha dificuldade de lembrar que ele é bonito.

— O que você tem contra o corte de cabelo dele?

— Não gosto de homem com cabelo grande.

— Mas, até onde sei, todas as meninas curtem caras de cabelo grande.

— É, tá na moda e tal... — Suspiro, sem saber como me expressar direito. — É só que não acho bonito... Não faz o meu tipo, sei lá.

— Sério?

— É... Prefiro caras de cabelo curto. Tipo o corte do Derek de uns anos atrás. Ou então aquele estilo degradê, sabe?

— Sei. Mas você estava dizendo alguma coisa antes...

— Sim... — Remexo as mãos e mordo os lábios, pensando em como prosseguir com o assunto. — Eu estava falando que o Derek é diferente do que eu imaginava.

— Porque ele é bonito.

— Você cismou com essa parte, hein!

— Não — Henry se defende —, é porque foi o que você acabou de dizer!

— Na verdade, esse era só *um* dos pontos. E nem era o principal.

— Qual era o ponto principal, então?

— Ele é mais legal do que eu esperava — digo de uma vez. — Eu achava que ele era meio antipático ou qualquer coisa assim.

— Sério, por quê?

— Sei lá, era a impressão que passava... Ele está sempre de cara amarrada e quase nunca o vejo interagindo com os fãs...

— Talvez ele só seja mais fechado.

— Talvez. — Suspiro. — Ele também é mais bem-humorado do que eu imaginava.

— Como assim?

— Sei lá... Eu achava que ele seria mais sério ou mais... triste.

Henry gargalha.

— Por que você achou que ele seria triste?

— Porque foi ele que escreveu a música "Grass of glass", que é megadeprê.

— Por causa de uma única música, você classificou o cara como gótico, é isso?

— Talvez. — Dou uma risadinha sem graça e resolvo mudar o tópico da conversa. — Mas enfim. Você não vai acreditar. Fiquei presa com ele no elevador e ele acabou me convidando para assistir ao show hoje de novo, acredita?

— Sério? Que ótimo!

— Pois é...

Ficamos em um silêncio estranho.

— E você está animada dessa vez, pelo menos? — Henry quebra o momento um tanto desconfortável.

Considero bem a pergunta antes de responder. Vai ser uma experiência única e só de a Carol estar mais feliz do que nunca já me sinto igualmente feliz, então...

— Sim, estou bem mais animada do que ontem. Com certeza. Principalmente porque não vou precisar ficar no meio da multidão de novo... Derek nos chamou para assistirmos da coxia.

— Wow, olha só, que legal! Fico feliz por você.

— Obrigada.

Permanecemos mais um momento sem dizer nada, até que reúno toda a minha coragem e pergunto:

— E tudo certo para hoje?

— Ah... — Henry hesita. — Sobre isso... Precisava mesmo falar com você... Tive um imprevisto, na verdade foi mais uma mudança de planos... Aí queria saber se... a gente poderia remarcar?

Ele está me dando um fora ou realmente não pode hoje?

Resolvo acreditar no que ele disse, porque, se eu for começar a desconfiar de tudo o que me falam, não vou confiar em mais ninguém. Assim, respondo com um suspiro:

— Claro, tranquilo.

— Desculpa mesmo, Amber.

— Imagina, acontece.

— Então hoje, depois do show, a gente combina nosso novo encontro, pode ser?

Nosso novo encontro.

O fato de ele ter usado a palavra "encontro" dá um peso bem maior para tudo e meu coração acelera no mesmo instante. Mas decido focar em outro ponto que também me chamou atenção no que ele disse:

— Depois do show?

— É. Podemos nos falar pelo banheiro, certo?

— Ah. Ok.

— Desculpa mesmo.

— Tudo bem.

— Amber! — Carol me chama da sala, usando meu pseudônimo por ter percebido que eu conversava com o Henry. — Falta muito aí? Meu estômago está ameaçando me comer viva se eu não arranjar algo para ele em breve!

— Tô indo! — respondo para a minha amiga. Voltando para o inglês, digo para Henry: — Preciso ir. Mas a gente se fala hoje depois do show, então.

— Combinado. Até mais tarde!

— Até!

Se a conversa com o Henry me deixou meio desanimada, qualquer indício de sentimento mais para baixo foi embora assim que voltei a ficar no mesmo ambiente que a Carol. Hoje minha amiga não está apenas alegre, está radiante.

Fomos em um salão especializado em cachos — já que Carol tem cabelo crespo e eu, enrolado — onde uma mulher com mãos de fada cuidou dos meus cabelos como se eu fosse uma princesa. Meus cachos ficaram superdefinidos, lindos e brilhantes, e a moça que me arrumou aproveitou e fez um penteado simples, prendendo algumas mechas para trás.

Quando chega a hora do show, estou animada para reencontrar Derek — por mais que eu esteja relutante em admitir isso. Além do mais, como ele falou ontem, talvez, sem toda a multidão ao meu redor perturbando minha sanidade mental, pode ser que eu consiga aproveitar mais o show. Mal posso esperar para ver se sua teoria está correta.

Quando eu e Carol chegamos à recepção do hotel, onde Derek disse que deveríamos nos encontrar, ficamos surpresas ao perceber um SUV preto esperando por nós.

Não ficamos surpresas com o carro necessariamente, mas porque estávamos sozinhas. Nós tínhamos entendido que iríamos com os meninos, mas descobrimos que seríamos apenas nós e o motorista — não que isso tenha abalado a Carol de alguma forma; hoje ela só deixaria seu estado de felicidade plena caso algo de fato horrível acontecesse.

Logo que entramos no carro e começamos a ir em direção ao estádio, a euforia de Carol alcança um novo patamar. Ela está nas nuvens. Sua alegria é tão palpável que até uma idosa enrustida como eu sou contagiada.

O motorista para o carro na entrada do local onde fica o camarim. Eu e Carol descemos, mostramos nossas pulseiras VIPs para os seguranças, que abrem a passagem para nós, e entramos em uma área restrita do estádio, apenas para o *staff*[8] e afins.

Carol vira para mim com os olhos brilhantes e sorri. Percebo que ela se contém para não sair pulando por aí e dando gritinhos eufóricos. Solto uma risada discreta enquanto continuamos seguindo uma mulher com um fone na orelha, que nos guia até o final de um longo corredor.

---

[8] "Staff" é uma palavra em inglês que significa "equipe". Nesse caso específico, serve para se referir ao grupo de funcionários trabalhando no evento.

Carol paralisa e, transbordando admiração e êxtase, encara a placa acima da porta: "CAMARIM DA GRASS OF GLASS".

— Ai, Madu, não acredito que isso tudo é real! — Os olhos de Carol permanecem fixos na placa. — Eu tô sonhando?

— Não, amiga. Tá acontecendo mesmo. — Pego a mão dela e aperto. — É o seu momento! Aproveita bastante.

Carol se vira para mim, alegria em sua forma mais genuína vertendo de seu olhar.

— O momento é nosso! — Ela respira fundo, dá um passo para frente e assente para o guardinha, em um pedido silencioso para ele abrir a porta. — Vamos lá! Vamos começar o melhor dia das nossas vidas!

Dou uma risada com a empolgação dela.

Não acho que este vai ser o melhor dia da minha vida, porque os acontecimentos de hoje não têm nem de perto o mesmo impacto para mim que têm para ela. Mas, de qualquer forma, vê-la feliz assim já me faz ganhar o dia.

O guarda abre a porta e entramos, um tanto relutantes.

Dentro do camarim, há movimentação por todos os lados. A galera do *staff* vem e vai, ocupados com os mais diversos afazeres. Meia dúzia de pessoas da equipe está falando alguma coisa com alguém pelos fones pendurados nos ouvidos enquanto andam apressados pelo ambiente; outros tantos estão checando partes mais técnicas dos microfones, por exemplo, ao mesmo tempo que umas três pessoas discutem em um canto sobre alguma coisa relacionada à imprensa.

Damos passos incertos (eu) e maravilhados (Carol), entrando na sala. De repente, minha amiga aperta minha mão com força, sua atenção voltada para um único ponto.

Sigo seu olhar e vejo Peter, Drew e Josh conversando com um homem alto, de cabelos curtos e escuros, que está de costas para nós. De forma instintiva, meus olhos vagam ao redor, procurando pelo quarto integrante da banda, mas não vejo Derek em lugar nenhum.

Carol encara os meninos da Grass of Glass conversando com o homem. Ela parece experimentar o melhor momento de sua vida e, provavelmente, poderia continuar apenas observando seus ídolos por mais muitas horas se Peter não tivesse reparado em nossa presença.

Assim que seus olhos castanhos passam por mim e por Carol, um sorriso arteiro e brilhante se espalha por seu rosto. Ele cutuca Drew com o cotovelo e fala alguma coisa para os companheiros de banda, que, ao mesmo tempo, se viram na nossa direção com expressões iguais de expectativa e divertimento.

Abro a boca para comentar alguma coisa com Carol, mas as palavras vagam perdidas pela língua. Nessa mesma hora, o cara que conversava com a Grass of Glass se vira em nossa direção também.

Receio que meu maxilar tenha perdido as forças e se encontre caído, pendurado de forma ridícula, deixando-me com uma expressão abobalhada de boca aberta. O homem era ninguém mais, ninguém menos que Derek Duncan. E ele cortou o cabelo.

As mechas escuras agora formam pequenas ondas que despontam para todas as direções em uma bagunça charmosa e intencional. Com esse novo corte, o rosto de Derek está mais visível e até os olhos verdes se destacam com maior intensidade. É como se seu rosto estivesse mais leve e mais harmônico — e, com certeza, mais atraente.

Derek se volta para nós, já com a atenção fixa em mim, observando minha reação ao novo visual.

Pelo canto dos olhos, percebo Carol me encarar com choque e resmungar alguma coisa tipo "amiga, ele cortou o cabelo!". Pensei em responder algo como "sim, eu tô vendo" ou "mentira! Jurava que ele tinha tirado para lavar!", mas não sei se algo de fato saiu pela minha boca, que permanecia aberta.

Ninguém me preparou para isso!

Quando percebo que estou agindo igual a uma idiota, me controlo para fazer meu rosto voltar a uma expressão mais neutra e segura, mas acho que foi tarde demais. Um sorriso de canto satisfeito e um tanto presunçoso se espalha pelo rosto de Derek.

Faço uma careta involuntária, insatisfeita comigo mesma por ter deixado transparecer tanto em meu rosto.

— Então você é a famosa Madu? — Drew me pergunta com um ar curioso e descontraído, interrompendo minha troca de olhares com Derek.

— Não sei sobre essa parte de ser famosa — respondo, esforçando-me para agir com naturalidade e não deixar minha timidez levar a melhor sobre mim —, mas meu nome, por um acaso, é Madu.

Os meninos riem.

— Então você deve ser a Carol, certo? — Josh fala com minha amiga, que quase desmaia.

Seguro a mão dela e aperto, para que volte a si. Parece funcionar, porque Carol responde:

— Sim, sou eu. — Minha amiga olha para cada um dos meninos como se estivesse no céu. — Muito obrigada mesmo por essa oportunidade! Não sei nem como dizer o quanto estou feliz, sério! É um sonho se realizando!

Diante do ar exultante dela, Peter, Josh e Drew sorriem ao mesmo tempo, com gentileza e talvez até um toque de carinho. Derek permanece sério, como sempre, mas é possível notar que nem mesmo ele permaneceu indiferente à fala de Carol.

— A alegria é nossa — Josh diz.

— Posso tirar uma foto com vocês? — minha amiga pede, os olhos brilhando.

— Claro! — Drew responde, com um sorriso charmoso.

Estendo a mão para a Carol, pedindo, sem falar nada, que me dê seu celular, para eu tirar as fotos para ela. Ao perceber isso, Derek revira os olhos e comenta:

— Achei que a gente já tinha conversado que nós também tiramos foto com quem não é *glassie*, Sardas.

Arregalo os olhos para Derek. *Ele precisava mesmo expor para o resto da banda que não sou fã deles?*

Um indício de sorriso se insinua no canto da boca de Derek. Estreito os olhos para ele, em um tom acusatório, mas só o que consigo é que seu quase sorriso aumente um milímetro.

Drew interrompe mais uma vez nossa comunicação não verbal, com um tom divertido:

— Está tudo bem, Madu. O Derek já tinha nos avisado que você não gosta da gente.

Cruzo os braços.

— Impressionante como ele conseguiu distorcer nossa conversa inteira, então.

Os quatro — incluindo Derek — riem, o que faz minha fachada de durona se quebrar e acabo dando um sorrisinho também.

— Em minha defesa, gosto, *sim*, de vocês, ok? — digo. — Só não sou fã.

— Tudo bem, Madu — Josh fala em um tom apaziguador. — Não precisa se explicar.

— Acho que seria bom deixar as coisas claras. — Dou de ombros. — Não quero que vocês tenham uma impressão errada de mim.

— Não temos — Josh afirma, enquanto Peter fala ao mesmo tempo:

— E o que eu quero é saber se a gente vai tirar essa foto ou não. Não estou ficando mais jovem, sabem?

Eu e mais alguns reviramos os olhos, enquanto o resto dá risada.

Nos ajeitamos em posição de foto e começamos nossa sessão de selfies. De alguma forma, acabei ficando ao lado de Derek — ou foi ele que ficou ao meu lado? Não sei ao certo.

Tiramos mil fotos e depois os meninos já engatam em uma conversa animada com a Carol, deixando Derek e eu "sozinhos", de forma bastante suspeita — ainda que estivéssemos na mesma roda, não estávamos dentro o suficiente para fazermos parte do assunto deles.

— Olá, Sardas — Derek me cumprimenta, chegando mais perto de mim.

— Olá, Olhos Verdes.

Alguém me enterra, por favor, porque isso ficou horrível! E ridículo além da conta!

Felizmente, a única reação de Derek é erguer as sobrancelhas, com uma pitada de humor, e mudar de assunto:

— Achei que você só viria mais tarde...

— Ah... — Dou de ombros, fingindo indiferença. — Mudança de planos.

Ele levanta as sobrancelhas de novo, mas não sei ao certo qual emoção quis expressar dessa vez.

— E você está animada para hoje? — Derek pergunta enquanto se apoia na parede perto de nós, observando-me.

— Com certeza estou mais animada do que ontem.

— Você sabe que isso não quer dizer grandes coisas quando se trata de você.

— Olha quem fala, Miss Simpatia.

Um sorriso irônico e divertido toma o rosto de Derek.

— Pensei que você tinha dito que achava cansativo interagir com as pessoas — ele comenta em um tom provocativo e indica os amigos com a cabeça —, mas você está se saindo muito bem.

— Por um acaso, senhor Duncan — respondo no mesmo tom e cruzo os braços —, eu achar desgastante interagir socialmente não significa que eu não *goste* nem que eu não *saiba* interagir com as pessoas.

— Claro, claro... É só que não é o que a gente espera de alguém que diz que cansa quando fica perto de muitas pessoas.

— A gente também não espera que alguém se compare com a grama, mas aqui estamos, não é mesmo?

Dessa vez, Derek gargalha e sinto que conquistei algo grande.

— É oficial. — A voz de Peter ecoa alta pelo camarim, tirando-nos da pequena bolha que havíamos criado ao nosso redor. — Você é uma feiticeira! — Ele aponta um dedo para mim, de forma acusatória. — Como você faz o Derek rir com tanta facilidade? Eu levo *horas* e muito tempo de esforço para conseguir arrancar um mísero sorriso dessa pedra de gelo que alguns chamam de astro do rock!

Derek balança a cabeça com impaciência, mas dou uma risadinha.

— Deve ser esse meu jeitinho carismático — digo em tom de piada. — Conquisto todo mundo nos primeiros minutos com a minha simpatia inata.

Para a minha surpresa, todos riem.

Conforme conversamos com a Grass of Glass, percebo que eles não são nem um pouco como eu imaginava. Para começar, eles são normais. Tão normais quanto jovens podem ser.

Além disso, o clima entre eles — e *com* eles — é leve. Como as músicas da banda costumam ser melancólicas, eu imaginava que os meninos fossem ser mais para baixo também, mas, com exceção de Derek, todos são sociáveis e bem-humorados. Até Derek, com seu jeito calado e retraído, tem se mostrado uma pessoa tranquila.

A verdade é que as coisas fluíram tão bem entre a Glass, Carol e eu que mal sentimos o tempo passar. Conversamos por todo o tempo disponível com eles — que pareceu maior do que de fato foi pelo clima de familiaridade que conquistamos nos poucos minutos que dividimos — até a equipe da banda vir chamar os meninos para os últimos preparativos para o show.

Faltava apenas uma hora.

CAPÍTULO 9
Nada como um dueto em pleno horário de trabalho

Acompanhamos de longe a rotina da banda pré-show. Assistimos aos maquiadores preparando-os para os palcos, à figurinista trazendo as roupas deles — ao que tudo indica, o look casual que eles sempre vestiam em suas apresentações não era tão casual assim — e aos quatro integrantes da Glass colocando os fones de retorno nos ouvidos.

Em todo o tempo, os meninos conversavam e brincavam entre si e com a equipe. Carol absorvia cada segundo vivido ali com seus grandes olhos castanhos enquanto eu apreciava a ordem caótica dos retoques finais necessários antes do grande evento.

Derek de vez em quando espiava em nossa direção e eu e ele trocávamos olhares por alguns segundos. Apesar de isso não ser nada — pelo menos no meu ponto de vista —, era o suficiente para Carol virar para mim com um ar conspiratório e eufórico toda vez que eu e Derek desviávamos o olhar.

Cerca de quinze minutos antes do show, os meninos foram para a coxia ao lado do palco. Por consequência, eu e Carol fomos junto, como duas sombras seguindo-os por onde andassem.

A essa altura, minha amiga já quicava sobre os próprios pés, saltando sem sair do lugar. Tenho certeza de que ela estava doida para acompanhar os meninos mais de perto, mas precisou se contentar em observar tudo de longe.

Motivada por sua empolgação, um sorriso quase permanente estampava meu rosto.

Faltando cinco minutos, os meninos se reuniram em um círculo, abraçados e conversando alguma coisa. Nem eu nem Carol conseguimos ouvir quase nada do que eles falavam, porque o barulho da plateia já estava muito alto, mas entendemos a ideia principal: Josh motivava os demais, lembrando como eles eram incríveis e outros incentivos do tipo.

Eles finalizaram o momento com uma oração, puxada por Peter. Se eu tivesse presenciado essa cena alguns anos atrás, teria ficado surpresa; mas, a essa altura, todos já sabiam da transformação que aconteceu com eles há pouco mais de três anos — eu só não tinha certeza de que havia sido real e fiquei muito feliz de constatar que sim.

Nos últimos instantes que antecederam a subida deles no palco, os quatro meninos da banda se soltaram uns dos outros e aproveitaram para fazer mais alguns aquecimentos vocais ou relaxar os músculos, assumindo um ar de concentração em que não os tinha visto até agora.

— Trinta segundos! — alguém grita.

— E pensar que ontem a gente tava na multidão e hoje estamos *aqui*! — Carol comenta comigo enquanto esmaga meu braço com os dedos.

Abro a boca para responder, mas nem tenho a oportunidade.

— Não vai me desejar boa sorte? — A voz de Derek surge perto de mim, dando-me um susto.

Ignoro meu coração subitamente acelerado e devolvo no mesmo tom:

— Achei que vocês dissessem algo como "quebre a perna" ou qualquer coisa assim.

— Isso é só para teatro, Sardas.

— Então, boa sorte.

— Fácil assim? — A sobrancelha de Derek se levanta. — Achei que me daria mais trabalho para te convencer.

— É que a gente meio que tá sem tempo, né? — Indico com a cabeça a pequena escada à nossa frente, onde os meninos já começam a subir para o palco.

Derek dá uma risada breve e suave.

— Te vejo mais tarde, Sardas.

Ele pisca para mim, dá um aceno rápido para Carol e se dirige ao palco como se nada tivesse acontecido.

Eu e Carol nos entreolhamos com níveis muito parecidos de choque e falamos ao mesmo tempo:

— *Derek Duncan* acabou de *piscar* pra você?!

— Ele realmente piscou para mim?!

Nem tenho muito tempo para pensar nisso, de qualquer forma, porque Carol começa a surtar do meu lado. Seus gritos, contudo, logo deixam de ser apenas pela cena que dividi com Derek e passam a ser também — e principalmente — de euforia pelo show que começava.

Assim que todos da banda assumem suas posições no palco escuro e cheio de fumaça artificial, Drew bate as baquetas uma na outra e a música deles explode pelas caixas de som potentes do estádio. No momento em que as primeiras notas soam, as luzes do palco se acendem, deixando-me cega por um instante. A multidão vai à loucura.

No começo, permaneci de braços cruzados, desconfortável por estar na coxia, um ambiente tão íntimo e pessoal que eu me sentia como uma intrusa — mesmo que os meninos tenham nos recebido tão bem. Contudo, conforme o show avançava, a teoria de Derek se provou correta: eu estar em um local mais privado fez tudo ser infinitamente melhor.

Depois de umas três músicas, eu já cantava e dançava com Carol, como se fôssemos apenas nós duas e estivéssemos em casa. Na verdade, não sou de dançar animada em momento nenhum, nem mesmo em casa, mas hoje é um dia especial, então me permito aproveitar sem tantas ressalvas.

A música boa e a alegria da minha amiga me entretêm de tal forma que acabo esquecendo que estamos nos bastidores. Mas, no momento em que, *no meio do show*, Derek resolve vir até as coxias, fixando os olhos nos meus, pareço lembrar onde estou e me calo, voltando a cruzar os braços.

Quando Derek se encontra a poucos passos de distância da escada que o conduziria até onde eu e Carol estamos, franzo o cenho. *O que ele está vindo fazer aqui justo agora?*

Logo antes de sair do palco, Derek se lembra de que está em horário de trabalho, vira para a multidão e grita no microfone que ainda carregava na mão direita:

— Só um minuto, galera! Vou buscar uma participação muito especial para essa próxima música!

Minha desconfiança atinge o grau máximo.

Derek desliga o microfone e sai do palco em um pulo, pousando na minha frente com os olhos brilhando de empolgação. Enquanto isso, Peter, Josh e Drew aproveitam para interagir com o público.

— *Boa noite, Rio de Janeirooo!* — A voz naturalmente animada de Peter reverbera pelo estádio e a multidão responde em igual êxtase, ainda mais porque ele nos cumprimentou em nossa própria língua, mesmo que carregado de sotaque.

Sem prestar a mínima atenção em nada do que acontecia no palco, Derek empurra o violão para as costas, se aproxima um passo de mim e me pede, com olhos incandescentes e suplicantes:

— Canta essa com a gente, Sardas!

Encaro Derek como se ele tivesse acabado de falar comigo em outra língua — no caso, uma que eu não entendesse.

— O quê?!

— Canta com a gente — ele repete, pegando minha mão com delicadeza e puxando-me de leve em direção ao palco, em direção a *ele*, para reforçar o convite.

— Ficou doido?! E se eu for megadesafinada?

— Confio em você. — Derek sorri. Um sorriso de verdade, com dente e tudo, o que só serve para me assustar ainda mais.

— Isso é loucura!

— Não, não é — Carol interfere, seus olhos brilham quase tanto quanto os de Derek. — Você sabe que é costume dos meninos chamar alguém da plateia para cantar com eles no show.

— Mas eu nã...

— Além disso — Carol ergue um dedo, em um pedido silencioso para concluir a fala —, você canta bem para caramba e já passou da hora de mostrar seu talento para o mundo!

Derek olha para Carol com algo parecido com orgulho.

— Então, para de besteira e *só vai*! — Minha amiga me dá um empurrãozinho de leve para frente, deixando-me incerta sobre o que fazer.

Eu quero ir — *como eu quero!* É a oportunidade da minha vida!

Mas, ao mesmo tempo, a mera ideia de cantar na frente de tantas pessoas me aterroriza.

Respiro fundo.

Não vou desperdiçar esta oportunidade incrível só por medo do que podem pensar de mim.

Ó, Deus, vem comigo nessa!

Com toda a coragem que me resta, faço um pequeno movimento com a cabeça e concordo com essa loucura.

Derek, exultante como nunca o tinha visto, dá um beijo na bochecha da Carol em agradecimento pelo apoio e me puxa pela mão que ele ainda segurava.

Escuto, a cada degrau que subo em direção ao resto da banda, meu sangue bombeando nos ouvidos. Em meio à respiração entrecortada, o palco se apresenta como um borrão indefinido.

Derek percebe meu pânico — talvez minhas mãos trêmulas tenham me denunciado. Sua expressão se suaviza e, parando de andar por um momento, ele aperta meus dedos com mais firmeza e diz em um tom calmo:

— Vai dar tudo certo. Relaxa, Sardas.

Assinto e sugo uma grande lufada de ar para dentro dos pulmões.

Derek volta a andar e me conduz até o centro do palco, ao lado do tripé em que ele passa a maior parte do show.

Com um último afago, Derek separa sua mão da minha. Enquanto ele coloca o microfone de volta no apoio, uma pessoa da equipe, que nem vi se aproximar, estende um microfone e um fone de retorno para mim, colocando outro tripé ao lado do de Derek.

Inalo uma grande quantidade de oxigênio mais uma vez, num esforço para voltar a um estado mais calmo — ou, ao menos, calmo o suficiente para conseguir fazer alguma coisa, sem ser desmaiar ou permanecer estática.

Recupero-me a tempo de reconhecer os acordes que os meninos começaram a tocar sem eu nem perceber. "Grass of glass".

Escutar essas notas, tão familiares para mim, faz com que meus ombros relaxem e minhas vias respiratórias funcionem com mais naturalidade.

Derek, que, mesmo tocando, ainda me observa com atenção, me oferece um sorriso discreto e suave, encorajando-me. Dou um sorriso tímido em resposta e desvio os olhos, a fim de me concentrar e me manter sob controle.

Cantamos as primeiras estrofes em uníssono — apenas Derek e eu. Minha voz de soprano se entrelaça ao seu timbre de tenor como um casal de dançarinos em uma valsa. Fecho os olhos e aperto o microfone apoiado no tripé, aproveitando a harmonia e a beleza do nosso canto conectado.

Ao alcançarmos os últimos versos que precedem o primeiro refrão, sou tomada por um dilema. *Canto as estrofes extras que compus para acompanhar a letra original ou é melhor não?*

Tenho pouco tempo para decidir e, sentindo meus batimentos cardíacos acelerarem, resolvo deixar para lá. Não sei se os meninos gostariam das alterações que fiz na música, nem se seria educado da minha parte acrescentar essas estrofes sem o consentimento deles *no show deles*!

Qual é a regra de etiqueta para uma participação especial e improvisada em um show? Ninguém me preparou para isso!

Antes que meu surto alcance novos patamares, chegamos ao famigerado refrão. E é aí que tudo sai de controle.

Canto a letra original, mas, para a minha grande surpresa, Derek entoa os versos extras que compus.

Encaro Derek, sem conseguir continuar cantando. Meu cérebro em pane se esforça para encontrar alguma explicação lógica para ele conhecer meus versos.

Considerando que Carol jamais divulgaria minhas composições sem minha autorização e que a única pessoa além dela que conhecia minha versão de "Grass of glass" era Henry, só existem duas únicas explicações possíveis: 1) Henry de alguma forma mostrou meus versos para Derek ou 2) Derek e Henry são a mesma pessoa.

Nem sequer cogito a primeira hipótese.

A obviedade da segunda se torna tão evidente que me julgo a pessoa mais burra do mundo por não ter percebido antes.

Relances das últimas vinte e quatro horas brotam em minha mente. Pequenos momentos e frases que Derek/Henry disse, que já deveriam ter me feito entender que o cara-do-outro-lado-da-janelinha-do-box e o cantor famoso *eram a mesma pessoa*!

Derek acompanha minha reação atentamente. Assim, ele vê de forma bem clara o momento em que enfim junto dois mais dois. E ele também percebe, sem dificuldade alguma, o exato instante em que decido sair do palco.

Não chego nem a dar dois passos e a mão de Derek segura a minha.

Viro para trás, ainda aturdida, e percebo o cantor aproximando-se de mim, afastando-se do seu microfone para falar comigo de forma privada:

— Não foge, por favor.

— Por que você não me falou?

— Não sabia como contar isso. — Derek encolhe um ombro.

— Um simples "ah, inclusive, eu sou o Henry, prazer" teria sido mais que suficiente.

— Eu sei, desculpa. — Ele suspira, então suas íris verdes vagam ao nosso redor. — Podemos conversar sobre isso mais tarde? Não acho que aqui seja o melhor lugar nem o melhor momento.

Derek faz um movimento de cabeça, indicando a multidão que nos assistia. Suas palavras me sugam de volta para a realidade. Havia esquecido completamente que tínhamos plateia.

Aos poucos, volto a ouvir e ver o ambiente ao meu redor.

A multidão se encontra agitada, provavelmente comentando sobre as alterações na principal música da banda e o pequeno diálogo que eu e Derek travávamos, que revelava que éramos mais íntimos do que meros desconhecidos.

Drew, Peter e Josh continuam tocando o instrumental de "Grass of glass", como se tudo fizesse parte do roteiro — no clássico princípio de que o show não pode parar —, observando a mim e Derek com atenção e expectativa.

Respiro fundo e tento me recompor.

— Você me garante que vamos mesmo conversar sobre isso tudo depois? — pergunto para Derek.

— Dou minha palavra.

Assinto, incapaz de falar muito além do que já tinha dito. Retiro minha mão da dele e volto para "meu" tripé com "meu" microfone.

Com um sorriso estonteante — o maior que eu, ou a plateia inteira, já vi —, Derek me pergunta:

— Você canta sua letra e eu canto a minha?

Com essas palavras e essa expressão em seu rosto, como eu poderia negar?

Minhas feições relaxam contra a minha vontade enquanto meu coração se aquece e concordo com a cabeça. Foi mais que o suficiente para Derek.

Ainda sorrindo como se tivesse ganhado o dia, Derek vira para seus companheiros de banda e grita:

— Vamos do começo!

Os meninos assentem, mostrando que não apenas ouviram como também concordaram com o que Derek disse.

— Quer tocar o violão? Ou o piano, já que você disse que também toca um pouco? — Derek me oferece, empolgação transpira de seus poros.

Arregalo os olhos para ele.

— Tá doido?! Você nunca me ouviu tocar!

— Já passamos dessa fase, Sardas — diz, em seu tom rabugento, sem surtir efeito nenhum, considerando que ele está feliz demais para isso. — Mas tudo bem, podemos deixar para a próxima.

Próxima? Que próxima?!

Sem nem me dar tempo para refletir um pouco mais sobre isso, Derek tira o violão pendurado nos ombros, coloca o instrumento no apoio apropriado, se dirige ao piano, colocando seu microfone no tripé que havia ali, e assente para Drew.

Peter e Josh param de tocar quase ao mesmo tempo. Com a última nota deles ainda ressoando, Drew bate as baquetas uma na outra de novo, indicando o ritmo.

E então a música recomeça.

Canto as primeiras estrofes em uma só voz com Derek. A partir do primeiro refrão, contudo, entoo minha própria versão da música.

Lembro quando Derek me falou, dias atrás, ainda como Henry, que a minha composição e a dele se entrelaçavam e se harmonizavam de tal modo que parecia que a música tinha sido feita assim. Eu não poderia expressar minha opinião de uma forma melhor.

Minha voz e a de Derek são compatíveis de um jeito que não se encontra sempre por aí. Seu timbre rouco equilibra o meu agudo, trazendo um resultado suave e agradável aos ouvidos. Poderia ouvir nosso dueto por dias seguidos sem enjoar.

E, assim, no conforto de uma boa música, enfim relaxo e me entrego ao momento.

Despised, charming grass
Grama bela, desprezada
Fertile, pleasant land
Terra fértil, aconchegante
Trampled softness
Suavidade tão pisada
Fresh soil in my hand
Solo fresco, verdejante

Breakable, hard crystals

Vidro forte, delicado
Don't let anyone pass
Restritivo, transparente
It will hurt you, if it falls
Fere e corta, se quebrado
Fragile, tough glass
Vidro frágil, resistente

Broken heaven will not last (Safe heaven at last)
Paraíso destruído (Paraíso protegido)
Grass of glass, grass of glass
Grama de vidro, grama de vidro
Shatter my shelter, no regrets (I make the shards my fortress)
Cacos quebram meu abrigo (Cacos formam meu abrigo)
Grass of glass, grass of glass
Grama de vidro, grama de vidro

I am unstable grass
Eu sou grama inconstante
I jab the walker on his way (Green soil full of waves)
Incomodo o viajante (Ondas verdes vacilantes)
Brittle like the sparkling glass
Quebradiço como o vidro
If I'm broken, cut I may (I'm stronger when I pray)
Corto sempre que ferido (Em oração, fortalecido)

I'm glass but I'm grass
Eu sou vidro, mas sou grama
Softness is now cursed (Hope called me and I heard)
Maciez que se profana (Esperança que me chama)
I'm grass but I'm glass
Eu sou grama, mas sou vidro

The blessing made me hurt (Blessing is breaking through the hurt)
Pela bênção fui ferido (Bênçãos curam o ferido)
Flower field full of death (Give the broken a new breath)
Morte em campo florido (Vida irrompe no rompido)
Grass of glass, grass of glass
Grama de vidro, grama de vidro
Shatter my shelter, no regrets (Shattered shelter is my past)
Cacos quebram meu abrigo (Cacos foram meu abrigo)
Grass of glass, grass of glass
Grama de vidro, grama de vidro[9]

Ao final do último verso, me encontro sem fôlego. Nem tanto pela música em si, mas pela experiência.

É surreal estar na frente de *milhares* de pessoas, apresentando uma composição minha — pequena, mas ainda assim *minha* — e fazendo algo que sempre sonhei, mas nunca tive coragem de me obrigar a fazer: cantar para um público maior que minha família, minha escola ou minha igreja.

Viro para Derek, que já me observava, parecendo tão extasiado quanto eu. Assim que nossos olhares se encontram, Derek se levanta do banco do piano e vem em minha direção, parando a um passo de mim. Suas íris, mais intensas do que nunca, brilham com empolgação, orgulho e mais alguma coisa que me suga para dentro de seus olhos.

— Você foi incrível! — Derek exclama, segurando meus ombros.

Nós nos encaramos por meio segundo. Nossos sorrisos se desfazem conforme a intensidade em nossos olhos se acentua. Arrepios percorrem meu corpo do ponto em que os dedos de Derek encostam em mim até os dedos dos meus pés.

---

[9] Nota da autora: a tradução da música não foi literal. Considero "Grass of glass" e "Grama de vidro" como poemas gêmeos, uma vez que, ainda que estejam correlacionados, não me prendi a cada palavra da versão em português na tradução para a versão em inglês. São poemas próprios em cada idioma, com suas particularidades, mas compartilhando uma mesma essência.

Dou um passo para trás e Derek franze o cenho. Ele não diz nada, mas percebo em seu rosto a tentativa de entender o que ele havia feito para eu me afastar.

Sem tempo de explicar meus motivos, tomo sua mão e a aperto de leve, para ele ver que não estou chateada nem qualquer coisa do tipo.

— Muito obrigada por isso, Derek! — Olho dentro de seus olhos, para que ele veja com nitidez as emoções que se passam dentro de mim. — Foi incrível!

A expressão de Derek se suaviza.

— Você vai fugir?

— Não pretendo.

— Ótimo.

— Nós nos vemos daqui a pouco, então.

Com um último sorriso afetuoso e tão discreto que era quase imperceptível, Derek me dá um beijo na testa.

Finalmente me permito olhar para além dele, para o resto do palco e para o público.

A multidão continua gritando até agora, aplaudindo nossa versão de "Grass of glass" e todo o resto que acompanhou esse momento. Drew, Peter e Josh sorriem para mim, igualmente animados e orgulhosos. Os três assentem, em um elogio silencioso, conforme passo por eles para sair do palco.

Volto para perto de Carol com um sorriso maior do que o do gato da Alice. Minha amiga pula em cima de mim, gritando, saltitando e lacrimejando ao mesmo tempo.

— FOI LINDO, AMIGA! EU TÔ LITERALMENTE CHORANDO! — Carol abana o próprio rosto, para conter as lágrimas. — COMO O DEREK CONHECIA A LETRA QUE VOCÊ COMPÔS?

Dou uma risada tão histérica quanto ela.

— Amiga, o Henry é o Derek.

— *O QUÊ?!* — ela pergunta, ainda no mesmo tom eufórico.

— O Henry e o Derek são a mesma pessoa.

Ela arregala os olhos.

— *Como assim?!*

— Isso mesmo que você ouviu.

— ENTÃO, VOCÊ TÁ ME DIZENDO QUE DURANTE TODO ESSE TEMPO A GENTE TAVA HOSPEDADA DO LADO DA GRASS OF GLASS E EU NEM SABIA?!

Dou uma risada.

— Exatamente.

— GENTE DO CÉU!

Carol continua tagarelando mais agitada que o normal durante os minutos seguintes, mas estou aérea demais para prestar atenção em qualquer coisa.

O resto do show passa para mim como um borrão. Eu não saberia dizer se, depois da minha participação, eles cantaram mais uma música ou mais dez. Os momentos inesquecíveis que acabei de viver em cima daquele palco ocupam cada espaço da minha mente.

CAPÍTULO 10

Não sou peixe, mas mordi uma isca de sardinha

Assim que o show acaba, Derek corre para fora do palco.

Peter, Drew e Josh ainda ficam mais um pouco, interagindo com os fãs, mas Derek vem direto até onde eu e Carol estamos.

De novo, Derek desce do palco pulando, mas, desta vez, aterrissa bem na minha frente. Dois pequenos passos depois, ele está parado a míseros centímetros de mim, parecendo tão eufórico quanto eu quando estava no palco.

— Então você realmente não fugiu — ele constata.

— Eu disse que não fugiria.

— Não. — Derek sorri de canto. — Você disse que não *pretendia* fugir, o que são coisas bem diferentes.

Reviro os olhos, mas uma risada escapa.

— Bom — digo —, você acabou de me proporcionar a melhor experiência da minha vida, então acho que o mínimo que eu poderia fazer seria esperar aqui e te agradecer.

Um sorriso genuíno ilumina o rosto de Derek, deixando-me desconcertada.

— Então isso quer dizer que não estraguei tudo?

— Não vou dizer que não pensei em te matar quando descobri que você não me contou logo de cara que era o Henry. — Coloco as mãos na cintura e Derek ergue uma sobrancelha. — Também quis te bater quando inventou de me arrastar para o palco, mas agora entendo por que fez isso. E, como eu disse, foi a melhor coisa que já fiz. Então, não, você não estragou tudo, muito pelo contrário. Muito obrigada, inclusive.

Os olhos de Derek brilham com um sentimento que não consigo identificar e um meio-sorriso preguiçoso se forma em sua face.

— A alegria foi minha.

Minha língua seca e perco a capacidade de formular frases, então não digo nada.

Permanecemos nos olhando e as íris de Derek, mais verdes do que nunca, parecem me atrair para si.

— Sardas, eu...

— MADU, VOCÊ MANDA MUITO! — Peter brota do chão ao meu lado.

Ele me agarra em um abraço de urso e me gira, rindo como um lunático.

— E OS VERSOS A MAIS QUE VOCÊ COMPÔS?! — Peter continua. — IRADOS!

— Quando o Derek falou que você canta bem, a gente não tinha imaginado que era tão bem assim — Josh acrescenta, em um tom tão orgulhoso que beirava o paternal.

— Parabéns, Madu! — Drew ergue o punho para me cumprimentar com um soquinho. — Já pensou em seguir carreira de cantora?

A essa altura, eu já estava mais vermelha que o meu tão querido violão.

— Na verdade já, mas sou muit...

— MENINOS! — Daisy, que, graças à Carol, sei que é a chefe da equipe de imprensa deles, aparece afoita, segurando uma prancheta. — TRÊS MINUTOS PARA ESTAREM NA SALA 6 PARA UMA COLETIVA!

Daisy está impecável como sempre. Ela veste uma blusa social branca, com apenas o primeiro botão aberto, uma saia midi tom de grafite, uns saltinhos nudes estilo meia pata e os cabelos castanhos estão presos em um coque baixo, sem um único fio fora do lugar.

Ela deve ter no máximo 30 anos, mas é sempre tão séria que acaba aparentando ser mais velha do que de fato é.

Ela sai empurrando os integrantes da Glass em direção à porta. Derek resiste um pouco, olhando em minha direção, como se quisesse continuar nossa conversa. Daisy repara e dá uma bronca nele:

— Não. Não temos tempo para flertes, Derek. Vocês estão todos suados e tenho menos de cento e oitenta segundos para fazer todos vocês ficarem minimamente apresentáveis. Agora, vão. Circulando!

Ela roda o indicador no ar, para que eles se mexessem.

Derek me lança um olhar intenso e suplicante.

— Desculpa por isso — ele diz. — Tinha prometido que a gente conversaria depois...

— Tudo bem, pode ir lá. — Sorrio, para mostrar que estava sendo sincera. — A gente conversa depois da entrevista.

Ele morde os lábios e desvia o olhar por um breve segundo.

— Não sei se vamos ter tempo, nosso voo parte logo depois de...

— Derek! — sua assessora grita já no corredor, fora da sala. — Vamos, *por favor*!

Derek suspira e começa a andar de costas até a porta, ainda falando comigo:

— Me manda uma mensagem e a gente continua conversando, pode ser?

— Mas não tenho seu número! — falo mais alto, para ser ouvida, porque nessa altura ele já estava quase na porta.

— Me encontra no Insta! — ele grita as últimas palavras e é puxado para fora.

Antes mesmo de chegarmos ao hotel, depois do show, Carol me avisa que várias filmagens do momento em que eu e Derek cantamos minha versão de "Grass of glass" viralizaram pela internet.

Como se para confirmar esse fato, Júlia, a irmã mais nova da Carol, nos liga por chamada de vídeo por volta da meia-noite.

Atendemos à ligação e vemos os rostos de três meninas espremidos na tela.

— A gente tá ficando doida ou aquela garota cantando com o Derek no show de hoje era a *MADU*?! — Victoria, uma das melhores amigas de Júlia, pergunta sem sequer nos cumprimentar.

— Não estão ficando doidas! Era a Madu mesmo! — Carol responde, quase quicando ao meu lado.

Nem ela nem eu nos acalmamos até agora. Não paramos de falar por um segundo sequer desde que chegamos ao nosso quarto, revivendo cada detalhe da noite.

— *Como assim* era mesmo a Madu?! — Isabela, a terceira do trio, pergunta. — Não, agora vocês têm que contar tudo pra gente!

— Oxe, até a Isa está aí com vocês hoje? — Carol indaga, como se só neste momento tivesse percebido a presença da terceira menina.

— É, agora que não moro mais com os Bastos, voltei a ter uma vida social decente — Isa diz, em tom de piada, mas sei que não deixa de ser verdade.

— Você não mora mais com os Bastos?! — Carol pergunta, erguendo as sobrancelhas.

Ju revira os olhos.

— Eu já tinha te falado isso, Carol! Faz tempo, inclusive.

— Ai, tá, foi mal se não me lembro dessa informação, só que também não vejo suas amigas todo dia, Júlia! — Carol cruza os braços. — A última vez que a gente se viu foi, o quê? No ano passado?

— É — entro na conversa —, acho que foi naquele baile que teve no colégio delas, lembram?

Um silêncio sepulcral nos atinge do outro lado da linha, o que me leva a pensar se, por um acaso, elas se esqueceram de que baile estou falando.

— Aquele Baile de Máscaras, sabem? — arrisco. — Que tava com o som mega-alto e a Isa quis ir embora do nad...

— Sim, a gente lembra! — Isa me interrompe, subitamente agitada. — Com certeza a gente lembra. Mas você tem razão, Carol, faz muito tempo que a gente não se vê. E, respondendo à sua pergunta: sim, não moro mais com os Bastos já faz alguns meses.

— Sim, sim — Vic resmunga. — A Isa se mudou, a vida é outra, os pássaros cantam e tudo o mais, mas isso não vem ao caso agora! — Seus olhos escuros focam em mim pela telinha do celular. — Queremos saber *tu-do*, Madu!

— Sim! — Isa aproxima ainda mais o rosto da tela. — Onde você estava, para início de conversa? Porque, pelos vídeos, pareceu muito que o Derek foi te buscar na coxia e não no meio da multidão!

— Tá, quanto tempo vocês têm? — pergunto, com meu sorriso radiante ainda brilhando na cara. — Porque a história é meio longa.

— Não estamos com pressa nenhuma — Ju fala, e suas amigas concordam, eufóricas.

Passo as próximas horas contando os detalhes da noite para as meninas, que surtam comigo a cada evento que narro.

Pelos próximos dois dias, sou consumida por um dilema. A cada quinze minutos, mais ou menos, abro o Instagram e vou até o perfil de Derek. Ele me pediu para mandar uma mensagem para ele, mas até agora não consegui.

Carol já passou por muitos níveis de raiva de diferentes tipos e intensidades.

"É só mandar uma mensagem!", minha amiga respondeu, quando eu disse para ela que ainda não tinha falado com Derek, porque eu não saberia o que dizer. "Fala literalmente qualquer coisa. 'Eu nunca comi um avestruz' ou sei lá! Só fala *alguma coisa*!"

"Mas e se ele não quisesse de verdade que eu mandasse uma mensagem para ele?", perguntei.

Fala sério, ele é um cantor famoso! E quem sou eu na fila do pão?

Depois que a adrenalina da noite do show passou, a insegurança assumiu o lugar, correndo livre por minhas veias.

Carol revirou os olhos diante da minha pergunta — aparentemente — besta.

"Aí, ele não teria te *pedido* para encontrá-lo, né?"

"Ele podia estar falando só por educação."

"Amiga, eu estava lá e vi tudo, então, *por favor*, acredite quando digo que *não* foi só por educação!"

Suspirei.

"Acho que ele nem vai ver minha mensagem...", continuei minha lamúria. "Ele recebe tantas por dia que a minha vai se perder no meio."

"Se você não enviar nada, *aí* é que ele não vai ver mensagem nenhuma mesmo!"

Solto um pequeno gemido de desânimo, lembrando dessa e de outras tantas discussões que travei com minha amiga nos últimos dias.

Logo depois da entrevista, Derek e os meninos foram arrastados para uma série de compromissos pós-show, que só foram acabar quando já estavam dentro do avião rumo à próxima parada da turnê, em Salvador. Não tive chance nem de vê-lo uma última vez antes de partir, que dirá de me comunicar com ele de alguma forma...

Rolo o *feed* do Instagram de Derek, juntando forças para enfim enviar uma mensagem. Meu cérebro maluco inventou muitas desculpas para eu não fazer isso, mas até *eu* sei — bem lá no fundo — que não tenho nenhum motivo real para não falar com ele...

A única razão plausível para não entrar em contato seria se eu *não* quisesse que Derek me encontrasse. Como esse não é o caso e, na verdade, *quero* falar com ele de novo, o único jeito de isso acontecer é eu dar esse primeiro passo...

Mas, ainda assim, não me sinto tão certa sobre mandar uma mensagem... Derek mora nos Estados Unidos, é famoso, tem um monte de menina — do mundo inteiro, diga-se de passagem! — apaixonada por ele...

Em resumo: somos de universos completamente diferentes... Como isso poderia dar certo?

Será que isso poderia dar certo?

Suspiro, presa nesses pensamentos cíclicos que me assombram há dias.

Clico nos *stories* de Derek, buscando coragem para falar com ele em algum momento. No meio de suas fotos alternativas com versículos e frases um tanto enigmáticas e filosóficas, aparece uma dele com as sobrancelhas erguidas de um jeito que, por algum motivo, me faz lembrar da selfie que tiramos no dia em que nos "conhecemos" no elevador.

Só depois do segundo show é que fui perceber que a gente tinha tirado essa foto no celular *dele*, então eu não a tenho. O que é uma pena, porque eu amaria ter um registro desses dias, para, daqui a alguns anos, eu ter uma comprovação de que isso tudo foi real.

Tudo bem, posso até não ter a foto que tiramos naquele dia, mas, ainda assim, possuo evidências de que não sonhei com isso tudo. Além da jaqueta de couro que ele me emprestou no elevador e não tive tempo de devolver, também tenho os vídeos amadores da nossa versão de "Grass of glass" que viralizaram.

Todas as *glassies* estão delirando com isso tudo, porque foi muita informação ao mesmo tempo. Primeiro, Derek cortou o cabelo, mudando o estilo que mantinha já há alguns anos. Depois, a Grass of Glass apresentou, ao vivo e sem aviso prévio, uma versão nova de sua principal música. Como se não bastasse, uma completa estranha fez Derek *sorrir de verdade* no palco, na frente de todo mundo. E, para completar esse combo de surpresas bombásticas, Derek, o mais carrancudo dos quatro integrantes da banda, demonstrou afeto por uma desconhecida no meio de um show.

Então é claro que isso tudo levaria as fãs à loucura. Elas não falam de outra coisa desde domingo, quando meu mundo virou de cabeça para baixo. A verdade é que as *glassies* fizeram tanto alarde por causa disso que agora toda a internet está engajada, doida para descobrir quem é essa menina — no caso, eu.

Para minha alegria, nenhum vídeo tem qualidade suficiente para mostrar meu rosto com definição — e a equipe da banda não publicou nenhum vídeo oficial, para meu grande alívio; eu odiaria me tornar o foco da atenção da imprensa e de *toda* a internet. Então continuo no anonimato — e dou graças a Deus por isso. Não sei se estou pronta para lidar com a fama e, muito menos, com o assédio que eu receberia por causa dessa minha participação especial.

E esse é parte do motivo da minha insegurança em entrar em contato com Derek.

Infelizmente, Derek e a imprensa são um combo.

Mas algo que meus pais sempre me falam em momentos como este fica martelando em minha cabeça: vou mesmo abrir mão de uma grande oportunidade, de algo bom, apenas porque trará junto alguns desconfortos?

Será que esta é uma daquelas situações tão valiosas que fazem os incômodos se tornarem suportáveis, para não dizer insignificantes?

Sim, Derek e a imprensa são um combo. Mas Derek tem as mesmas paixões que eu, como ficou nítido em nossa performance no palco. Derek me apoia, me incentiva e me ajuda a ser uma pessoa melhor, como pude perceber nos poucos momentos que tivemos juntos cara a cara. E, o mais importante, Derek tem os mesmos valores e a mesma fé que eu, como descobri nas conversas com ele ainda como Henry.

Além do mais, tenho orado muito sobre este assunto e refletido sobre os últimos acontecimentos à luz da Bíblia, e a certeza de que eu já deveria ter mandado uma mensagem para Derek só aumenta.

Com um suspiro, resolvo parar de ficar enrolando.

Acho que vale a pena. E se no fim não der certo, valerá a pena pelo menos ter tentado.

Chegou a hora — na verdade, já *passou* da hora faz tempo.

Num arroubo de coragem, procuro mais uma vez o perfil de Derek, clico em "enviar mensagem" e começo a ensaiar um texto:

> Oi, Derek, tudo bem? Aqui é a Madu. Nos conhecemos pelo banheiro do hotel e ficamos presos no elevador, lembra? Haha.

> Enfim, eu estava aqui pensando: você ainda tem aquela foto que tiramos no dia em que nos conhecemos pessoalmente?

Balanço a cabeça.

Não, essa tentativa casual de puxar assunto estava péssima.

Apago tudo.

Volto para o *feed* dele e continuo observando as fotos, enquanto tento pensar em alguma coisa melhor.

Engraçado como conhecer alguém muda sua perspectiva sobre a pessoa, né? Vendo agora as fotos de Derek, não acho mais seu antigo corte de cabelo tão horrível... É claro que ele fica incomparavelmente mais bonito de cabelo curto, mas não o acho mais tão feio com o corte anterior...

Ainda estou perdida nesses devaneios quando aparece uma notificação para mim. Derek postou uma foto.

Com o coração batendo forte, clico na notificação. Ao mesmo tempo que eu não fazia ideia do que era a postagem — nem do que eu gostaria que fosse —, meu peito foi tomado por expectativa — pelo que, honestamente, não sei dizer.

Quando a foto enfim carrega, perco o fôlego. Encaro a tela, sem piscar, por alguns segundos.

Derek postou uma foto nossa. Justamente aquela que não saiu da minha cabeça nesses últimos dias. Aquela que tiramos na porta do meu quarto no hotel depois de ficarmos presos no elevador. Aquela que quase pedi a ele por mensagem minutos atrás.

Observo a foto com uma atenção que nunca dei a nada.

Derek estava com suas sobrancelhas erguidas tão típicas dele. Mas, diferente do normal, havia um toque de humor em seus lábios e suas íris brilhavam com diversão.

Eu me encontrava meio de lado na foto, virada na direção dele. Meus cachos caíam para frente, tapando parcialmente meu rosto, mas ainda assim era possível ver que eu estava rindo.

Lembro, como se fosse ontem, o motivo da minha risada.

"Boa", Derek disse para me ajudar a descontrair. "Assim ninguém vai ter dúvidas de que você só tirou uma foto comigo porque foi obrigada."

Sorrio com nostalgia enquanto observo nós dois estampados no seu *feed* para qualquer um ver.

Achei cuidadoso da parte de Derek ter escolhido postar justamente essa foto. Não sei se tinha alguma outra, em que aparecia melhor o meu rosto, mas fico grata por ele ter postado uma que não revelava muito — na verdade, não revelava quase nada — da minha identidade.

Depois de observar com carinho e atenção cada detalhe da foto, vou para a legenda. Havia uma única frase: *Freckles bait*. "Isca de Sardas".

Com certeza cada uma dessas duas palavras foi muito bem pensada e milimetricamente calculada.

Acho que nunca fui tão grata a Derek quanto agora. Ficou evidente — ao menos para *mim* — que ele queria me encontrar, ao mesmo tempo que tentava preservar minha imagem.

Com uma genialidade admirável, Derek conseguiu passar sua mensagem direcionada a mim de forma velada para qualquer outra pessoa: *Freckles*, que é o jeito que ele me chama, e *bait*, na esperança de que eu morda a isca e finalmente entre em contato com ele.

Derek conseguiu me dizer "ei, Sardas, ainda estou esperando sua mensagem" de um jeito que não expunha para o resto do mundo que ele *não tinha o meu contato*!

Esse era o empurrãozinho que me faltava. Com minha motivação renovada, vou decidida até sua DM e começo a digitar minha mensagem.

Mal escrevi duas palavras, contudo, e meu celular tocou. Carol.

Com um suspiro, já esperando a reação da minha amiga, atendo à ligação. Carol nem me dá chance de dizer nada:

— Por favor, me fala que você já viu!

— Já.

— Por favor, me diz que você não vai ignorar!

— Não vou. Inclusive estava digitando a resposta para ele agora.

— Então que não seja eu a interromper esse milagre — ela diz e desliga.

Contrariando tudo que conheço sobre minha amiga, ela *simplesmente desliga*! Dou uma risada, balançando a cabeça, sem acreditar. Mesmo depois de tantos anos de amizade, essa menina continua me surpreendendo.

Respiro fundo e volto a me concentrar.

Por fim, envio o *post* com a nossa foto para a DM de Derek com a seguinte mensagem:

> Essa legenda teria ficado ainda mais perfeita em português.

> Na minha língua, "sardinha" pode ser tanto as pintinhas no rosto de alguém quanto um tipo de peixe, então a ambiguidade da frase teria dado o toque final, sabe? Haha.

Sim, péssimo, eu sei. E, sim, eu enviei. E, sim, eu não apaguei depois, porque, por incrível que pareça, não consegui pensar em nada melhor que isso.

Com meu coração batendo tão forte que conseguia *senti-lo*, jogo o celular de lado, pego o violão e tento me esquecer disso tudo por alguns minutos, pelo bem de minha saúde mental.

Mais um dia se passa sem nenhuma resposta de Derek.

— Falei que ele recebia tanta mensagem que a minha ia acabar ficando perdida no meio! — lamento com Carol pelo telefone.

A gente acabou voltando para casa pouco depois do segundo show. Com meu vídeo viralizando por aí, eu me senti um tanto ansiosa e preferi voltar para meu hábitat natural, onde fico mais confortável.

Carol, apoiando-me como sempre, comprou as passagens para o voo mais próximo que tinha disponível.

— Se você não tivesse enrolado tanto, acho que ele teria visto mais fácil — minha amiga retruca do outro lado da linha. — Mas você deixou para mandar mensagem só quando ele postou a foto que teve mais curtidas e comentários em todo o Instagram dele! Não fico nem um pouco surpresa por ele não ter visto sua mensagem. Vai saber quantas ele recebeu!

— Você acha que mando outra agora?

Minha amiga solta um suspiro desanimado.

— Para ser sincera, acho que não faria diferença. O post ainda está muito em alta, então imagino que ele ainda esteja recebendo muitas DMs por dia. — Ela faz uma pausa, considerando. — Mas acho que não custa tentar... Você não vai perder nada, de qualquer forma.

— Tá, vou mandar agora, então.

Enquanto eu ainda digitava, Carol fala no viva voz:

— Temos que pensar em um jeito de chamar a atenção dele, para vocês conseguirem se encontrar nessa loucura que é a internet.

— Como?!

— Não sei. Por isso disse que a gente teria que *pensar*. — Carol suspira. — Posso passar aí mais tarde?

— Por favor.

Um ombro amigo seria muito bem-vindo neste momento.

Como o esperado, Derek não viu minha nova mensagem.

Tentava não permitir que o desânimo e a frustração me dominassem, mas, toda vez que eu lembrava como seria improvável a gente se reencontrar de novo sem ser pela internet, meus esforços para pensar positivo se desvaneciam.

Se arrependimento matasse, eu já estaria morta. Deveria ter ouvido a Carol e mandado mensagem antes!

— Talvez não fosse para ser, amiga — digo para Carol, que veio aqui em casa me consolar no fim da tarde. — De qualquer forma, não teria chance de eu e Derek darmos certo mesmo...

— Por que não?! — Carol pergunta em um tom agudo, colocando as mãos na cintura.

— Somos de mundos muito diferentes... Vai ver ele não era o cara para mim, nem eu era a pessoa certa para ele... Era impossível mesmo.

Carol balança a cabeça, como se quisesse dar descarga no que falei.

— Acho que não tem nada a ver! — ela diz. — Claro que não seria fácil, nem simples, mas, se vocês dois realmente quisessem, seria pelo menos possível. E, na minha opinião, ser possível já é mais que suficiente para pelo menos tentar.

Solto um suspiro, no esforço de não me deixar ser engolida pela minha melancolia, que tem estado mais acentuada nos últimos dias.

— Por que você não toca um pouco? — Carol sugere ao observar minha expressão, que começava a assumir um ar cabisbaixo.

— Boa ideia.

Escolho uma música que me lembre das verdades *de* Deus e *sobre* Deus. Ir até meu Criador e Salvador sempre me ajuda nesses momentos.

Pego o violão e permito que "Faz a tua paz reinar", da Amanda Rodrigues, me embale pelos minutos seguintes. Conforme volto meus olhos para Deus, sinto sua paz me envolvendo.

Meus dilemas e aflições continuam aqui, mas agora não pesam mais sobre mim.

Respiro fundo, aliviada por ter retornado ao meu lugar de paz.

Na manhã do dia seguinte, uma nova oportunidade surge, renovando minhas esperanças de que talvez isso tudo pudesse dar certo.

No fim, foi Derek quem trouxe a resposta que eu e Carol procurávamos — de como fazer para chamar sua atenção na internet.

Na quinta-feira, Derek postou um mesmo vídeo no TikTok e no Instagram. Era um dueto, em que ele fez um cover, cantando a parte do Zac Efron de "Rewrite the stars", para que outras pessoas repostassem, cantando a parte da Zendaya.

A legenda era: *Musical Freckles bait*. "Isca de Sardas musical".

Sem conseguir evitar, dou uma risada quando leio isso. *Esse menino não existe!*

Ele não poderia ter escolhido uma música melhor para usar como isca para mim! Esse foi o primeiro dueto que fizemos juntos, ainda como Amber e Henry!

Além disso, é assustador como essa música se encaixa perfeitamente na nossa situação atual — ou, pelo menos, em como estou me sentindo.

Antes que eu sequer consiga *pensar* em qualquer coisa, Carol, como a boa *glassie stalker* viciada em celular que é, já está me ligando.

— AMIGA, POR FAVOR! — ela começa gritando. — *POR FAVOR*, ME DIZ QUE VOCÊ VAI RESPONDER!

— Sim, amiga, eu vou. — Dou uma risada, fora de mim.

Isso estava *realmente* acontecendo?! É tudo tão surreal!

— Ótimo! — A voz de Carol me arrasta de volta para a terra. — Tô indo para sua casa *agora*, para a gente gravar isso *agora* e não tô nem aí se você tinha alguma coisa mais importante para fazer.

Dou risada.

Sem ter outra opção — não que eu *quisesse* outra opção —, começo a arrumar a sala da minha casa para gravar com Carol quando ela chegasse.

— Como quer fazer? — Carol me pergunta, ajeitando seu celular em um tripé que ela trouxe. — Podemos gravar apenas sua mão tocando o violão, se você não quiser mostrar o rosto.

Pondero essa possibilidade por alguns instantes.

Aparecer no vídeo seria literalmente me expor. Quase literalmente dar minha cara a tapa.

Ao mesmo tempo, se eu não aparecesse no vídeo, tornaria mais difícil para Derek ter certeza de que era mesmo eu. E eu não queria dar brechas para dúvidas, então…

— Acho que não me importo de aparecer. — Dou de ombros. — Cantei na frente de uma multidão e sobrevivi, acho que posso sobreviver à internet também…

Carol franze o cenho.

— Tem certeza, amiga? A internet consegue ser bem mais invasiva do que a vida "real", digamos assim.

— Eu sei… — Encolho um ombro. — Claro que eu gostaria de me preservar e evitar ser assediada, se fosse possível, mas… Acho que é mais garantido que eu encontre logo o Derek se eu aparecer de uma vez.

Carol assente, mas seu olhar está distante, pensativa.

— Acho que tenho uma solução. — Eu me ajeito no sofá, com toda a atenção na minha amiga: — E se a gente criar um perfil profissional para você? Assim, você pode manter sua conta pessoal fechada, mas teria uma que deixaria aberta. Aí, dá para concentrar todo o assédio em uma única conta e ter mais privacidade na outra.

— Parece uma boa ideia. — Assinto, animada com a possibilidade de talvez conseguir preservar um mínimo de espaço pessoal.

— Certo, então vamos criar sua conta nova e aí já gravamos o vídeo.

É o que fazemos.

E assim nasce o @maduriosoficial.

Depois disso, ajeitamos a sala para a filmagem, Carol arruma meu cabelo e passa um pouco de maquiagem em mim, para eu ficar bem na frente da câmera.

Faço um breve aquecimento vocal e pego meu violão vermelho, companheiro de longa data. Então, gravamos.

A primeira filmagem fica um lixo, porque acabo me emocionando ao cantar a parte da Zendaya.

Primeiro, já fiquei mexida enquanto esperava a minha vez, ouvindo o Derek tocar seu violão preto e cantar a parte do Zac, que diz: "Você sabe que eu te quero / Não é um segredo que tento esconder / Eu sei que você me quer / Então não continue dizendo que nossas mãos estão atadas / Você diz que não está nas cartas / E que o destino está te levando para muito longe / E pra fora do meu alcance / Mas você está aqui no meu coração / Então, quem pode me parar se eu decidir / Que você é meu destino?".

Enquanto ouvia seu tom rouco entoando essas palavras, eu me perguntava: será que Derek quer dizer isso? Será que ele realmente está cantando essa música para mim? Ou será que foi apenas uma questão de conveniência, já que foi o primeiro dueto que fizemos juntos, e ele na verdade nem prestou atenção no que a letra dizia…?

Sem ter como responder a essas questões, resolvo deixá-las de lado por ora e volto minha atenção à música que continua se desenrolando e formando um bolo em minha garganta.

Para acabar de vez com meu autocontrole, minha parte do dueto responde ao que Derek cantou da seguinte forma: "Você acha que é fácil / Você acha que eu não quero correr até você / Mas existem montanhas / E portas que não podemos atravessar".

Solto uma risada trêmula depois de cantar esses versos.

É como se eu e Derek conversássemos por meio da música.

Carol sorri para mim de forma encorajadora. Ela aperta minha mão e desliga a câmera, notando os sentimentos estampados em meu rosto, e diz:

— Eu sei, amiga.

Aperto a mão dela de volta e respiro fundo.

— Vamos de novo — digo.

Para minha surpresa, depois de apenas mais duas ou três tentativas, eu e Carol ficamos satisfeitas com o resultado. Eu achava que fosse demorar mais — inclusive, já estava preparada para passar horas e horas gravando e regravando até ficar de um jeito que tanto eu quanto Carol gostássemos. Mas, felizmente, isso não foi necessário.

Enquanto assistíamos mais uma vez ao vídeo escolhido, minha mente permanecia em um certo cantor...

Sim, Derek, vamos tentar realinhar as estrelas, para ver se isso, de alguma forma, pode dar certo.

Se for da vontade de Deus, dará certo.

Carol, que é mais familiarizada com tecnologias, se encarrega de editar o dueto tanto no TikTok quanto no Instagram. Depois, ela me passa meu celular — onde ela editava o vídeo — para eu postar.

— Capricha na legenda. — É sua única orientação ao me entregar o telefone.

Mordo os lábios e reflito por alguns segundos. Por fim, digito: *Bitten bait, Henry*. "Isca mordida, Henry".

Com o coração acelerado, clico em postar e assisto, tamborilando os dedos da minha mão livre na coxa, enquanto os aplicativos carregam meu vídeo.

— Acho que vou surtar.

— Não até ele te responder! — Carol retruca, eufórica, já trabalhando para divulgar meu vídeo assim que ele é publicado.

— E se ele não responder? — Espremo os dedos de uma mão com a outra. — E se ele nem *vir* esse vídeo?

— Calma, amiga, eu participo de muitos *fandoms*. — Carol ergue os olhos da tela por um segundo para me fitar. — Você já fez sua parte, agora deixa que eu faço a minha.

E ela fez.

Carol repostou meu vídeo em todos os *fandoms* — nacionais e internacionais — de que ela participava. Ela sempre compartilhava falando algo tipo: "ATENÇÃO! ENCONTRAMOS A MENINA DO DEREK!" (Eu estava sendo chamada assim pelas *glassies*).

As fãs surtaram. Elas começaram a comparar meu rosto do vídeo do TikTok com o que dava para ver de mim na foto que Derek postou. Também compararam minha voz cantando no dueto com a minha voz no ao vivo. Elas investigaram e dissecaram cada detalhe que podiam até estarem convictas de que eu era *mesmo* a menina do Derek.

Depois disso, elas se encarregaram de fazer meu vídeo viralizar.

E o que eu mais temia aconteceu: a imprensa começou a me assediar.

Todos estavam tão sedentos para ouvirem algo de mim, descobrirem algo de mim, *arrancarem* algo de mim, que uma sensação de sufocamento ameaçava me dominar.

Paz. Preciso de paz!

Largo o celular em cima da cama e me encolho em posição fetal, sugando, trêmula, a maior quantidade de ar que posso, na esperança de conseguir sumir do mundo, pelo menos por um pouco de tempo.

— O que foi, minha filha? — A voz da minha mãe invade meus ouvidos, em meio ao meu estado de extrema sensibilidade sensorial.

— Muita informação — consigo resmungar.

— Como assim? — Ela se senta ao meu lado na cama e afaga meus cabelos.

— Postei um vídeo que viralizou — forço as palavras a saírem da minha boca, sabendo que conversar me fará bem —, com o Derek, aquele cantor famoso de que te falei, e tem gente do mundo inteiro, literalmente, começando a me seguir, me enviando mensagens, me enchendo de perguntas...

— Entendi. — Minha mãe fica em silêncio por um segundo. — E por que isso está te incomodando?

— Não sei... — Respiro fundo, ainda um tanto trêmula. — Acho que não sei lidar com tanta gente.

Minha mãe concorda com a cabeça, compreensiva.

— Por que você não fica um tempo fora das redes sociais, então?

— Porque preciso estar atenta, caso o Derek me responda.

— E ele não teria como entrar em contato com você de outra forma?

Nego com a cabeça, sem forças para falar nada.

— E se você pedisse para a Carol te ajudar a monitorar isso? — minha mãe sugere depois de um tempo. — Você disse que ela gosta dessas coisas de tecnologia, certo?

Assinto, mas continuo em silêncio.

Não gosto da ideia de ter que pedir isso para a Carol.

Fala sério, são apenas algumas — milhares — de mensagens pipocando nas minhas redes sociais. Isso não deveria me gerar todo esse mal-estar, certo? Eu deveria ser capaz, assim como todos os outros seres humanos, de gerenciar esse tipo de situação sem ter todo esse desgaste emocional, certo?

Errado. Quase posso ouvir a voz da minha mãe me dizer. *Cada pessoa é de um jeito e lida com as situações de um jeito diferente. O que é tranquilo para alguns, custa mais para outros. Não é vergonha* não conseguir fazer tudo, não é vergonha precisar de ajuda. *E o mais importante: Deus não pede que você seja sempre forte e consiga fazer tudo por si mesma. Deus quer apenas seu coração e que confie nEle.*

Concordo com a cabeça, reafirmando essas verdades para mim mesma.

Fazia tempo que eu não era dominada por um sentimento de aflição tão forte quanto hoje, mas algo que aprendi, lutando há tantos anos contra minha predisposição à melancolia, é: quando a escuridão bater à porta, corra para a Luz; quando a perturbação assumir seu peito, corra para seu Lugar de Paz.

Respiro fundo, ainda sentindo um aperto nas entranhas, e começo a cantarolar, com a voz embargada pelas lágrimas que escorrem pelas bochechas, a música que compus há alguns anos e que sempre me ajuda nestes momentos.

Tempestade que agita o mundo lá fora
Ventos fortes sopram em mim...

Capítulo 11

Abraços, frases cafonas e quebras de expectativa

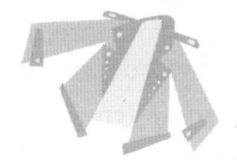

Nunca fui tão grata às *glassies*.

Depois de conseguir me acalmar, acabei pegando no sono e só acordei no dia seguinte.

Resquícios de ansiedade ainda perturbavam a boca do meu estômago, mas nada que me fizesse ficar mal de verdade, como ontem.

Respirei fundo, me espreguicei e me ajoelhei ao lado da cama, para fazer uma oração e iniciar o dia. Agradeci a Deus principalmente por Ele ter me trazido de volta ao meu lugar de paz.

No fim, não precisei pedir para Carol administrar meu Instagram por mim. Mesmo ainda não estando 100%, eu estava bem o suficiente para acessar sozinha minhas redes sociais conturbadas.

E foi quando minha gratidão às *glassies* assumiu seu nível mais alto.

Elas se empenharam tanto na divulgação do meu vídeo que, mesmo sem saberem, me ajudaram a chegar até Derek, como constato assim que abro o Instagram:

> Que bom que finalmente te encontrei
> Vc ainda tá com minha jaqueta

Isso foi tudo que ele disse.

Por dois segundos, achei que Derek falava sério. Quase pude sentir meu coração caindo e se espatifando.

Mas, então, meu cérebro voltou a funcionar e entendi que era uma brincadeira.

É isso, Derek é oficialmente uma pessoa bem-humorada, por mais que se esforce para parecer o contrário.

Com uma risada — de alívio, nervosismo e um outro sentimento que despertou as borboletas em meu estômago —, abraço meu telefone por um momento. Não acredito que a gente se encontrou no meio desta selva que é o mundo virtual!

Se as minhas faculdades mentais estivessem em pleno funcionamento, me sentiria patética por estar abraçando um celular, mas, como não estão, não fico nem um pouco incomodada.

Quando meu coração se acalma o suficiente para eu raciocinar, respondo para Derek:

> Foi justamente por isso q me esforcei tanto para fazer meu vídeo chegar até vc...
> Precisava te devolver sua jaqueta

Derek visualiza na mesma hora.

> Fico feliz em saber disso
> Mostra que vc é uma pessoa honesta e tal

Dou uma risada trêmula, maravilhada demais por isso estar mesmo acontecendo para conseguir formular uma resposta.

Meio segundo depois, aparece uma notificação para mim: "@thederekduncan começou a te seguir".

Outra mensagem de Derek chega quase de forma simultânea:

> A propósito, gostei mt do nosso novo dueto viralizando por aí
> Sua voz estava angelical como sempre

Coro assim que termino de ler e digito:

> Hahaha obrigada
> Nem fico mais surpresa por nosso dueto ter ficado tão bom...
> É impressionante como nossas vozes combinam haha

> Vc tirou as palavras da minha boca

Um sorrisinho bobo assume meu rosto ao mesmo tempo que uma cosquinha surge na boca do meu estômago.

> Haha 🙈

"Haha" com um macaquinho se escondendo?! Sério, Madu?

Estapeio a mim mesma mentalmente, mas não tenho mais o que fazer, considerando que Derek já visualizou.

Penso rápido em alguma outra coisa para falar e, assim, esconder essa mensagem patética:

> Antes q eu esqueça, esta aqui é minha conta profissional
> Se vc quiser me seguir na minha pessoal, acho q ficaria melhor (tô recebendo mts mensagens por aqui)
> Este é meu insta fechado:

Envio meu perfil como mensagem para ele, que pede para me seguir no mesmo instante e eu permito, óbvio.

Logo recebo novas mensagens:

> Putsss
> Não acredito que vc tinha me mandado outras mensagens antes!
> Só fui ver agora...
> Dps que postei nossa foto juntos ficou uma loucura por aqui!

> E eu achando que tava sendo ignorada 😝
> Brincadeira haha
> Meu insta tbm ficou louco dps do nosso dueto, então imagino como ficou o seu...

> O importante é q a gente conseguiu se encontrar de novo

> Verdade haha

> Mas então quer dizer que "sardinha" em português também é um tipo de peixe?

Acho graça da pergunta, respondendo à primeira mensagem que eu tinha enviado para ele dias atrás, e desenvolvo o assunto, que, com Derek, parece sempre fluir.

Conversamos por muito tempo depois disso, até que Derek precisa ir para algum compromisso importante.

Logo após nos despedirmos, ele envia:

> Inclusive
> Se vc quiser me devolver minha jaqueta neste fim de semana, posso arrumar uns ingressos pra vc e pra Carol
> Só me dizer se vcs vão querer vir no show de amanhã ou no de domingo
> Ou nos dois

Leio as mensagens umas trocentas vezes sem saber como reagir. Ensaio mil respostas diferentes, mas sempre acabo apagando e recomeçando, sem decidir o que dizer. Por fim, digito:

> Uau
> Só... uau
> Vou falar com a Carol, mas tenho certeza que ela vai topar, sim kkkk
> Mto obrigada mesmo!

> Me agradeça devolvendo meu casaco
> Pessoalmente de preferência, claro
> Fico esperando vc me avisar em ql show vcs vêm

> Combinado!
> Mto obrigada mais uma vez!

> Não precisa agradecer, Sardas
> A alegria é minha 😘

Ele não apenas *usou um emoji* como foi um de *beijinho*!

Ok, acho que isso definitivamente quer dizer alguma coisa, certo?!

Derek *com certeza* não é do tipo de pessoa que usa *emojis*!

Carol surtou quando a atualizei dos últimos acontecimentos. Ela me fez mandar prints das minhas conversas com Derek e analisou cada letra, sinal de pontuação e tempo de resposta.

É óbvio que ela aceitou na hora a proposta de irmos para mais um show deles. Estava sendo apenas a realização dos sonhos dela: assistir a três shows da Grass of Glass em dois fins de semanas seguidos, sendo que dois deles ela assistiria do camarote. Não tinha como deixar uma fã mais feliz.

Eu e Carol conversamos com os nossos pais sobre o convite que recebemos. Tanto os meus quanto os da Carol nos deixaram ir sem grandes problemas — até porque estamos no início de fevereiro e nossas aulas na faculdade só voltam em março. Sei que somos maiores de idade, mas buscamos sempre honrar nossos pais. Além disso, como ainda moramos na casa deles, o mínimo que podemos fazer é deixá-los a par dos nossos planos.

Quando dei nossa resposta ao Derek, ele ofereceu um dos jatinhos da banda para vir nos buscar em Brasília e nos levar até Salvador, onde aconteceriam os shows deste fim de semana.

Horrorizada, agradeci muito a proposta e a generosidade dele, mas recusei. A última coisa que eu queria era gerar mais um bafafá! Eu já estava recebendo muito mais atenção global do que gostaria desde que o nosso dueto de *O rei do show* viralizou.

Carol assumiu a posição de benfeitora. Ela se *recusou* a me deixar pagar minha própria passagem — e olha que insisti muito.

Comprando passagens absurdamente caras — já que foi em cima da hora —, Carol garantiu que chegássemos ao nosso destino no fim da manhã de domingo — infelizmente não conseguimos voo para o sábado.

Usando o dinheiro e a influência de seu pai, Carol conseguiu fazer com que a gente ficasse hospedada no mesmo hotel da Grass of Glass — cuja informação consegui com Derek). Avisei para meu amigo mundialmente famoso que estávamos no mesmo hotel, o que o deixou muito feliz. Ele disse que teria ido me encontrar naquela mesma hora, mas estava ocupado com coletivas de imprensa, passagens de som e mais um monte de outras coisas de sua rotina insana de turnê.

Derek perguntou se eu gostaria de ir mais cedo para o show de novo, ao que aceitei sem precisar pensar duas vezes.

Quando chegamos ao local do show, no final da tarde de domingo, minhas mãos tremiam um pouco. Eu e Carol ficamos paradas na porta de entrada do espaço restrito onde está o camarim da banda, ambas com expressões de deslumbramento.

Um dos seguranças nos olha desconfiado e pergunta:

— Posso ajudar?

— Fomos convidadas pela Glass para chegar mais cedo para o show — Carol responde, voltando a si (ou, pelo menos, fingindo muito bem estar calma).

— Sei.

— É sério, senhor. — Carol mantém a pose. — Se o senhor puder verificar com algum dos meninos da banda, eles irão confirmar a informação.

O segurança franze o cenho para nós. Ele aproxima da boca o fone pendurado em seu ouvido e começa a falar com alguém. Depois de algumas perguntas e respostas cifradas, ele pede pelos nossos nomes e enfim libera nossa passagem.

— Segundo corredor à esquerda, na última porta. Tenham um bom show.

— Obrigada — eu e Carol falamos em uníssono.

Apesar de essa não ser a primeira vez que Carol vem aos bastidores, minha amiga parece tão empolgada quanto na semana passada. Conforme avançamos pelo corredor, Carol mal consegue — nem sequer tenta — conter o imenso sorriso que ocupa seu rosto inteiro.

Confesso que minha expressão não está muito diferente da dela.

Quando chegamos ao camarim, há outro segurança na porta.

— Boa tarde, senhoritas — ele diz. — Estão esperando por vocês.

Então, ele segura a maçaneta e abre a porta para nós.

Aquela agitação pré-show que parece ser habitual preenche cada centímetro do camarim. Diversas pessoas andam para lá e para cá, resolvendo mil questões ao mesmo tempo.

Hoje, diferente do último domingo, quem nos percebe primeiro são os meninos.

— OLÁ, SARDAS! — Peter exclama do seu jeito espalhafatoso, jogando-se em cima de mim em um abraço um tanto performático.

Sua excentricidade natural me tira uma risada.

— Oi, Peter.

Derek aparece logo depois dele, com uma expressão de quem desistiu do amigo.

— E aí, Madu — Derek me cumprimenta, no seu tom monótono habitual.

Estreito os olhos para ele.

— Agora eu sou Madu?

— Perdeu a graça te chamar de Sardas, já que o Peter roubou meu apelido.

— Não roubei nada! — Peter protesta. — Pare de ser tão egoísta.

Derek revira os olhos, mas se aproxima mais de onde estamos. Ele cumprimenta Carol com um aceno de cabeça, enquanto Peter dá um abraço bizarro nela também.

— E aí, meninas! — Drew e Josh aparecem e nos abraçam de forma civilizada.

Derek não nos abraçou. Não sei o que eu esperava desse nosso reencontro, mas acho que um abraço seria o mínimo, certo?

— Como foram de viagem? — Josh nos pergunta, todo paternal. — Chegaram bem?

— Sim, tudo certo! — Carol responde por nós duas, porque todo meu esforço está em não fazer bico.

— Ótimo — Peter diz —, agora que conversamos sobre amenidades, podemos focar no fato de que a Madu fez o nosso Derekzinho aqui cantar uma música de *O rei do show*? — Peter arregala os olhos. — Todos sabemos o quanto isso é improvável, certo?

Eu e Derek reviramos os olhos ao mesmo tempo, enquanto os outros riem.

— Não consegui encontrar outro jeito de chamar a atenção da Madu — Derek se justifica.

Enrugo o nariz.

— Vai mesmo continuar me chamando de Madu?

Ele ergue a sobrancelha, intrigado com meu tom reclamão.

— Por quê?

— Parece um tanto impessoal, sei lá.

— Mas não é seu apelido?

— É. Mas com você parece que fica distante.

— Por quê?

— Porque você não me chamava assim até, tipo, dois segundos atrás!

Um princípio de sorriso se insinua no rosto de Derek.

Ele abre a boca para falar alguma coisa, mas o insano do Peter o interrompe:

— *Ooookay!* — Ele ergue as mãos de forma teatral, como se pedisse para que parássemos. — A gente *não* precisa ficar aqui assistindo a isso. Venha, Carol! Eu, Drew e Josh vamos te apresentar o resto do camarim.

Peter pega a mão da minha amiga, a apoia na dobra de seu braço e sai andando com ela como se fossem um casal do século XIX no meio de um passeio.

Derek balança a cabeça e solto uma risada, sem acreditar.

— Ele é sempre assim? — pergunto.

— Só quando quer chamar a atenção — Derek diz. — Quer se sentar?

— Pode ser.

Vamos até um dos sofás, em que eu me sento um tanto rígida. Derek se senta ao meu lado, mas não tão perto de mim, e apoia um dos braços no encosto.

— Acabei de perceber que esqueci sua jaqueta. — É a primeira coisa que comento. Em parte porque é verdade, em parte porque não sabia o que mais dizer.

Os cantos dos lábios de Derek se repuxam para cima.

— É uma pena. Parece que vamos ter que nos encontrar de novo, então, para você poder me devolver.

Meu cérebro traidor faz com que todo o sangue do meu corpo se concentre no rosto e assumo o aspecto um pimentão. *Obrigada, cérebro! Achei que a gente estivesse junto nessa.*

— Senti falta dessas estrelinhas — Derek diz.

Estrelinhas?! Imagino que ele se refira às minhas sardas, considerando que é para onde olha.

— Uau, estamos ficando poéticos agora. — É o comentário brilhante que sai pela minha boca.

Ao que tudo indica, meu cérebro está contra mim hoje!

Derek ergue as sobrancelhas e os cantos de sua boca acompanham o movimento.

— Por que você ria mais como Henry do que como Derek? — Despejo em cima dele, que franze o cenho.

— Como assim?

— Quando a gente conversava pelo banheiro, você vivia dando risadas, como uma pessoa normal, sabe? Mas agora parece que todo sorriso que você dá é calculado, ou contra a sua vontade, não sei. A questão é que preciso fazer um esforço bem maior para ver seus dentes.

Alguém, por favor, me fecha em um quartinho e só me deixa sair quando eu voltar a um estado mais aceitável!

— Não sabia que você era dentista — Derek provoca, segurando o riso. Diante da minha expressão confusa, ele explica: — É que você acabou de falar que queria ver meus dentes.

Bufo, cruzo os braços e reviro os olhos ao mesmo tempo, como um estereótipo bizarro da impaciência. Eu realmente não sei o que eu esperava desse nosso reencontro, mas *com certeza* não era isso!

Derek percebe meu estado de espírito, porque assume um ar mais sóbrio e diz com suavidade:

— Estou muito feliz por você estar aqui, Sardas. — Ouvi-lo me chamar de novo pelo meu apelido especial faz meu coração acelerar e amolecer. — Por um momento, achei que nunca mais te veria... Esperei por uns dois dias você me mandar mensagem, até tentei te encontrar no Instagram, mas, claro, não deu certo. — Observo-o com expectativa e, para minha grande satisfação, ele continua falando, ainda que evite olhar em meus olhos: — Aí, tive a ideia de postar a foto, para ver se você me mandava algum sinal de vida. Mas, no fim, o tiro saiu pela culatra, porque recebi tanta mensagem que meu celular travou. — Ele ri, sem graça.

Pera aí. Para tudo. *Derek Duncan* tentou *me* encontrar no Instagram?! *Sério mesmo?!*

É óbvio que ele não conseguiu! Qual a chance de alguém que não sabia nem o meu sobrenome conseguir me achar no meio das milhões de pessoas que usam esse aplicativo?!

— Por que você só me mandou mensagem depois que postei nossa foto, afinal? — Derek pergunta.

Pigarreio. É minha vez de evitar olhar para ele.

— Fiquei meio nervosa...

— Por quê?

— Sei lá... Não queria te incomodar.

— Por que você me incomodaria se fui *eu* que te pedi para falar comigo? — O esforço de Derek para acompanhar minha linha de raciocínio é quase palpável.

Suspiro.

— Não sei, eu... — Encaro minhas mãos, apoiadas no colo. — Só achei que, sei lá... Talvez você não quisesse falar comigo.

— Mas eu te *pedi* para me mandar mensagem!

— Eu sei. Foi só... irracional. Você é famoso, e eu não sou ninguém, além de que nós moramos em *países* diferentes... Sei lá, no fim das contas, as coisas não eram tão simples assim, né? — Faço uma careta. — A Carol até ficou insistindo para eu falar logo com você, mas eu não conseguia pensar direito, sabe?

— Então, ainda bem que você tem a Carol, senão a gente não ia se ver nunca mais.

— Que exagero! — protesto com uma risadinha, mesmo sabendo que estou errada.

Derek ergue uma sobrancelha, como se lesse e concordasse com meus pensamentos.

— E que história é essa de você não ser ninguém? — Derek retoma o que eu disse momentos atrás, cruzando os braços.

Enrugo o nariz, sem gostar do novo rumo da conversa.

— Só no sentido de que sou anônima, sabe?

— E daí?

— E daí que você é famoso.

— Sim, e daí?

Suspiro.

— Sei lá. Isso acaba me intimidando um pouco, eu acho...

— Por quê? — Derek franze o cenho.

— Somos de mundos muito diferentes.

— Mas temos mais em comum do que muita gente de "mundos iguais". — Ele faz aspas com os dedos e me observa com um ar sério.

Não consigo encontrar uma resposta à sua última declaração, então não digo nada.

Ficamos nos olhando em um silêncio denso por alguns segundos.

— Desculpa por não ter te mandado mensagem antes — digo, por fim. Em parte, porque estava entalado na minha garganta há algum tempo, em parte para falar alguma coisa.

— Não fiquei chateado com você, Sardas. Só fiquei... triste. Achei que eu tinha feito alguma coisa errada, sei lá. — Derek olha para o lado, mas então volta sua atenção para mim de novo. — Inclusive, teve problema para você eu ter postado aquela foto nossa?

— Não — respondo com sinceridade e ele expira o ar, aliviado. — Muito obrigada, a propósito. Por toda a discrição... Por não ter me exposto, nem nada.

— Sei que você não gosta de ficar no meio de um monte de gente... — Derek diz. — A internet pode até ser uma realidade virtual, mas às vezes é mais claustrofóbica que a multidão mais lotada.

Assinto, concordando.

— Mas fico feliz que tenha entendido minha mensagem na legenda. — Um sorriso de canto desponta nos lábios de Derek. Como resposta, um aberto se espalha em meu rosto.

— Claro que entendi! Foi genial, inclusive!

O gelo finalmente se quebra entre nós e olhamos um para o outro com sorrisos suaves.

E, então, Peter surge batendo palmas:

— BORA, BORA, POMBINHOS! HORA DO SHOW!

A aparição repentina do guitarrista me faz dar um pulo no lugar, o que leva Derek a soltar uma risada breve e contida.

— Posso ver que você ainda se assusta com barulhos altos e inesperados — Derek me diz.

— Por um acaso, faz apenas *uma semana* que a gente não se vê, não *um ano*.

Derek ergue as sobrancelhas, mas o bom humor continua nítido em suas feições. Ele se levanta do sofá sem falar mais nada e estende uma mão para me ajudar a fazer o mesmo.

Seguro sua mão e ele me iça para cima.

— Você falou com ela? — Peter pergunta para Derek em um tom normal, igual gente.

— Falou o quê? — indago.

— Ah, acabei esquecendo — Derek diz, então se vira para mim. — Topa abrir o show hoje?

Eu poderia cair dura ali mesmo.

Como assim *abrir o show*?! E como assim eles me fazem esse tipo de proposta como se fosse a coisa mais natural do mundo?! Algumas pessoas precisam de um tempo para absorver esse tipo de informação, sabe?!

Um pequeno carinho no dorso da minha mão me traz de volta à realidade. Derek me observa, apreensivo.

— Você não precisa, se não quiser, Sardas — ele diz com suavidade. — É só que nós te achamos supertalentosa e seria uma honra ter você abrindo nosso show.

Meu coração, que já corria mais que um maratonista, atinge uma velocidade alarmante.

— Além de que todo mundo já te ama — Peter acrescenta.

Acho que vou hiperventilar.

— Sardas. — A voz de Derek continua serena. — Não precisa fazer isso se não quiser.

Engulo em seco e assinto.

— Ok, é só que... Acho que... Só preciso de um tempinho para processar isso tudo, tá?

— Claro, o tempo que você precisar.

— Na verdade, apenas dez minutos, que é o tempo que falta para o show — Peter corrige e recebe um olhar de repreensão de Derek. — O quê? Precisamos ser realistas!

— Tá bom, Peter, obrigado — Derek diz em um tom contido. — Por que você não vai indo? A gente te alcança daqui a pouco.

Peter revira os olhos.

— Só não percam o show, pombinhos.

Peter mal se afasta três passos e Derek volta sua atenção para mim.

— Tudo bem?

Respiro fundo, enquanto analiso meu estado. Meus pensamentos já clarearam e meu coração, apesar de ainda estar acelerado, não parece mais à beira de um infarto.

— Acho que sim.

Derek assente.

— A cor voltou mesmo para o seu rosto. — Ele toca de leve nas minhas sardinhas. — Vamos indo para a coxia enquanto você decide, pode ser?

Concordo com a cabeça, incapaz de falar qualquer coisa. Derek guia o caminho até lateral do palco, onde toda a Glass e sua equipe se encontram.

CAPÍTULO 12
Derek Duncan e seu péssimo hábito de me fazer propostas grandiosas como se não fossem nada

De alguma forma, consegui subir no palco sem morrer.

Também fui capaz de chegar até o microfone sem cair, o que para mim já é uma grande vitória.

Consegui até mesmo *sorrir* e *acenar* para a multidão! — os pinguins de Madagascar ficariam orgulhosos de mim!

Fingindo uma plenitude que estou longe de sentir, vou até o tripé e pego o violão preto de Derek. Respiro fundo; o zumbido do sangue em meus ouvidos abafa o clamor da multidão que me envolve e me engole.

Puxo o ar pelo nariz mais uma vez e meus dedos pairam, trêmulos, sobre as cordas do instrumento.

O simples fato de Derek ter me emprestado o próprio violão quer dizer muita coisa. Sei muito bem como os músicos podem ser ciumentos com seus instrumentos.

Balanço de leve a cabeça, para focar, e respiro fundo pela terceira vez.

É como se eu estivesse embaixo d'água. Cada movimento passa a impressão de que estou no corpo de outra pessoa.

Nem sei direito como vim parar aqui — foi tudo tão intenso, tão novo, tão *rápido*...

Carol ficou eufórica, como sempre, quando contei para ela o convite que recebi. Os meninos me incentivaram e Derek apertou minha mão, em apoio.

"Você consegue, Sardas", ele disse. "Você já conseguiu uma vez, não foi?"

Não tinha pensado por esse lado. Não seria minha primeira vez em cima de um palco, na frente de uma multidão.

"Tudo bem, eu vou." Eu me escutei dizer, em um arroubo de coragem.

"O quê? Sério?!" Um daqueles sorrisos estonteantes de Derek, que ele deveria exibir por aí mais vezes, me atingiu em cheio. "Você é demais, Madu!"

Dessa vez ele me chamou pelo meu apelido normal não por drama, mas pela emoção do momento.

"Mas agora vai lá...", ele disse. "A multidão está começando a ficar impaciente. Depois a gente conversa."

Então ele piscou para mim e me deu um empurrãozinho encorajador na direção do palco... e aqui estou.

Derek e suas piscadas...

Suspiro e volto ao presente.

Ouvindo apenas de forma parcial a plateia ensandecida, dedilho o violão e tento descobrir o que iria tocar. Foi tudo tão rápido que nem *isso* tive tempo de decidir!

Trêmula, espio na direção da coxia, de onde Carol e os meninos da Glass me assistem, em uma espécie de pedido de ajuda silencioso.

— Toca uma sua! — Derek articula bem as palavras para que eu faça leitura labial.

Arregalo os olhos.

— Tem certeza?! — pergunto, um tanto desesperada.

— Absoluta.

Concordo com a cabeça e me esforço para manter meus sentimentos e a mente sob controle.

Não surta, Madu, você consegue fazer isso. Você consegue... Respiro fundo. É só tocar igual você toca na sua casa, *ou na igreja... Vamos, você consegue.*

Inalo uma grande quantidade de ar, peço forças a Deus e, quando expiro, me sinto relativamente calma — calma o suficiente, pelo menos.

Meus dedos se movem mais uma vez sobre o violão, de forma distraída, e, quando percebo, estou tocando os acordes de "Lugar de paz", uma das músicas mais especiais para mim dentre as que compus.

Essa canção brotou de mim logo após uma das fases mais difíceis da minha vida. Sempre fui muito ansiosa e, às vezes, um tanto depressiva, mas, de uns anos para cá, tenho aprendido a lidar melhor com minhas emoções e pensamentos. Tenho aprendido que as coisas não dependem de mim, que não preciso controlar tudo — basta eu confiar nAquele que sempre esteve de fato no controle.

Quando comecei a viver o que aprendi em Filipenses 4.6-7, de levar a Deus em oração tudo aquilo que me incomoda e me aflige, comecei a desfrutar de uma paz verdadeira e que ninguém consegue entender ou explicar. Encontrei o meu lugar de paz: o próprio Deus.

Mais encorajada, permito que minha música flua e transborde de mim.

Tempestade que agita o mundo lá fora
Ventos fortes sopram em mim
Não sou mais criança, estou firme na Rocha
Minhas quedas não são o meu fim

A Voz que fez o mundo girar
Ilumina minha escuridão
A Voz que acalmou o mar
Tranquiliza meu coração

Presa em laços de trevas
Sua luz os nós desfaz
Sua mão me carrega
Para o meu lugar de paz

Posso andar no mar tempestuoso
Se de Deus não me distrair
Minha luz, o meu guia é mais poderoso
Com Ele, não vou mais cair

A Voz que fez o mundo girar
Ilumina minha escuridão
A Voz que acalmou o mar
Tranquiliza meu coração

Presa em laços de trevas
Sua luz os nós desfaz
Sua mão me carrega
Para o meu lugar de paz

Presa em laços de trevas
Sua luz os nós desfaz
Sua mão me carrega
Para o meu lugar de paz

Mais uma vez, a sensação de fazer o que amo na frente de tanta gente me domina. Enquanto entoo minha música diante da multidão, uma quantidade exorbitante de serotonina inunda minhas veias.

Termino de cantar sentindo-me viva como nunca antes.

A plateia grita como se eu fosse um de seus cantores preferidos. O som dos aplausos e pessoas berrando meu nome estouram a bolha de calmaria em que eu tinha me envolvido.

Agradeço a todos, completamente eufórica, e saio do palco me tremendo toda.

Os meninos e a Carol me recebem na coxia com um abraço em grupo, enchendo-me de elogios, quase tão animados quanto eu, mas praticamente não os escuto — estou muito agitada para prestar atenção em qualquer coisa.

Exceto, talvez, por Derek.

Percebo com bastante clareza seus olhos me encararem com admiração e êxtase.

— Você é incrível, Sardas! — Derek prende meu olhar no dele. — Nunca vou cansar de dizer isso.

— Muito obrigada mais uma vez! — Eu o esmago em um abraço. — Obrigada por me incentivar e me dar essas oportunidades! — Pego a mão de Carol, que estava por perto, e a puxo para junto de nós. — Muito obrigada a você também, amiga! Minha apoiadora mais antiga! Não sei nem o que dizer!

— Só um "você estava certa" seria o suficiente — Carol brinca.

Eu rio ao mesmo tempo que meus olhos lacrimejam.

— Eu amaria ficar abraçado com você o resto da noite, Sardas, mas realmente preciso ir — Derek diz e só então percebo que ainda não o tinha soltado e que apenas ele da banda não estava no palco.

Envergonhada, recuo um passo e liberto os dois do meu aperto.

— Foi mal. Não vou mais te prender.

Com uma risada, Derek vai para o palco, ainda com um sorriso lindo enfeitando o rosto.

Esse foi, oficialmente, o melhor show da Grass of Glass. Não, mais ainda: *foi o melhor show da minha vida!*

Nunca estive tão à vontade, tão envolvida pela música, tão relaxada, tão eufórica, tão... viva! Foi sensacional! Espetacular!

— MARAVILHOSO! — Nas palavras da Carol. — FOI MARAVILHOSO!

Minha amiga se encontra pendurada no meu pescoço enquanto pula, girando ao meu redor, e, por consequência, fazendo-me girar também. Estou tão eufórica que a animação acima da média da minha amiga nem me incomoda, como teria acontecido em um dia normal.

Os momentos pós-show são tão frenéticos quanto os do pré-show. Os meninos mais uma vez são arrastados para entrevistas e mais bilhões de compromissos que eles não deveriam ter, pelo menos na minha humilde opinião, considerando que eles acabaram de *fazer um show*!

Dessa vez, contudo, diferente de semana passada, logo antes de ser arrastado por Daisy, Derek para na minha frente, segura minhas mãos e olha bem no fundo dos meus olhos:

— É o seguinte, eu e os caras só vamos viajar amanhã cedo, então nós dois ainda vamos ter tempo de nos ver, tá bom?

Assinto, subitamente incapaz de falar devido à intensidade em seus olhos verdes.

— Vai estar no hotel hoje à noite? — ele me pergunta.

— Para onde mais eu iria?

— Não sei, mas quero ter certeza de onde você vai estar, para a gente não se desencontrar de novo.

Derek olha por cima do ombro, na direção da porta por onde Daisy acabou de entrar já gritando ordens.

— Ia te dar meu número, mas, depois do fiasco do Instagram, preferiria que *eu* pegasse o *seu* número, para garantir que vamos manter o contato, pode ser? — Derek despeja tudo de uma vez.

— DOIS MINUTOS, MENINOS! — Daisy grita, já arrebanhando a banda para fora do camarim.

Derek me estende seu celular com urgência, a fim de eu salvar meu contato, e é o que faço.

— Vamos, Derek! — Daisy o apressa.

— Estou indo, me dê um minuto.

— Queria eu ter um minuto para dar, garoto! — ela resmunga, de braços cruzados, parada na porta, enquanto espera eu terminar de digitar meu número e meu nome.

— Madu Rios — Derek lê, com um sotaque forte, o nome que escrevi no contato em seu celular.

— É, tipo *Rivers* em inglês — digo, porque não tinha nada para dizer. — Os primos dos lagos, sabe?

Derek dá uma risada, seguida por um sorriso triunfante, e diz:

— A gente vai se falando, mas nos vemos mais tarde, certo?

— Certo. — Concordo com a cabeça.

Ainda sorrindo, Derek é levado pelo furacão Daisy.

Derek só voltou para o hotel depois da meia-noite e me mandou mensagem assim que chegou:

> oii
> desculpa o horário
> ainda tá acordada?

> oii
> sem problemas
> tô acordada sim, como vc pode perceber haha

> hahahaha
> quer dar uma volta pelo hotel?

E foi assim que eu e Derek Duncan, um dos maiores cantores atuais, paramos na cobertura de um dos hotéis mais caros de Salvador no meio da noite.

Alguns outros hóspedes também estavam por lá e vez ou outra eu percebia a atenção deles sobre nós. Sobre Derek, para ser mais específica. Mas, pelo bem da minha sanidade, preferi ignorar os curiosos e fingir que nem estavam ali.

— Todo mundo está comentando sobre sua abertura hoje — Derek diz e encosta-se na balaustrada.

Apoio os cotovelos ao lado dos seus e observamos a cidade lá embaixo, com uma brisa fresca soprando entre nós.

— Só de não ter estragado tudo, já fico muito feliz — comento, sem tirar os olhos das poucas luzes ainda ligadas nos apartamentos ao nosso redor.

Derek ri.

— Não tinha nem chance de você estragar tudo. — Ele me olha de esguelha antes de comentar: — Foi a primeira vez que te ouvi tocar violão.

O frio envolve minha barriga.

— E o que achou?

— Incrível, é claro. — Um pequeno sorriso ergue o canto de seus lábios. — Poderia ouvi-la por horas. Se um dia você decidir dar um show, serei o primeiro a comprar um ingresso.

Coro no mesmo instante. Com um riso sem graça, dou um empurrão de brincadeira no ombro dele com o meu.

— Para de gracinha, garoto.

— Estou falando bem sério. Inclusive, isso me lembra de uma coisa.

Eu me viro para ele com curiosidade.

— Os caras me pediram para te perguntar se você topa regravar "Grass of glass" com a gente.

— O quê?! — Engasgo com a saliva.

Derek ri.

— Isso mesmo que você ouviu, Sardas. — Ele vira de costas para a balaustrada, a fim de me olhar melhor. — Eu e os caras gostamos muito dos versos extras que você compôs. A gente achou que expressa bem a ideia que queremos passar atualmente. — Seu olhar vaga ao redor, perdido em pensamentos, enquanto continua a explicação: — A gente já não tem se identificado tanto com nossas músicas antigas, sabe? Eu mudei, eles mudaram, todo mundo mudou...

Derek encolhe um ombro antes de continuar:

— Nem todos mudaram tanto quanto eu gostaria, confesso, mas é fato que todos mudamos... — Suas íris retornam para mim. — Como você sabe, considerando que é *glassie* por tabela... — Um sorriso brincalhão surge em seus lábios e uma risada escapole pelos meus. — No ano retrasado, eu e os caras participamos de um festival de música. Nesse festival, a gente encontrou...

— Um dos rappers britânicos mais famosos do mundo! — Imito a voz de algumas fãs do cantor em questão.

Derek solta uma risada.

— Isso. E, por um acaso, esse cara é cristão também. E ele é insano! — Derek arregala os olhos para mim, para enfatizar. — Sério, ele não perde tempo! Na primeira oportunidade que teve, ele já pregou o evangelho para mim e para os caras. Eu e Peter nos convertemos ali na hora e, hoje, entendo isso como ação do Espírito Santo, porque não teria outra explicação, sabe? Foi realmente um milagre.

— No fim, toda conversão é um milagre — comento. — Em algumas só é mais fácil de perceber esse fato do que em outras.

— Sim, você está certa. Mas a questão é que eu e o Peter nos convertemos, e logo começamos a frequentar uma igreja, e estamos sendo discipulados desde então. Crescemos muito nesses últimos três anos.

— Sim. — Sorrio com uma espécie de orgulho. — Mesmo acompanhando vocês apenas por tabela e pelas redes sociais, deu para perceber essa mudança.

Derek abre um sorriso agradecido.

— Glória a Deus por isso. De verdade. — Ele suspira e assume um ar mais pesaroso. — Mas nossa missão apenas começou e Deus sabe como tem sido difícil. Além disso, o Drew disse que se converteu também, mas ainda não tem mostrado muitos frutos da vida nova em Cristo, sabe?

Assinto.

— O Josh ainda fica bem resistente quando entramos nesses assuntos, mas não se opõe à fé que escolhemos seguir... — Derek dá de ombros, com os olhos vagando pelos arredores. — Apesar de tudo, percebo que ele também está mudado. Não como eu gostaria, não como eu oro, mas quem sabe um dia, né? Se Deus alcançou alguém como eu, Ele consegue alcançar quem Ele quiser, disso estou certo.

Aperto a mão de Derek, sem saber o que falar, mas querendo demonstrar que entendo o que ele quis dizer e compartilho do sentimento.

Derek aperta minha mão também e continua:

— Isso tudo só para dizer que nós mudamos. — Derek dá uma risada da longa divagação em que acabou entrando. — E nós quatro achamos que nossas músicas não expressam mais quem somos nem o que sentimos hoje.

Ele me olha, a fim de conferir se acompanho seu raciocínio, e assinto, para ele continuar.

— A letra que você escreveu caiu como uma luva — Derek diz. — Você remodelou nossa música mais famosa, que fez de nós o que somos hoje, de forma que ela passe com mais exatidão nossa identidade atual. A gente pensou que essa é a oportunidade perfeita para dar uma reformulada no nosso estilo. E quem melhor do que você, que compôs os versos novos, para nos ajudar nesse processo?

Meu queixo cai — de verdade.

Derek me observa com expectativa, esperando pela minha resposta.

— Eu... Uau... Está falando sério?

Um sorriso carinhoso surge no rosto de Derek.

— Bem sério, Sardas.

— Uau... Só... Uau. — Fico de costas para a balaustrada também, precisando me apoiar em alguma coisa. — Nem sei se consegui processar essa informação direito ainda...

Viro para Derek, sem acreditar.

— Uma das maiores bandas do mundo realmente está me chamando para fazer um *feat.*[10] com eles?!

Derek dá uma risada suave.

— Colocando desse jeito, parece maior do que de fato é. — Ele dá de ombros. — São só uns caras que gostaram muito da sua música e querem colocá-la em um amplificador, para compartilhar com o mundo.

Balanço a cabeça, tentando organizar os pensamentos.

— Eu não sei nem o que dizer.

Derek ri mais uma vez, distraindo-me por um momento. Eu me viro para ele e sorrio com carinho:

— Quando não está na frente de todo mundo, você fica mais relaxado. Sorri mais. — É então que constato algo que deveria ter sido óbvio desde o começo: — Você também não gosta de multidões, né?

Derek se encolhe um pouco.

— É, não sou o maior fã. Prefiro mil vezes ficar no meu quarto com o violão a ter que encarar um monte de gente.

Só agora percebo como fui injusta com Derek por *anos*. Eu o julguei todo esse tempo, jurando que ele era antipático ou arrogante, quando, na verdade, ele — *assim como eu*, diga-se de passagem — apenas não sabe lidar tão bem com muita gente em volta.

— Como você consegue viver essa rotina doida dos shows, então? — pergunto.

— É diferente no palco... — Derek dá de ombros. — Você viu.

Assinto.

De fato, é bem diferente estar *na frente* de todo mundo e não *no meio*.

— E o que me diz? — Derek me pergunta.

---

[10] Palavra em inglês usada quando há participação especial em uma música.

Olho para ele sem entender, o que o faz soltar uma pequena risada.

— Sobre regravar com a gente, Sardas...

— Ah! — Dou uma risada também, mas de nervosismo. — Nossa, minha primeira reação é aceitar na hora e logo depois sair correndo.

Derek ri.

— Mas preciso de algumas informações antes de te dar certeza. — Apesar de tudo, ainda sou uma pessoa racional. Não posso simplesmente embarcar nessa aventura sem saber onde estou pisando. — Como seria isso? Imagino que a gente gravaria nos Estados Unidos, certo? Teria algum contrato?

— Sim, as gravações vão ser na nossa cidade. Vai ter um contrato também. O Josh e o nosso agente podem te explicar melhor isso depois, se quiser.

— Com certeza!

Derek sorri para mim com suavidade.

Ele é mesmo outra pessoa quando não está na frente de todo mundo. Muito mais leve, mais calmo, mais *sorridente*. Gostei dessa versão dele. Muito.

— No que está pensando? — Ele me surpreende com essa pergunta.

Fico vermelha na mesma hora.

— Em nada.

Derek solta uma risadinha.

— Com certeza não era em nada, pela sua reação — ele provoca. — Agora vai ter que me contar.

— Não mesmo.

— Vamos lá, Sardas. — Ele me cutuca na cintura. — Conta para mim.

— Não — respondo, rindo com as cócegas.

— Vamos lá! Só vou parar quando você me disser.

De onde veio esse Derek brincalhão assim?!

Ainda rindo, desembucho de uma vez:

— Não é nada novo, na verdade. Só estava pensando naquilo que te disse agora há pouco, que você fica diferente quando não está sendo observado. Você fica mais Henry.

Ele ri.

— E o que seria isso, exatamente?

— Mais bem-humorado, mais tranquilo, sem tantas ressalvas...

Ele assente, pensativo.

— Gosto de estar com você, Sardas — ele comenta em um tom tão suave que quase se perde com a brisa que sopra entre nós. — Vai ser muito bom ter você um tempo lá, gravando com a gente...

— Imagina para mim, então! É só a oportunidade da minha vida! Não sei nem como agradecer a vocês!

Ele ri.

— É a gente que tem que te agradecer. Você realmente foi a resposta que a gente procurava. — Derek se empurra para longe da balaustrada, voltando a se apoiar em seus pés, então estende a mão para mim, que a pego no mesmo instante. — Agora, vamos. Está ficando tarde e você precisa dormir.

Reviro os olhos.

— Estou muito bem, obrigada.

— Seus olhos estão pesados e as piscadas estão durando uma média de três segundos, Sardas. — Abro a boca para dar uma resposta espertinha, mas, como se lesse minha mente, Derek diz: — E, sim, eu contei.

Reviro os olhos de novo, mas um bocejo traidor resolve sair justamente neste momento. Derek apenas ergue uma sobrancelha com ironia para mim.

— Eu aguentaria virar a noite — é o que digo.

Ele me observa por alguns segundos.

— Então, pelo menos, vamos ficar do lado de dentro, porque, se começar a esfriar, uma certa pessoa ainda não me devolveu a jaqueta, aí eu não teria nada para te emprestar agora.

— Estamos em Salvador, Derek. — Reviro os olhos, mas um sorrisinho estraga minha pose. — Tenho certeza de que não vamos precisar de nenhum tipo de roupa de frio.

Dou uma risadinha e faço uma careta brincalhona para ele, que me presenteia com mais um de seus sorrisos espontâneos e descontraídos.

Capítulo 13
Nunca imaginei que apreciaria tanto o nascer do sol em uma academia de hotel

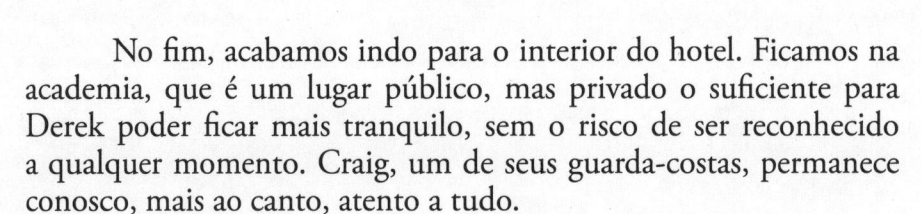

No fim, acabamos indo para o interior do hotel. Ficamos na academia, que é um lugar público, mas privado o suficiente para Derek poder ficar mais tranquilo, sem o risco de ser reconhecido a qualquer momento. Craig, um de seus guarda-costas, permanece conosco, mais ao canto, atento a tudo.

Sentamos no chão, um ao lado do outro, e passamos um tempo em silêncio, apenas nos olhando. Fico tentada a erguer a mão e encostar em uma mecha do cabelo de Derek, a fim de descobrir se é tão macio quanto aparenta. Em vez disso, eu me contento em apenas observar por um instante as pequenas ondas de seu cabelo despontarem de forma charmosa para todas as direções.

E então uma curiosidade antiga volta com tudo.

— Posso te perguntar uma coisa?

— Por favor.

Suas íris sondam as minhas.

— Você só cortou o cabelo porque falei que preferia caras de cabelo curto?

Derek solta uma pequena risada e recosta a cabeça na parede.

— Não vou mentir falando que o que você disse não teve influência nenhuma na minha decisão... — Ele suspira, cansado da rotina intensa dessas últimas semanas de show. — Mas, na verdade, já queria cortar o cabelo faz um tempo.

— Então por que demorou tanto para fazer isso?

— Minha imagem não cabe mais apenas a mim. — Ele ergue um ombro, impotente. — Tem uma equipe responsável pelo nosso estilo, o que inclui nosso cabelo. Eles ficavam falando que nossas fãs preferiam meu cabelo longo e sei lá mais o quê. Aí, falei que tinha feito uma pesquisa de campo e descoberto que as fãs na verdade preferiam meu cabelo curto.

— No caso, era apenas uma fã que preferia.

— Mas era a única que importava.

Minha face esquenta sem minha permissão.

— E você acabou de admitir que é minha fã? — Derek provoca com um sorrisinho presunçoso.

Reviro os olhos, fingindo uma calma que estou longe de sentir.

— Não deixe a fama subir à cabeça, Derek. — Ele solta uma risada. — Mas a sua equipe comprou essa história da pesquisa de campo, então?

Derek dá de ombros.

— Não sei se compraram ou se só cansaram da minha insistência. O ponto é que finalmente me deixaram cortar o cabelo.

Ele ergue as mãos, fingindo comemorar, o que me faz rir.

— De nada, então — brinco.

— Você que deveria me agradecer — ele devolve no mesmo tom. — Ou vai dizer que meu cabelo não ficou muito mais agradável aos seus olhos?

— Se estiver tentando descobrir se gostei do seu novo corte, pode só perguntar, sabe?

Derek ergue uma sobrancelha, com uma expressão petulante assumindo suas feições.

— É mesmo? Não sabia que era tão simples assim... Mas, então, me diga, Sardas: o que achou do meu novo corte?

Tudo bem, o feitiço se virou contra a feiticeira.

Eu me ajeito no chão e limpo a garganta com um pigarreio.

Eu poderia só ter ficado calada, mas, não, tive que me colocar em uma situação supercomprometedora. Se Derek não tinha percebido até agora os sentimentos que desperta em mim, certamente minha próxima resposta vai me entregar — quer eu tente ser evasiva ou não.

Mordo os lábios, num esforço de manter o controle e uma expressão neutra.

— E então? — O canto da boca de Derek se ergue de leve. — Estou esperando.

Sua presunção foi o incentivo que me faltava. Com mais segurança do que sentia de fato, cruzo os braços e falo:

— Para a sua informação, achei incomparavelmente melhor seu cabelo curto, sim, senhor Duncan. Satisfeito?

— Muito — Derek responde, com os olhos brilhando e um sorriso suave preenche o rosto dele.

Sua doçura dissolve minha irritação.

— Posso tirar outra dúvida? — pergunto.

Derek ri, achando graça de algo, e se recosta de volta na parede.

— Vai em frente.

— Como você sabia meus versos extras de "Grass of glass" naquele primeiro show que cantei com vocês? — Observo seu rosto com atenção. — Só te mostrei a letra que adicionei à música uma vez.

Derek ergue as sobrancelhas com humor.

— Na verdade, você me mostrou duas vezes.

— Não. Tenho certeza de que foi um dia só.

— Mas lembra que te pedi para repetir?

Assinto.

— Aproveitei para gravar no celular. — Seus olhos se intensificam sobre mim. — Não vou nem tentar negar o fato de que ouvia nossa versão com bastante frequência depois disso.

— Muito sagaz — digo, ignorando o frio na barriga que ouvi-lo dizer "nossa versão" me causou.

Derek dá uma risada e suas íris permanecem sobre mim quando diz:

— Posso aproveitar o momento para perguntar uma coisa que também quero saber há um bom tempo?

Assinto, engolindo em seco, mas digo:

— Nada mais justo depois do meu interrogatório.

Derek ri mais uma vez, então desvia o olhar, pensativo. Ainda observando o nada, ele pergunta:

— O que te inspirou para compor os versos extras?

Olho para ele, tentando entender o que exatamente ele quer saber.

— De "Grass of glass" — Derek esclarece. — Você disse que achava a letra original muito melancólica. Aí, você disse que tentou consertar a música.

Franzo o nariz.

— Não acho que "consertar" seja a melhor palavra.

— Ok, "adaptar", então. — Ele faz um movimento de desdém com a mão.

— Melhor.

— No que você estava pensando quando compôs os versos extras? — repete, colocando seus olhos intensos sobre mim mais uma vez.

Dou de ombros, respirando fundo.

— Primeiro pensei no que a letra me fazia sentir, sabe?

— E o que ela te fazia sentir?

Mordo o canto dos lábios, refletindo.

— Vazio. Desesperança — digo, por fim, com um fio de voz.

Derek concorda com a cabeça.

— Era como eu me sentia quando a compus.

— Eu também me sentia assim — digo. — Na época em que "Grass of glass", a música, estourou, eu não estava muito bem, e Carol vivia ouvindo perto de mim, o que acabava me fazendo ficar pior. Eu ouvia a música e me sentia para baixo, entende?

Derek concorda com uma expressão de pesar.

— Sinto muito por isso.

Dou um sorriso de canto.

— Está tudo bem, aprendi a lidar com isso.

— Fico feliz. De verdade.

Sorrio em agradecimento.

— Sou muito próxima dos meus pais — continuo a explicação sobre meus versos extras. — A gente sempre conversou bastante, pelo menos sempre que estão em casa, já que os dois trabalham muito. Cinco anos atrás, numa dessas conversas, minha mãe, que percebeu que eu não estava muito bem, me ensinou algo que mudou o jeito como tento encarar a vida desde então.

— O que ela te ensinou?

— Uma verdade bem antiga, que diz que devemos sempre tentar lembrar daquilo que pode nos dar esperança. — Olho para Derek, que assente. — O que colocamos para dentro da nossa cabeça é muito importante. Se só consumo coisas tristes, a tendência de eu ficar triste é maior. Não estou falando que esse é o único fator nessa equação, mas é um ponto muito importante. Por isso, eu me esforço para estar sempre consumindo coisas que me façam bem, que me façam lembrar do que é bom, do que tem valor eterno e verdadeiro. Por isso fiz os versos extras.

— E como foi seu processo criativo? Tipo, como você *compôs* os versos extras? Só pegou os meus e adaptou?

— Bom, sim... basicamente fiz o contraponto da sua música.

Derek ri.

— Sim, isso eu já tinha percebido. O que quero saber é *como* você chegou a esse antídoto.

Acho graça da escolha um tanto exagerada de palavras.

— Antídoto?

— Você me entendeu — responde, com bom humor.

— Ok. — Pauso para organizar os pensamentos. — Na letra original, você viu e descreveu a grama de vidro como algo ruim. Você viu o lado perigoso e sombrio da coisa... Resolvi dar uma chance para o lado esperançoso.

Derek assente, num incentivo para que eu continue.

— Você falou da grama de vidro como algo que corta e machuca...

— E eu estava errado? É vidro saindo do chão! — Derek diz em tom de piada, o que me faz rir e ele me acompanha.

— Sim, mas é tudo uma questão de ponto de vista.

— Como assim?

— Por que focar no vidro que corta se podemos prestar atenção ao fato de que os cacos que caíram no chão viraram uma espécie de semente? E, não apenas isso, esses cacos germinaram e viraram grama! Para ter grama em algum lugar, é preciso ter vida. Se um caco brotou, é porque vida entrou nele e o fez germinar.

— "Vida irrompe no rompido" — Derek recita o verso extra que compus para a primeira linha do último refrão.

— Exato.

Derek assente, pensativo, com um sorriso brincando no canto dos lábios.

— Entendi. Gostei. — Seus olhos focam em mim mais uma vez. — E gostei disso de tentar ver o lado esperançoso das coisas.

— Obrigada, mas essa ideia não é minha.

— Sim, peguei a referência a Jeremias quando você contou sobre o que sua mãe te ensinou anos atrás... — Derek sorri para mim. — "Quero trazer à memória o que me pode dar esperança"[11], né?

— Isso. — Assinto, impressionada que ele conheça a Bíblia tão bem.

Já faz mais de três anos, mas ainda não me acostumei direito com o fato de que ele é mesmo cristão. E eu, com certeza, não esperava que ele fosse crente a ponto de não apenas reconhecer como também citar versículos bíblicos.

---

[11] Lamentações 3:21.

Isso fez com que me encantasse ainda mais por ele.

— É — Derek continua a conversa, alheio aos meus sentimentos —, tenho tentado colocar esse versículo em prática há um bom tempo, mas é bem difícil. Possível, sim, porque vejo que Deus já trabalhou muito em mim nesses aspectos, mas difícil, cansativo e, muitas vezes, doloroso.

— Nossa, nem fala! — Suspiro. — Eu me pergunto se esta vai ser uma luta minha até o fim da vida.

Derek dá de ombros e me diz com carinho:

— Também gostaria de saber, e pode ser que, sim, vamos ter que lutar contra nosso lado pessimista o resto da vida, mas tenho certeza de três coisas... — Derek enumera com os dedos conforme vai falando: — Um, Jesus já venceu por nós. Dois, o Espírito Santo nos capacita a vencer nossos pecados. E três, com o Espírito, é possível ficarmos melhor do que estamos agora. Ainda que não nos tornemos perfeitos nesta terra, com certeza podemos nos tornar melhores do que somos hoje.

Olho impressionada para Derek por alguns segundos, até conseguir falar com um sorriso admirado:

— Amém.

Ele sorri para mim com carinho.

— Posso tirar mais uma dúvida? — pergunto, antes que o momento de esclarecer as coisas entre nós acabe. — É a última, prometo.

Derek dá uma risada.

— Pode fazer quantas perguntas quiser, Sardas. É sempre muito bom conversar com você.

Coro, mas tento ignorar meu coração acelerado.

— Por que — começo —, depois que a gente se "conheceu" no elevador, você me chamou, como Derek, para ir com vocês para o show às cinco, sendo que você, como Henry, já tinha combinado de se encontrar comigo nesse mesmo horário?

Derek enruga o nariz, como se eu tivesse feito a pergunta que ele torcia que eu não fizesse nunca.

— Promete que não vai me odiar? — Ele me lança um olhar pidão.

— Prometo que vou tentar — brinco.

— Tudo bem... — Ele respira fundo e passa as mãos no cabelo curto enquanto encara o teto. — Era uma espécie de teste. Queria ver se você realmente não estava querendo sair comigo, Derek, apenas por eu ser famoso, entende? Queria ver se todo o discurso que você sempre fez de que não era *glassie* e não se importava com a fama etc. era realmente verdadeiro.

— Mas e se eu tivesse gostado mesmo de você, Derek? E se eu estivesse mais a fim de conhecer você, Derek, do que o Henry? — Estreito os olhos. — Cara, que conversa confusa, mas acho que você me entendeu.

Derek ri.

— Sim. — Ele passa a mão nos cabelos mais uma vez, ainda evitando olhar para mim. — Foi um risco que escolhi correr. — Ele dá de ombros. — Percebi como a gente tinha se conectado como Amber e Henry e imaginei que fosse recíproco, então achei que você iria priorizar o Henry... Sei lá, não pensei muito nas consequências do meu teste, foi uma ideia meio de última hora... — Ele ri. — Só sei que queria garantir que não estaria sendo usado de novo, entende? Tem muita gente interesseira nesse mundo da fama.

— Imagino.

— Então não está chateada comigo? — Suas íris sondam meu rosto, analisando minha reação.

— Não. Achei compreensível, na verdade. Confuso e um tanto revoltante, mas compreensível.

Derek ri.

— Foi mal.

— Já passou — brinco e ele ri mais uma vez.

A conversa continua fluindo com naturalidade entre nós pelo resto da noite.

Aproveitamos esse tempo, o mais longo e mais calmo que já tivemos juntos até hoje, para esclarecermos muitas questões que ficaram pendentes entre nossos encontros e desencontros. Também foi o momento de enfim nos conhecermos melhor, com um pouco mais de profundidade.

Falamos um pouco mais sobre nossa fé, nossas famílias, nossas expectativas para o futuro, nossa visão de mundo... Mas também falamos sobre temas mais amenos, como filmes e livros preferidos, histórias engraçadas envolvendo nossos *pets* e tantas outras coisas que nem mesmo as milhares de reportagens que Carol já leu para mim sobre Derek poderiam me revelar.

Quando menos percebemos, o sol começa a nascer. Nós dois estamos nitidamente cansados, mas nem um pouco arrependidos de não termos sequer tirado um cochilo nesta noite.

Assistimos aos primeiros raios de sol irromperem pelas janelas da academia. Nunca foi tão bonito observar a luz da manhã incidir sobre equipamentos comuns de malhação.

Eu me viro para Derek, que já olhava para mim.

A luminosidade suave da manhã toca as íris de Derek, dando-lhes um tom esverdeado como o da grama fresca de orvalho.

Derek parecia tão encantado quanto eu. Permanecemos assim, envoltos pelos primeiros raios de sol e presos na magia do momento.

Então o alarme de Derek começa a tocar.

CAPÍTULO 14
Para bom entendedor, uma música inacabada basta

— Hora de ir — Derek declara. Seu tom me parece um tanto frustrado.

Com um suspiro, ele se levanta e me estende a mão.

Enquanto sou içada para cima, uma tristeza que não imaginava sentir toma conta de mim. Derek parece percebê-la e talvez até mesmo compartilhá-la.

— Se você topar mesmo gravar com a gente, em alguns meses nos vemos de novo. — Ele tenta me animar com um sorriso ao mesmo tempo cabisbaixo e esperançoso.

Assinto, incapaz de falar, e retribuo seu sorriso agridoce.

Caminhamos a passos lentos até o elevador e esperamos em silêncio que chegue ao nosso andar. Não falamos nada, como se quiséssemos aproveitar ao máximo cada segundo restante um com o outro.

Duas notas suaves ecoam pelo corredor, indicando a chegada da carona até nossos quartos. Entramos no cubículo de aço e as portas se fecham.

Meu olhar vai até Derek, mas o desvio quando ele retribui. Permanecemos em silêncio enquanto observo o painel de andares mudar a cada metro que nos aproximamos do meu quarto.

Minha mente viaja até alguns dias atrás, quando estivemos juntos pela primeira vez em um elevador. Derek me olha de soslaio e posso dizer, pelo sorriso suave em seu rosto, que seus pensamentos seguiram o mesmo rumo dos meus.

O elevador para e descemos.

— A gente mantém o contato, pode ser? — Derek pergunta, com um olhar intenso.

— Por favor.

Derek me acompanha até o quarto.

O fato de esses serem nossos últimos minutos juntos, pelo menos durante um tempo, pesa sobre nós.

Quando chegamos à frente da minha porta, paramos e olhamos um para o outro por alguns instantes, sem coragem de nos despedirmos mais uma vez.

— Promete que não vai sumir de novo? — Derek pergunta.

Solto uma risada ao mesmo tempo nervosa e aliviada.

— Prometo.

— Ótimo. — Ele sorri. — A gente se vê por aí, Sardas. — Então, se inclina e deposita um beijo suave e afetuoso em minha testa.

Fico na ponta dos pés e retribuo com um breve abraço. Derek me abraça também e respira fundo antes de se afastar.

Com um último aceno, ele se retira e, ao virar o corredor, não consigo mais enxergá-lo.

Essa última cena dele se despedindo me acompanhou durante o sono, quando me deitei para dormir, logo depois de entrar no quarto que compartilho com Carol.

Eu e Carol voltamos para casa no dia seguinte ao show.

Meus pais me apoiaram assim que contei a eles sobre a proposta que recebi da Glass.

Eles sempre incentivaram muito esse meu lado mais artístico. Já os ouvi comentando uma vez que, se tivessem dinheiro, gostariam de me enviar para um intercâmbio, atrás de alguma oportunidade. E agora essa oportunidade apareceu diante de mim, como se tivesse caído do céu. Eles perguntaram se eu precisaria de alguma coisa e eu disse que apenas das orações deles.

Durante os dias que se seguiram, me dediquei a ler o contrato que o assessor da banda havia me enviado. Meus pais arranjaram um advogado para analisá-lo também e, quase sem ressalva nenhuma, em poucos dias eu já estava assinando os papéis.

Derek não tinha me contado tudo. A Grass of Glass não estava me oferecendo a oportunidade apenas de regravar a principal música deles *com* eles — o que, por si só, já seria algo enorme —, mas também de gravar uma música *minha*!

Nem acredito que, em breve, "Lugar de paz" vai estar disponível nas principais plataformas digitais e com uma qualidade de gravação de estúdio! Meu coração parece prestes a explodir no peito!

Perguntei para a Carol se ela poderia ir comigo para essa aventura e ela nem precisou pensar duas vezes antes de aceitar. Era a realização de dois dos seus sonhos: eu deslanchando na carreira de cantora e ela tendo a oportunidade de passar mais tempo com seus artistas preferidos.

Carol quis assumir a responsabilidade de escolher em qual hotel ficaríamos e comprar nossas passagens. A parte mais demorada foi quando precisei tirar o visto, mas, depois de um estresse considerável, deu tudo certo, graças a Deus.

E, então, veio a parte mais difícil: esperar a data da viagem.

O combinado com a Glass é que eu deveria chegar a Deberley[12], cidade natal dos meninos e onde eles ainda moravam, em julho — tanto porque, a essa altura, eu já estaria de férias da faculdade, quanto porque a turnê deles só terminaria por esse período.

Os meses seguintes se passaram como um vulto — as aulas no meu curso de ciências contábeis; as pessoas, no mundo "real" e virtual,

---

[12] Cidade fictícia.

enchendo-me de perguntas sobre o que estava acontecendo entre mim e Derek; as noites que eu e Derek conversamos por videochamada...

Tudo passou tão rápido e parecia tão surreal que meu cérebro mal conseguiu processar essa quantidade exorbitante de informações. Era como se eu estivesse vivendo em um sonho, ou em um filme... incrível e inusitado demais para eu acreditar que era real.

Essa sensação de estar aérea a tudo apenas se intensificou no dia da tão esperada viagem. Tenho lembranças um tanto nebulosas de me despedir dos meus pais e embarcar no avião.

Carol mal cabia em si de tão animada. Apertei firme os seus dedos quando ocupamos nossos assentos do avião.

— Isto está mesmo acontecendo? — pergunto com um nó no estômago.

— Sim, amiga! Com certeza está! — Carol responde, praticamente pulando no assento ao meu lado.

Mordo os lábios e observo as nuvens brancas e fofinhas passarem ao nosso redor.

Se alguém contasse para a Madu do início do ano que sua vida mudaria apenas por cantar no chuveiro, ela com certeza riria na cara da pessoa. Mas, bem, aqui estamos. Rumo a uma experiência nova e completamente inesperada!

As horas intermináveis do voo só não foram ainda mais excruciantes porque consegui dormir a maior parte do tempo.

E, então, *finalmente* pousamos nos Estados Unidos.

Eu e Carol chegamos a Deberley uma semana antes do início das gravações da nova versão de "Grass of glass".

Nesses meses que se passaram, eu e Derek nos falamos quase todos os dias, nem que fosse apenas por cinco minutos — considerando que ele estava megaocupado, terminando a turnê, e eu, com as questões burocráticas e meus estudos na faculdade. Contávamos sobre nosso dia, compartilhávamos versículos que chamaram nossa atenção em nossos respectivos devocionais e enviávamos alguns memes.

Foi nessas conversas que Derek não apenas conheceu meus pais, como também ficou muito amigo do meu pai em particular. Vira e mexe eu os pegava conversando sozinhos — tanto por mensagens quanto por videochamada. Sobre o que eles tanto falavam é a grande questão, já que meu pai sempre dizia que era algo entre eles dois e que, quando Derek quisesse, ele mesmo compartilharia comigo.

— Deberley é ainda mais linda pessoalmente do que por fotos! — Carol exclama, trazendo-me de volta ao presente enquanto arrastamos nossas malas até o Uber que nos levará ao nosso hotel.

Concordo com a cabeça, mas minha mente está tão cheia que não consigo me forçar a falar nada.

Nem acredito que estou mesmo aqui! Depois de meses de espera, enfim cheguei à cidade natal de Derek!

Obrigada, Senhor, por esta oportunidade! Obrigada, Pai, por ter me conduzido até aqui e aberto as portas para que tudo desse certo, conforme os Seus planos.

Mal posso esperar para reencontrar Derek, mas, diferente do que eu ou ele gostaríamos, ainda vamos precisar ficar alguns dias sem nos ver. Derek e os meninos estavam em Los Angeles, que é consideravelmente perto daqui, fazendo os últimos shows, e só voltariam para casa na próxima semana, quando iniciaríamos as gravações.

Segunda-feira finalmente chegou e acordei antes mesmo que o despertador tocasse. Meu coração acelerado me impedia de ficar parada, então zanzei pelo apartamento que dividia com a Carol a manhã inteira sem de fato fazer algo útil. Depois de um tempo, minha amiga desistiu de tentar me acalmar.

Enfim chegou a hora de irmos para o estúdio e pensei que poderia ter uma parada cardíaca a qualquer momento. Era muita emoção diferente junta, era muita coisa acontecendo ao mesmo tempo!

Chegamos antes dos meninos ao prédio em que seriam feitas as gravações e precisamos esperá-los por alguns minutos — que pareceram *horas*! A essa altura, Carol já estava tão surtada quanto eu, já que ela estava "apenas" na sede da sua banda favorita no mundo inteiro!

Mal tinham se passado dez minutos desde que nos sentamos no sofá de uma das salas no andar principal, quando minha amiga se levanta e diz:

— Não aguento mais ficar parada! A curiosidade está me matando! — Seus olhos engolem cada detalhe de tudo ao nosso redor. — Quer dar uma volta pelo prédio comigo?

— Desculpa, amiga, mas acho que prefiro ficar aqui. — Sento-me em cima das minhas mãos, numa tentativa de me acalmar. — Para o caso de eles chegarem, sabe?

Carol me olha por meio segundo e então entende. Eu estava morrendo de vontade de reencontrar Derek e queria facilitar o máximo possível para que esse momento acontecesse o quanto antes. Minha amiga assente e pergunta:

— Mas você se incomodaria se eu desse uma volta por aí?

— Não, fique à vontade.

— *Muito obrigada!*

Sem precisar de mais nenhum incentivo, Carol sai quase correndo. Observo a sala, a fim de passar o tempo.

Além do sofá em que estou sentada, há uma mesa de sinuca, uma daquelas máquinas de comida, uma janela grande, que dá para a cidade, alguns pufes e vários instrumentos espalhados. Um violão está pendurado em uma parede; um baixo, apoiado no chão em um canto; um cajon, largado perto da mesa de sinuca; uma guitarra, jogada em um pufe; e um piano de armário, perto da janela.

Para me distrair um pouco, vou até o piano e sento-me no banquinho, que fica de costas para o resto da sala. Começo a tocar — no início, um tanto travada, devido ao nervosismo acumulado, mas, aos poucos, o poder terapêutico que a música sempre exerce sobre mim começa a fazer efeito.

O prazer de pressionar as teclas do piano me envolve e me perco no tempo e no espaço. As notas produzidas por meus dedos ressoam ao redor, cercando-me com uma aura leve e aconchegante. Permito-me ser levada pela melodia, flutuando entre um acorde e outro, extasiada.

— Achei que você tinha dito que só tocava um *pouco* de piano. — Uma voz rouca bastante familiar me traz de volta à realidade com um sobressalto.

Sua aparição repentina me faz apertar várias teclas ao mesmo tempo, produzindo um som brusco e desafinado.

Eu me viro para trás com o coração batendo forte e me deparo com um certo par de olhos verdes observando-me com admiração.

— Derek! — Mil emoções transparecem em minha voz e me levanto.

Um sorriso que espelhava o meu próprio se abre no rosto de Derek.

— Senti sua falta, Sardas.

Ele vem até onde estou e me abraça.

— Nossa, como senti sua falta! — ele repete sem parar de me olhar.

— Eu também — digo, baixinho, acanhada de repente. — Muito.

Ele sorri — um sorriso completo, daqueles que nos fazem querer parar e admirar —, então me puxa pela mão com delicadeza de volta para o piano. Nós nos sentamos lado a lado no banquinho e ele começa a dedilhar algumas notas.

— Que horas você chegou? — pergunto.

Derek toca mais alguns acordes do que reconheço ser a introdução de "Grass of glass" antes de responder:

— Uns trinta minutos atrás.

— Nossa! Você deve estar exausto, então.

Ele tira os olhos das teclas do piano e os coloca sobre mim, sem parar de tocar. Um sorriso de canto e suave desponta em seu rosto.

— Valeu a pena.

Sinto-me corar.

Para ter o que fazer e me sentir menos constrangida, junto-me a ele, assumindo o lado mais agudo do piano.

Brincamos por um tempo um com o outro e com a música, até que começamos um arranjo com um potencial muito bom. Focamos a atenção nestes novos acordes, que fluem e se complementam.

No auge de nossa concentração, ouço uma voz sussurrar:

— Por favor, me diz que tem alguém filmando. Precisamos usar isso na nova versão de "Grass of glass"!

Olho para trás com um susto, enquanto Derek solta uma pequena risada e responde sem sequer se virar:

— Relaxa, Drew, estou com as notas frescas na cabeça ainda.

Derek enfim para de tocar e se vira para o resto da banda e Carol, que nos ouvem há sabe-se lá quanto tempo.

— Alguém dá uma folha pautada para eles antes que esqueçam tudo, então! — Josh exclama.

Drew, o primeiro a encontrar o que procurávamos, joga para Derek o caderno e a caneta, e nós dois começamos a transcrever o que estávamos tocando. Ou pelo menos tentamos. Os três garotos e minha amiga fazem mais barulho do que se espera de apenas quatro pessoas.

— Será que dá para vocês saírem, pra gente conseguir terminar o trabalho em paz, por favor? — Derek pede em determinado momento.

Eles dão risadinhas, mas vão embora.

Depois de mais algumas horas concentrados — no meio das quais ouvi, sem muita atenção, o agente da banda chegar para começarmos a gravação e os meninos explicarem que teriam que esperar um pouco, pois estávamos trabalhando em um novo arranjo —, enfim terminamos de transcrever as notas e resolvemos testar para ver se deu certo.

Voltamos para o piano e começamos a seguir a partitura que acabamos de esboçar. Pelos próximos minutos, fazemos pequenas pausas eventuais para ajustar alguns detalhes necessários até nos darmos por satisfeitos.

Quando concluímos nossa nova versão da melodia, eu e Derek nos entreolhamos com sorrisos gêmeos. Ambos estávamos cansados, mas orgulhosos do trabalho. Derek se levanta e me oferece a mão, que aceito sem pensar duas vezes. Ele nos conduz até o sofá, em que nos jogamos, exaustos.

Derek me observa com intensidade por alguns segundos. Ele parece pensar, travando uma espécie de diálogo interno consigo mesmo, visível em suas íris agitadas.

Quando minha curiosidade começa a atingir um grau mais elevado do que posso suportar, na aflição para descobrir o que se passa em sua cabeça, Derek se endireita no sofá em um rompante e diz:

— Escuta, eu estava aqui pensando... — Ele coça a nuca e desvia o olhar. — Escrevi duas músicas. Na verdade, ainda estou compondo uma delas, mas queria te mostrar.

Ele me olha com expectativa e nervosismo.

Respiro aliviada e digo com um sorriso aberto:

— Por favor! Vou amar ouvir!

— Não terminei uma delas ainda, mas acho que dá para pegar a ideia. — Ele solta uma risada, como se tivesse feito uma piada que só ele pudesse entender.

Estreito os olhos, um tanto confusa.

Derek se levanta e vai até o violão pendurado na parede. Ele passa a correia pelo pescoço e se dedica a afinar o instrumento enquanto volta e se senta perto de mim mais uma vez.

— Tinha pensado de fazer isso em outro momento... — ele diz, com os olhos fixos no violão, concentrando-se em afiná-lo. — Mas pensei também: por que esperar mais, certo?

Derek olha para mim de relance.

Engulo em seco e meu coração acelera.

Por que ele está sendo tão enigmático?

Antes que eu surtasse de vez, Derek se dá por satisfeito com o violão, limpa a garganta e diz:

— O nome dessa primeira música é "Rivers".

Ele dedilha algumas notas e logo sua voz rouca preenche o ar entre nós:

No inesperado

Encontrei os rios

De braços cruzados
Como um desafio
Torrentes profundas aveludadas
Correntes cacheadas anoitecidas
Porcelana leitosa estrelada
Fontes de água me cantam Vida

Som alto e inesperado
Percurso perturbado
Tom suave, angelical
Paz em meio ao temporal

Torrentes profundas aveludadas
Correntes cacheadas anoitecidas
Porcelana leitosa estrelada
Fontes de água me cantam Vida

Os primos dos lagos
Seu canto é um afago
Os primos dos lagos
Seu canto é um afago

Torrentes profundas aveludadas
Correntes cacheadas anoitecidas
Porcelana leitosa estrelada
Fontes de água me cantam Vida

Derek termina de cantar, deixando-me com o coração acelerado e sem reação por alguns segundos.

Meus olhos estão arregalados enquanto mordo os lábios, em um esforço descomunal para interpretar esse poema.

Essa música é sobre mim, não é?!

Ao mesmo tempo que isso parece ser óbvio, ainda não tenho plena certeza.

Mas tem tantos elementos tão específicos que tornam quase impossível serem meras coincidências!

"De braços cruzados"? A que mais Derek poderia estar se referindo senão à primeira vez em que ele me viu, de braços cruzados no show?

"Porcelana leitosa estrelada" me faz lembrar de quando ele chamou minhas sardas de estrelinhas.

"Som alto e inesperado" para mim é uma referência óbvia à nossa piada interna.

E isso de "os primos dos lagos" me faz ter quase cem por cento de certeza de que Derek definitivamente quer me dizer alguma coisa, porque foi o que falei para ele quando salvei meu contato no celular dele!

Percebo vários outros detalhes, que me dão ainda mais certeza de que ele escreveu essa música para mim — *sobre* mim!

Mas e se eu estiver interpretando tudo errado?

E se eu estiver vendo coisa onde não tem apenas porque é isso que quero?!

Um sorriso divertido e, ao mesmo tempo, nervoso se abre no rosto de Derek conforme ele observa minha reação.

— A próxima música ainda está incompleta — ele diz. — Na verdade, só tenho o refrão, mas é o suficiente para o momento. O nome dela é "Freckles".

Meu coração já está a mil quando ele começa a cantar:

Eu me apaixonei duas vezes por você
A primeira ao te ouvir
A segunda ao te ver

E pra não restar dúvidas
Venho aqui esclarecer
Sim, Sardas, estou falando de você

Um riso trêmulo escapa pela minha boca. Em parte porque achei graça, em parte porque estou sem acreditar e, principalmente, porque estou nervosa como nunca antes — mais até do que a primeira vez em que subi no palco na frente de milhares de pessoas!

Derek me observa com a respiração acelerada, mas sorrindo, divertindo-se com minha reação, ao mesmo tempo que me aguarda com expectativa.

Abro e fecho a boca três vezes antes de conseguir falar:

— O que foi isso?

— Isso fui eu deixando as coisas bem claras entre nós.

Engasgo.

Ele pega minha mão.

— Estou apaixonado por você, Sardas. A esta altura acho que já está óbvio para qualquer um. Nunca quis nada menos que compromisso com você. Eu devia ter sido mais claro sobre as minhas intenções desde o começo, sei que por várias vezes minhas atitudes acabaram te deixando confusa e peço perdão por isso.

Olho para Derek sem respirar enquanto ele continua:

— Já faz tempo que eu queria dizer isso tudo para você... conversei muito com seus pais sobre isso, inclusive, mas eu não via sentido, e seu pai concordava comigo, em falar com você sobre meus sentimentos sem uma perspectiva real de que isso, nós dois, pudesse funcionar. Não quero algo momentâneo, quero passar o resto da minha vida com você, Sardas. E, agora, do jeito que as coisas estão se ajeitando nas nossas vidas, acredito que pode dar certo. Orei muito sobre isso e já falei com seu pai, e ele aprova. Você topa?

Esse foi um pedido de namoro um tanto incomum, principalmente porque Derek não disse com todas as letras, mas ele poderia ter sido mais claro?

— Eu topo! Eu com certeza topo!

Um sorriso completo, com direito a dentes e tudo, se forma no rosto de Derek. Mal tenho tempo de contemplar a beleza que é vê-lo sorrir, porque, assim que as palavras saem de minha boca, Derek deposita em minha testa um beijo longo e carinhoso.

FIM

CAPÍTULO EXTRA
O Lugar de Paz

Para aqueles em busca do seu lugar de paz, tenho uma boa notícia.

Se você está procurando a mesma Paz que a Madu e o Derek encontraram, você pode achá-la agora mesmo.

A Paz, a verdadeira Paz, tem nome. E o nome é Jesus Cristo de Nazaré, Filho de Deus.

Mas, calma aí, porque estou começando essa história pelo final.

Você talvez esteja se perguntando: por que cargas d'água Jesus seria minha paz?

O que isso quer dizer?!

Então, vamos por partes. Começando pelo começo.

Jesus é nossa paz, porque, quando Deus nos criou, em um relacionamento perfeito com Ele, nós escolhemos odiá-lo.

Pesado, né? Mas é a verdade.

Deus fez uma aliança com a gente: "Vocês podem comer de todos os frutos do Jardim do Éden — que Ele tinha acabado de criar —, com exceção de um! Vocês só não podem comer da árvore do conhecimento do bem e do mal, porque, no dia em que vocês comerem um fruto dessa árvore, com certeza vocês vão morrer"[13].

Deus falou. Ele disse claramente Sua ordem e as consequências de desobedecer a essa ordem. E, então, Deus deu ao homem

---
[13] Gênesis 2:15-17.

— que Ele mesmo havia criado — a liberdade de escolher se iria obedecer a Deus ou não.

E nós escolhemos desobedecer.

Adão e Eva eram os representantes de toda a humanidade. Do mesmo jeito que os jogadores do Brasil representam os brasileiros na Copa do Mundo, Adão e Eva representaram os seres humanos no Jardim do Éden.

Nem eu nem você estávamos em campo quando o Brasil perdeu de 7x1, nem quando levamos um gol da Croácia, faltando apenas quatro minutos para sermos classificados para as semifinais da Copa no Qatar, mas, mesmo assim, sofremos com isso até hoje, como se fizéssemos parte do time escalado. Do mesmo jeito, eu e você também não estávamos fisicamente no Jardim quando o primeiro casal desobedeceu a Deus, mas, mesmo assim, todos nós nos rebelamos contra Deus junto de Adão e Eva, nossos representantes.

Por causa da escolha que Adão e Eva fizeram, todos nós nascemos em um relacionamento rompido com Deus.

É daí que vem toda a desesperança. Foi a partir daí que tivemos nossa paz, interior e exterior, rompida. Nós nos tornamos inimigos de Deus, o que fez com que nossa própria alma ficasse perturbada.

Vocês lembram o que Deus falou logo depois de criar Adão? Que, se ele comesse da árvore do conhecimento do bem e do mal, ele morreria.

Adão não morreu fisicamente assim que comeu o fruto, mas morreu em seu espírito. Seu relacionamento perfeito com Deus foi quebrado e não existe nada pior do que isso.

Antes, Adão era amigo de Deus, mas, por causa do pecado, ele se tornou inimigo de Deus.

Nós herdamos essa inimizade. Nascemos odiando Deus e em rebelião contra Ele.

Não queremos saber sobre Deus, não queremos obedecer às Suas ordens.

E a consequência dessa nossa escolha de não viver com Deus é a morte. A morte espiritual, o inferno.

Só notícia ruim até agora, né?

Onde é que foi parar a Paz de que eu estava falando no começo deste texto?

Que bom que você me perguntou isso, meu amigo, porque é agora que chegamos à melhor parte!

Deus olhou o mundo destruído pelo pecado, digno de Sua ira eterna, por ter se rebelado contra um Deus eterno, e escolheu ter misericórdia.

A misericórdia de Deus assumiu um corpo. Deus se fez um ser humano. Ele deixou toda Sua grandeza, glória e majestade e assumiu a forma de um bebê.

Esse bebê, chamado Jesus, era plenamente um ser humano, mas também era plenamente Deus.

E é por isso que Jesus é o único capaz de ser nosso representante.

Do mesmo jeito que os jogadores representam seu país na Copa e Adão e Eva representaram a humanidade no Éden, Jesus representou na cruz todos aqueles que creem que Ele é o único Deus, nosso Salvador.

Jesus carregou cada um dos pecados daqueles que colocam sua fé nEle. Jesus pagou por cada um desses pecados. A ira de Deus, que seria destinada a nós e nos fulminaria no inferno, foi destinada completamente a Cristo. Por isso, agora, se cremos que Jesus é o Filho de Deus, capaz de nos salvar, temos todos os nossos pecados perdoados.

Já não temos mais culpa, por causa do que Cristo fez por nós!

E essa é a nossa maior esperança! *Cristo é a nossa Paz!*

Jesus venceu a morte! Não apenas a morte física — porque viveremos eternamente no Céu, se cremos em Jesus — mas principalmente a morte espiritual — se cremos em Jesus, não iremos para o inferno!

E as boas notícias não param por aí!

Jesus garantiu que nosso relacionamento com Deus fosse restaurado!

Por causa de Jesus, não precisamos mais viver em inimizade com Deus. Agora, podemos ser Seus amigos e, mais que isso, Seus filhos! E quem nos garante isso é o Espírito Santo, que vem habitar em nós assim que confessamos que Jesus é o nosso Salvador.

Por causa de Cristo, temos *paz* com Deus de novo!

A esperança que temos em Jesus se reflete em todas as áreas da nossa vida.

Ele nos dá esperança em relação ao passado. Todos os nossos erros, falhas e pecados foram apagados em Jesus. Já não podemos ser condenados de nada se estamos com Cristo.

Jesus nos dá esperança em relação ao presente. Se cremos em Jesus, Seu Santo Espírito vem morar dentro de nós. Por causa do Espírito, nós podemos mudar de vida. Podemos nos desenvolver e nos tornar pessoas melhores, mais felizes e mais plenas, assim como nosso Senhor Jesus Cristo.

E Jesus nos dá esperança em relação ao futuro. Não temos mais a morte, porque sabemos exatamente para onde vamos. Se Jesus é nosso Salvador, temos a certeza de que iremos viver para sempre junto dEle lá no Céu, e não existe notícia melhor que essa!

Quer fazer igual a Madu e tentar lembrar sempre do que pode te dar esperança? Então, lembre-se de Jesus! Lembre-se de tudo que Ele fez e conquistou por você!

Você está buscando a Paz interior?

Tenho uma boa notícia: você acabou de encontrá-la!

Para ter essa paz em você, é muito simples.

Reconheça seus pecados — tudo aquilo que você faz que ofende a Deus. Mas não apenas isso. Confesse seus pecados ao Senhor e peça perdão, porque Deus é bom e misericordioso, Ele está sempre disposto a perdoar aqueles que se arrependem!

Depois disso, confesse que Jesus Cristo é o Senhor e seu único Salvador.

Se você crê nessas verdades, o Espírito Santo irá habitar em você, confirmando que agora você é filho de Deus.

Se você acabou de receber a vida eterna, por meio de Jesus Cristo, procure uma igreja saudável próxima de você. Ser acompanhado por outros crentes — nossos irmãos em Cristo — é extremamente importante para a sua vida com Deus!

O cristão não sobrevive sozinho. Do mesmo jeito que, se um soldado for sozinho para o campo de batalha, ele não voltará vivo, se um cristão tentar viver sua vida com Deus individualmente, sua fé morrerá.

E é estando junto de Deus — e somente assim! — que teremos a verdadeira paz.

Ter a paz de Cristo, que ninguém consegue entender, não significa que não teremos mais problemas. Também não significa que agora nossa vida será fácil. Ter a paz de Cristo guardando nossa mente e nosso coração significa que, mesmo com os problemas que virão — porque eles virão e isso é algo certo —, nós não ficaremos desesperados.

As situações não nos influenciarão a ponto de nos fazer perder a paz, porque agora nossa paz não está em coisas, nem em momentos, nem em circunstâncias, mas em uma pessoa, que é eterna e não muda: Cristo.

Ter a paz de Cristo significa estar bem mesmo em meio aos problemas, porque confiamos no nosso Bom Pastor, que cuida de nós e passa conosco pelo vale da sombra da morte[14].

Se você deseja essa Paz, a Paz verdadeira, que é Jesus e só Deus pode dar, ore e peça ao Espírito Santo que transforme seu coração.

Se quiser ajuda para fazer essa oração, segue aqui um modelinho — mas sinta-se à vontade para orar com suas próprias palavras, o importante é você falar com Deus com sinceridade de coração:

Senhor Deus, reconheço que sou pecador. Vejo que tenho sido rebelde contra o Senhor desde o dia em que nasci. Por isso, eu te peço perdão. Me perdoa pelos meus pecados e me limpa com o sangue de Jesus. Me ensina a viver de uma forma que seja agradável ao Senhor, para que, assim, eu possa ter aquilo que é mais precioso nesta vida: a Tua própria presença. Oro em nome de Jesus, o Filho de Deus, meu único Senhor e

---

[14] Salmo 23.

Salvador, que morreu em uma cruz por meus pecados, mas ressuscitou e vive eternamente. Amém.

Se quiser conversar mais sobre isso, venha falar comigo pelo meu Instagram (@deboraciampi_)! Para mim é sempre uma alegria falar sobre Deus, meu Criador, Senhor e Salvador!

Fiquem na Paz do nosso Senhor Jesus Cristo.

BÔNUS
Cante Junto
Discografia

"Grass of Glass" — Grass of Glass

Despised, charming grass

Grama bela, desprezada

Fertile, pleasant land

Terra fértil, aconchegante

Trampled softness

Suavidade tão pisada

Fresh soil in my hand

Solo fresco, verdejante

Breakable, hard crystals

Vidro forte, delicado

Don't let anyone pass

Restritivo, transparente

It will hurt you, if it falls

Fere e corta, se quebrado

Fragile, tough glass

Vidro frágil, resistente

Broken heaven will not last

Paraíso destruído

Grass of glass, grass of glass
Grama de vidro, grama de vidro
Shatter my shelter, no regrets
Cacos quebram meu abrigo
Grass of glass, grass of glass
Grama de vidro, grama de vidro

I am unstable grass
Eu sou grama inconstante
I jab the walker on his way
Incomodo o viajante
Brittle like the sparkling glass
Quebradiço como o vidro
If I'm broken, cut I may
Corto sempre que ferido

I'm glass but I'm grass
Eu sou vidro, mas sou grama
Softness is now cursed
Maciez que se profana
I'm grass but I'm glass
Eu sou grama, mas sou vidro
The blessing made me hurt
Pela bênção fui ferido
Flower field full of death
Morte em campo florido

Grass of glass, grass of glass
Grama de vidro, grama de vidro
Shatter my shelter, no regrets
Cacos quebram meu abrigo
Grass of glass, grass of glass
Grama de vidro, grama de vidro

"Grass of glass" (Madu's version) — Grass of glass (Versão da Madu)

Despised, charming grass
Grama bela, desprezada
Fertile, pleasant land
Terra fértil, aconchegante
Trampled softness
Suavidade tão pisada
Fresh soil in my hand
Solo fresco, verdejante

Breakable, hard crystals
Vidro forte, delicado
Don't let anyone pass
Restritivo, transparente
It will hurt you, if it falls
Fere e corta, se quebrado
Fragile, tough glass
Vidro frágil, resistente

Broken heaven will not last (Safe heaven at last)
Paraíso destruído (Paraíso protegido)
Grass of glass, grass of glass
Grama de vidro, grama de vidro
Shatter my shelter, no regrets (I make the shards my fortress)

Cacos quebram meu abrigo (Cacos formam meu abrigo)

Grass of glass, grass of glass

Grama de vidro, grama de vidro

I am unstable grass

Eu sou grama inconstante

I jab the walker on his way (Green soil full of waves)

Incomodo o viajante (Ondas verdes vacilantes)

Brittle like the sparkling glass

Quebradiço como o vidro

If I'm broken, cut I may (I'm stronger when I pray)

Corto sempre que ferido (Em oração, fortalecido)

I'm glass but I'm grass

Eu sou vidro, mas sou grama

Softness is now cursed (Hope called me and I heard)

Maciez que se profana (Esperança que me chama)

I'm grass but I'm glass

Eu sou grama, mas sou vidro

The blessing made me hurt (Blessing is breaking through the hurt)

Pela bênção fui ferido (Bênçãos curam o ferido)

Flower field full of death (Give the broken a new breath)

Morte em campo florido (Vida irrompe no rompido)

Grass of glass, grass of glass

Grama de vidro, grama de vidro

Shatter my shelter, no regrets (Shattered shelter is my past)
Cacos quebram meu abrigo (Cacos foram meu abrigo)
Grass of glass, grass of glass
Grama de vidro, grama de vidro

Give the broken a new breath
Vida irrompe no rompido
Grass of glass, grass of glass
Grama de vidro, grama de vidro
Shattered shelter is my past
Cacos foram meu abrigo
Grass of glass, grass of glass
Grama de vidro, grama de vidro

"Lugar de paz" — Madu Rios

Tempestade que agita o mundo lá fora
Ventos fortes sopram em mim
Não sou mais criança, estou firme na Rocha
Minhas quedas não são o meu fim

A Voz que fez o mundo girar
Ilumina minha escuridão
A Voz que acalmou o mar
Tranquiliza meu coração

Presa em laços de trevas
Sua luz os nós desfaz
Sua mão me carrega
Para o meu lugar de paz

Posso andar no mar tempestuoso
Se de Deus não me distrair
Minha luz, o meu guia é mais poderoso
Com Ele, não vou mais cair

A Voz que fez o mundo girar
Ilumina minha escuridão
A Voz que acalmou o mar
Tranquiliza meu coração

Presa em laços de trevas
Sua luz os nós desfaz
Sua mão me carrega
Para o meu lugar de paz

Presa em laços de trevas
Sua luz os nós desfaz
Sua mão me carrega
Para o meu lugar de paz

"Rivers" — Derek Duncan (tradução)

No inesperado
Encontrei os rios
De braços cruzados
Como um desafio

Torrentes profundas aveludadas
Correntes cacheadas anoitecidas
Porcelana leitosa estrelada
Fontes de água me cantam Vida

Som alto e inesperado
Percurso perturbado
Tom suave, angelical
Paz em meio ao temporal

Torrentes profundas aveludadas
Correntes cacheadas anoitecidas
Porcelana leitosa estrelada
Fontes de água me cantam Vida

Os primos dos lagos
Seu canto é um afago
Os primos dos lagos
Seu canto é um afago

Débora Ciampi Eller

Torrentes profundas aveludadas
Correntes cacheadas anoitecidas
Porcelana leitosa estrelada
Fontes de água me cantam Vida

"Freckles" — Derek Duncan (tradução)
(Apenas refrão)

Eu me apaixonei duas vezes por você

A primeira ao te ouvir

A segunda ao te ver

E pra não restar dúvidas

Venho aqui esclarecer

Sim, Sardas, estou falando de você

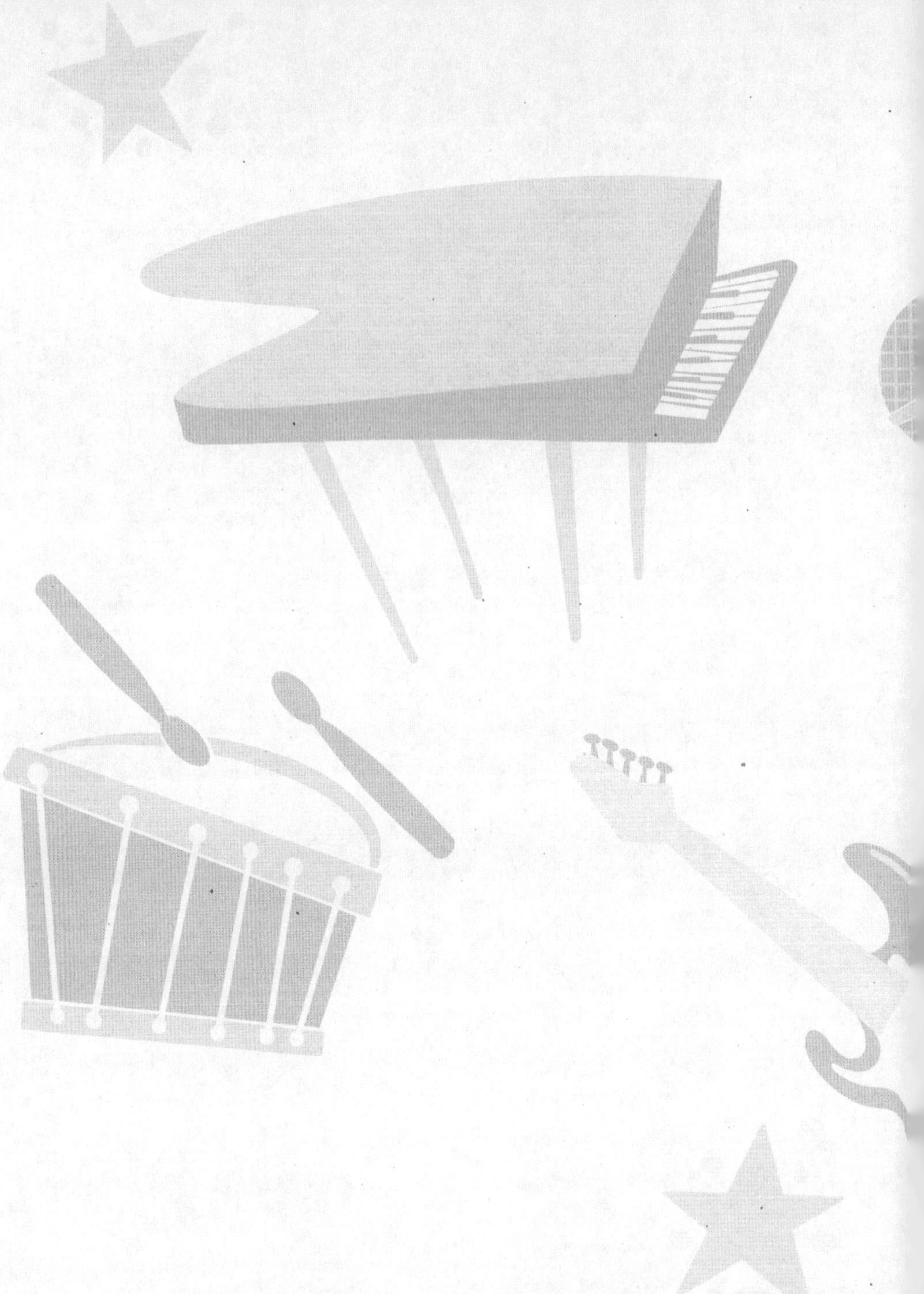

Para todas as glassies.

Voz de Âmbar
spin-off

CAPÍTULO 1
Recepçãozinha

— É o quê?

— Um dos ricaços hospedados no hotel resolveu fazer uma "recepçãozinha". — Josh faz aspas com os dedos. — E precisamos ir.

— Cara... — Deito de costas no colchão e tapo os olhos com o antebraço. — Só pode ser brincadeira.

— Antes fosse.

— Ah, qual é! — Peter se joga na cama, ao meu lado, só para me perturbar um pouco. — Vai ser legal! A gente sempre gostou dessa parte de estar com as fãs!

— Não — corrijo, ainda sem tirar o braço do rosto. — *Vocês* sempre gostaram dessa parte.

— Vamos lá, Derek, se anima um pouco aí — Josh diz, mas suspira e se larga na poltrona perto do sofá onde Drew está deitado, contradizendo o que acabou de me pedir para fazer. — Sei que você está cansado, todos nós estamos, mas esse cara bancou uma parte significativa da nossa turnê aqui no Brasil.

Um suspiro resignado é o máximo de resposta que dou para eles, ainda me recusando a mexer qualquer músculo.

— Além de que... — Peter me cutuca com o dedão do pé e me controlo para não dar um chute nele. — E se a nossa amiguinha da voz de anjo for para essa festa também?!

Eu me empertigo na mesma hora, sentando na cama.

— Você acha?! — Encaro Peter com os olhos arregalados. — Você acha que Amber pode estar lá?!

— E por que não? — Drew diz, estirado no sofá enquanto mexe em suas redes sociais. — Ela está hospedada aqui do lado, não está? Isso só pode significar que ela é ricaça também.

— E todos os podres de ricos foram convidados. — Peter abre um sorriso largo, como se me apresentasse uma oferta irrecusável.

O que não deixa de ser verdade.

Já faz tempo que quero conhecer a Amber, ou seja lá qual for o nome dela.

Ainda que a gente tenha combinado de se conhecer pessoalmente amanhã, a ideia de conhecê-la *hoje* me parece muito melhor.

— Que horas é a festa? — pergunto.

— Não é festa, é recepção — Josh diz.

— Tanto faz.

Josh olha no relógio e fala:

— Daqui a uma hora, mais ou menos.

— Ótimo. Dá tempo de descansar um pouco e, então, a gente vai.

— Wow — Drew ergue as sobrancelhas, com um sorriso insinuante —, quem diria que seria tão fácil convencer o "integrante mais rabugento da banda"?

— Citando os sites de fofoca, Drew? — Volto a me jogar sobre a cama. — Sério?

— Bom, já que ninguém me perguntou — Peter cruza os braços, com um sorriso implicante —, não fico nem um pouco surpreso. Todo mundo lembra que o Derekzinho aqui assistiu a *O rei do show* só por causa da Amberzinha-Voz-de-Anjo, né?

Suspiro.

— Você nunca vai esquecer isso, vai?

— Depois de você ter decorado todas as letras do musical? — Peter arregala os olhos quase tanto quanto seu sorriso. — Não mesmo!

— Excelente.

Escondo o rosto com o antebraço mais uma vez e tento ignorar os três caras extremamente barulhentos no meu quarto.

O que me leva à questão...

— Por que está todo mundo aqui mesmo? — Tiro o braço de cima dos olhos por um instante, para observar meus amigos. — Vocês não querem, sei lá, descansar um pouco ou qualquer coisa assim?

— E a gente está fazendo o que agora? — Peter revira os olhos. — Capinando um lote?

Peter é um dos meus amigos mais próximos, mas, com uma frequência maior do que me orgulho, ele testa minha paciência.

— Mas podia ir cada um para o seu canto, sabe? Temos dois apartamentos aqui no hotel, cada um tem o próprio quarto...

— É como dizem, né, cara? — Drew resmunga, sem tirar os olhos do celular, mas com um sorrisinho irritante. — Os incomodados que se retirem.

— Não precisa falar duas vezes.

Levanto na mesma hora, atravesso a porta de frente para a minha e me jogo na cama de Peter, que tem dividido o apartamento comigo ao longo dessa turnê.

Eu costumava ficar no quarto com Josh, já que Drew é o que sabe lidar melhor com a animação constante de Peter. Mas, desde que eu e Peter nos convertemos, ficou difícil conciliar nossa realidade de agora com a de antes de sermos alcançados por Cristo. Compartilhar o quarto com quem permanecia com as mesmas atitudes que tínhamos em um passado não tão distante era um desafio grande demais para recém-convertidos como nós.

Por isso, a fim de apoiarmos um ao outro nesse início de caminhada cristã, eu e Peter resolvemos começar a ficar no mesmo quarto e, desde então, o convívio com ele tem sido bem mais fácil — ainda que ele me irrite em boa parte do tempo. Eu e Peter nos tornamos irmãos de verdade — não apenas de vida, muito menos simplesmente de banda, mas irmãos em Cristo.

Deitado no quarto de Peter, fecho os olhos, mas não consigo acalmar meus pensamentos para dormir.

E a culpa não é nem dos três caras no quarto ao lado conversando mais alto do que eu gostaria.

A culpa é das possibilidades rondando minha mente...

E se Amber também fosse à festa?

E se a gente se conhecesse hoje?

Um trovão explode do lado de fora da janela e me chama de volta para o salão lotado de gente disputando a nossa atenção.

Não devo estar nem há meia hora na recepção privada do tal do empresário que bancou nossa turnê, mas para mim já deu.

Não é nem que eu não goste das nossas fãs, só nunca me senti confortável com pessoas novas. E o cansaço pós-show apenas intensifica minha dificuldade de interação social.

Minha oração nos últimos meses tem sido para que Deus me dê um coração como o de Cristo e me ajude a amar os outros e ser agradável, mesmo quando minha vontade é ficar no canto de cara fechada.

Assim, tento sorrir e ser educado com as pessoas ao meu redor, mas não sei se estou tendo muito sucesso.

—... e aí, quando te vi no palco, nossa...! Fiquei simplesmente apaixonada! — A menina, que já deve estar falando há cinco minutos (sem exagero), se inclina em minha direção e apoia a mão de forma "despretensiosa" no meu braço.

Movo-me com sutileza para o lado, coçando a cabeça para disfarçar e evitar seu toque.

O Derek de três anos atrás não teria visto um problema no fato de ela flertar comigo de uma forma tão óbvia. Mas o Derek de hoje não quer dar margem para más interpretações.

Não quero absolutamente nada com essa menina, então vou agir de modo que isso fique bem claro. Não quero dar falsas esperanças para ninguém. Se ela nutrir qualquer tipo de sentimento em relação a mim e achar que pode ser recíproco, será exclusivamente por culpa dela, não minha. Nesse tipo de joguinho não quero me envolver mais.

— E quando você subiu na bateria do Drew? — Outra menina, essa parecia mais nova, talvez uns 14 anos, diz com os olhos arregalados e brilhando. — Nossa, foi tão incrível!

Dou meu sorriso mais simpático — que mal deve ter erguido meus lábios — e agradeço com sinceridade, mas logo meus olhos voltam a rodar pelo ambiente. Ao mesmo tempo que estou doido para ir embora, quero descobrir se conseguiria encontrar Amber de alguma forma.

Avisto várias meninas, é óbvio, mas nenhuma me chama atenção de fato.

Como encontrar o rosto de uma voz? É como procurar agulha em palheiro...

É, então, que percebo uma garota encostada na parede, no canto da festa, bebericando um drink enquanto observa os arredores.

Apesar de estar sozinha, ela não parece deslocada. Na verdade, parece bastante à vontade em não estar com mais ninguém por perto, o que me deixa alerta no mesmo instante — Amber também não é a maior fã de aglomerações...

Analiso com atenção a menina.

Cabelos cacheados e castanhos chegando até pouco abaixo dos ombros, altura mediana — 1,60 m, talvez? —, roupas básicas — uma regata, um jeans e um All Star.

Seus olhos analíticos varrem o ambiente e, quando percebo que estão vindo em minha direção, volto o rosto para a menina que ainda fala comigo.

— E aí, você ficou tocando guitarra de cima da bateria, e o Josh e o Peter foram para lá também, e você se inclinou para trás, achei que você ia cair, mas não! Você tem um equilíbrio incrível, porque estava quase deitado no ar, em cima da bateria, mas continuou *tocando*!

Sorrio com simpatia — ou pelo menos tento — e concordo com a cabeça, mas não respondo nada de fato. Não consigo.

Minha mente está cem por cento focada na menina no canto.

Será que é ela?

Sem conseguir resistir mais, volto a espiá-la, apenas para descobrir que ela ainda olhava em minha direção. E parecia segurar um pequeno sorriso.

Quando nossos olhares se trombam, ela vira o rosto para o outro lado no mesmo instante de forma nada discreta.

Então é minha vez de soltar uma risadinha.

Aproveito que ela mantém a atenção voltada para outro local para analisá-la mais um pouco, tentando descobrir se ela é a garota que eu procurava ou não.

Não consigo me dedicar tanto a essa tarefa, contudo, tendo de dividir minha atenção com as demais meninas à minha volta. Mesmo assim, continuo acompanhando a garota dos cachos castanhos com o olhar conforme ela perambula um pouco pelo ambiente. Em determinado momento, ela se senta em uma mesa vazia e um tanto isolada e saca o celular, que monopoliza sua atenção no mesmo instante.

Mais pessoas se juntam à minha volta e a tampam, fazendo-me perdê-la de vista por um instante.

De tempos em tempos, volto a espiar o local onde ela está sentada, tentando decidir se vou até ela ou não.

E se não for a Amber?

Quando volto meu olhar mais uma vez para a mesa em que a garota estava, tudo que encontro é uma cadeira vazia.

Meu coração acelera.

Ah, não. Ela não pode ter ido embora! E agora?

E se fosse mesmo a Amber?

Meu olhar varre o ambiente com certa urgência, numa última busca, numa última esperança de que ela ainda esteja aqui, e é quando a encontro dando um beijo na bochecha de uma menina de pele escura e cabelos crespos.

Se ela for mesmo a Amber, então essa deve ser a Chloe.

Amber se desvencilha da pequena multidão em volta de Chloe, ou melhor, em volta de *Peter*, e se dirige para a saída do salão.

Não posso deixá-la escapar. Não posso perder a oportunidade de tentar descobrir se ela é a Amber ou não.

Procuro rápido alguma desculpa para despistar as pessoas ao meu redor e solto a primeira minimamente plausível que me ocorre:

— Com licença, meninas — digo, num tom alto o suficiente para ser ouvido, mesmo com uma delas ainda falando —, desculpe interrompê-las, mas preciso mesmo ir resolver uma coisa. — Então acrescento, na esperança de não ser seguido: — Já volto!

Ou, pelo menos, eu acho que já volto...

Sem esperar por uma resposta, atravesso a multidão e corro para onde a garota — *se eu tiver sorte, Amber* — tinha acabado de sair.

Olho por sobre os ombros uma ou duas vezes, a fim de me certificar de que ninguém vinha atrás de mim.

Por sorte, assim que alcanço a garota de cabelos cacheados, as portas dos elevadores se abrem.

Antes que se fechem, deslizo para dentro do cubículo de aço e aperto repetidamente o botão de fechar as portas, para garantir que a gente consiga sair antes que as meninas com quem eu conversava percam a paciência e resolvam vir atrás de mim.

Assim que as portas metálicas se unem uma à outra, solto o ar e volto a respirar normalmente.

Meus ombros relaxam e me permito observar a garota ao meu lado.

Ela parece bastante entretida com a placa do elevador na parede perto dela, numa mensagem bem clara, ainda que silenciosa, de "não quero conversar".

Vacilo por um instante, incerto do que dizer.

Vamos lá, Derek, você não chegou até aqui para desistir. Diga alguma coisa, qualquer coisa.

Então, aqueles olhos castanhos pousam em mim com certa timidez e ela os arregala em uma expressão que parece ter sido reconhecimento.

Mas será possível que ela saiba quem eu sou? Ela parecia tão indiferente a mim e aos caras lá dentro, no salão em que acontecia a "recepçãozinha"...

Estou ciente da minha fama, mas não sou presunçoso a ponto de achar que toda e qualquer pessoa no mundo me conheça.

Confesso que é raro, mas ainda acontece de eu trombar com alguém por aí que nunca tenha visto meu rosto antes. Nada impede de ser o caso dessa garota.

— Oi — arrisco dizer em português, no que espero ter sido um tom simpático. Torço para não ter errado a pronúncia.

— Oi — ela responde com uma expressão de quem parece não acreditar que eu esteja falando com ela.

E, então, eu travo.

Muito bem, Derek, por que você foi inventar de começar a conversa em português se não sabe mais que três palavras nesse idioma?

Conforme o silêncio se estende entre nós, minha inquietação aumenta.

Troco o peso do corpo de um pé para o outro e dou uma espiada no painel de andares. Ainda estamos no 8º, o que me dá um pouquinho de tempo ainda. Preciso aproveitar antes que cheguemos ao nosso destino.

— Você fala inglês? — pergunto na minha própria língua, interrompendo o silêncio.

Se ela souber inglês, é mais um indicativo de que ela pode mesmo ser a Amber.

— Sim.

— Que ótimo, isso facilita bastante as coisas, já que "oi" é uma das únicas palavras que sei em português. — Ouço-me dizer e agradeço aos Céus por estar conseguindo puxar assunto, mesmo sem conhecer essa garota.

Deus sabe como isso é raro para mim.

Em situações normais, com pessoas desconhecidas, eu teria entrado no elevador sem falar nada e continuaria em silêncio, a não ser que falassem comigo. Mas esta não é uma situação normal.

Essa garota pode ser a Amber. E o único jeito de confirmar isso é abrindo a minha boca e tentando criar o contexto para descobrir por mim mesmo ou para perguntar a ela com todas as letras.

A menina solta uma risada discreta diante do meu comentário e volta a encarar o painel de andares do elevador.

Cara... Ela podia me ajudar um pouco... desenvolver o assunto, sei lá...

— Nunca vi um elevador tão lento quanto este — tento puxar conversa mais uma vez.

Estreito os olhos de leve, repreendendo-me internamente.

Sério, cara? De todos os assuntos do mundo, você foi falar sobre a velocidade do elevador?!

— Nem eu. — Ela me olha de canto e me oferece um sorriso breve. — Ele é tão devagar que fico admirada que consiga arranjar forças para continuar subindo.

Uma pequena risada quase escapa de mim, mas ainda não estou confortável para realmente *rir*.

De qualquer forma, comemoro por dentro — *ela continuou o assunto!*

Nem tenho tempo de responder, porque um trovão ressoa lá fora e a garota ao meu lado dá um pulinho, sem sair do lugar.

Talvez não devesse, mas acho certa graça nisso.

— Tem medo de chuva?

— Não — ela desvia o olhar —, mas me assusto com barulhos altos e inesperados.

Começo a formular minha resposta, mas ela nem chega a sair por minha boca, porque, bem nessa hora, o elevador para.

CAPÍTULO 2
É Ela

— Acho que estamos presos... — comento, pela falta do que falar.

Ela apenas assente, sem desviar os olhos do mostrador de andares e das portas, que permanecem imóveis.

Observo a menina com atenção, para me assegurar de que ela está bem, mas acabo ficando confuso... Ela me parece um tanto familiar, o que não faz o menor sentido.

De onde eu poderia conhecê-la se nunca tinha visto o rosto de Amber — *se é que ela é mesmo a Amber?*

E realmente não me lembro de já tê-la visto antes da recepçãozinha aqui no hotel...

A menina continua encarando as portas inertes do elevador, por isso, tentando tranquilizá-la de alguma forma, digo:

— Daqui a pouco ele volta a funcionar, relaxa.

— Tô relaxada, já fiquei presa em elevadores antes. Só não é a melhor experiência do mundo.

Ela olha para mim de relance enquanto fala e logo volta a observar o painel do elevador, mas é o suficiente para eu ter certeza: ela é *mesmo* familiar.

Mas onde posso tê-la visto antes?

Resolvo trazer esse assunto à tona, para ver se ela me ajuda de alguma forma a chegar a uma conclusão:

— Acho que te conheço de algum lugar.

— Pouco provável, mas acho que *eu* já te vi antes... — Ela solta uma risada. — Derek, certo?

— Você sabe quem eu sou?

Ela revira os olhos e, por algum motivo, isso me faz lembrar de onde já a tinha visto: no show de hoje mais cedo.

— Bom — ela diz —, não moro em uma caverna, então claro que sim.

É! É isso mesmo!

Ela é a garota que passou o show inteiro parecendo incomodada por estar lá!

Só fui percebê-la entre a multidão lá pelo meio do show, na verdade, mas foi o suficiente para reparar em como estava claro como vidro que ela *não* queria estar ali.

Parte de mim se perguntou se ela, por um acaso, não seria a Amber, que também não era nossa fã nem queria ir ao show, mas não quis alimentar muitas esperanças, afinal, qual era a chance, certo? Dentre tantas pessoas naquele estádio, qual era a chance de que a Amber fosse a única que não queria estar ali? E mais: qual era a chance de ser justamente *ela* ali, na cara do palco, bem na minha frente?

— Por que ficou tão surpreso? — a menina pergunta, trazendo-me de volta à conversa. — Não é como se as pessoas não te reconhecessem na rua...

— Eu sei — dou de ombros —, mas é que hoje você parecia meio entediada lá no show.

— Como você me viu no meio de outras milhares de pessoas? — Ela cruza os braços.

— Bom, você era a única de braços cruzados. — Aponto para ela, que está na mesma posição em que passou a maior parte do show. — E com cara de quem não queria estar ali, então meio que se destacava na multidão.

Ela estreita os olhos para mim, como se pesasse minhas palavras. Para me livrar de seu escrutínio e, ao mesmo tempo, tentar sanar outra de minhas dúvidas, pergunto, no que espero ser um tom casual:

— Mas e aí? Você não estava gostando?

— Na verdade, estava. Suas músicas são legais e tal...

— Mas...?

— Mas eu tenho um espírito idoso. O que já deve estar bem claro a essa altura...

Tudo bem, essa com certeza não era a resposta que eu esperava.

— Por que você teria um espírito idoso? — pergunto, cada vez mais intrigado com essa garota.

— Não gosto de multidões, nem de som alto, nem de animação nível master...

Assim que as palavras saem de sua boca, algo que Amber me disse em uma de nossas conversas salta à minha memória: "não sou fã de muita gente junta fazendo muito barulho".

Cara! As chances só aumentam!

Será que é mesmo ela?

— É — digo, para manter o assunto rolando —, então, fica difícil aproveitar um show.

— Exatamente!

Não consigo resistir e acabo encarando a garota.

Toda esta conversa só está contribuindo para alimentar minhas esperanças de que eu enfim encontrei a voz que tem sido minha companhia nos últimos dias.

A vontade é perguntar logo para a garota se ela tem conversado com alguém pelo banheiro, mas quão maluco ela me acharia se não fosse esse o caso?

Para início de conversa, eu mal a conheço para sair fazendo esse tipo de pergunta esquisita. O que me leva a perceber que até agora não faço ideia de como ela se chama.

— Desculpa, mas como é o seu nome? — pergunto. — É muito estranho, porque você sabe quem eu sou, mas eu não te conheço.

— Teoricamente, também não te conheço, só sei seu nome e outras informações pessoais. — Ela abre um sorriso amarelo. — Mas meu nome é Maria Eduarda.

— Maria Eduarda — repito, ou pelo menos tento.

— Pode me chamar de Madu, se preferir.

— Madu. — Testo de novo e acho que, desta vez, deu mais certo.

Será que agora, que já sei seu nome, é um bom momento de perguntar para a Madu se ela tem cantado duetos pelo box?

— Então... — Madu puxa assunto, decidindo a questão por mim. Vamos deixar essa pergunta para mais tarde, então. — É a primeira vez de vocês aqui no Rio? — Ela balança a cabeça. — Na verdade, não sei por que perguntei isso. Eu *sei* que não é a primeira vez de vocês aqui. Eu poderia, inclusive, dizer quantas vezes vocês já vieram ao Brasil antes.

Como é possível que, a cada vez que essa garota abre a boca, ela me deixe ainda mais interessado?

— É mesmo? — Cruzo os braços. — E quantas vezes eu já estive aqui, então?

— Você, Derek, especificamente, não tenho certeza. E, de qualquer forma, teria vergonha de falar.

— Por quê?

— Porque vai ser bizarro você ver que sei esse tipo de detalhe sobre a sua vida.

Uma pequena risada escapa por meus lábios. Como continuar sério com alguém tão espontâneo como a Madu?

— Por que isso seria bizarro? — pergunto.

— Porque a gente *nem se conhece*!

— Por que você não tenta?

Surpreendo até a mim mesmo com essa pergunta. Na verdade, não é a pergunta em si que me surpreende, é o fato de eu tê-la feito com tanta naturalidade.

É como se eu já conhecesse Madu há muito tempo, porque só fico confortável assim com meus amigos mais próximos.

— Considerando que a Grass of Glass tem oito anos — ela diz, sem me olhar nos olhos —, mas vocês só estouraram há seis, vocês já vieram ao Brasil cinco vezes. Mas você, Derek, sozinho, acho que veio aqui duas vezes além disso, se não me engano.

Ok, agora ela me deixou confuso.

Eu estava mesmo começando a acreditar que ela fosse a Amber... Mas a Amber não é fã da Glass, então não acho que ela saberia todas essas informações sobre a gente...

— Bizarro, eu sei. — Madu corta minha linha de raciocínio. — Desculpa por isso.

Mal presto atenção ao que ela diz... Preciso tirar essa história a limpo e concluir de uma vez se ela é ou não a Amber:

— Então você é *glassie*?

— Na verdade, não.

— Não?!

— É... Minha melhor amiga é *glassie* desde o começo da banda, quando vocês ainda só faziam covers no YouTube. Só caí aqui de paraquedas.

Isso!

É ela!

Cara... Mal posso acreditar!

É ela!

Abro um dos maiores sorrisos da noite — da minha *vida*.

Qual a chance de existir uma outra garota que seja *glassie* por tabela e esteja hospedada neste mesmo hotel?

Não, seria coincidência demais. Além de que todo o resto bate! O jeito dela, como ela se comportou na recepçãozinha, a forma que ela reagiu a mim e aos meninos, o modo que ela fala... Tudo é tão Amber que essa última frase foi só a confirmação que eu procurava!

Tenho vontade de abraçá-la, como se fosse um velho conhecido que eu não via há anos, mas o medo de assustá-la é maior, então me controlo.

Não acredito que finalmente encontrei a Amber!

— Então, você não é *glassie*? — pergunto e apoio as costas na parede do elevador, satisfeito demais para conseguir disfarçar.

Ter certeza de que ela é a Amber me faz me sentir confortável no mesmo instante.

Não acredito que é mesmo ela! Cara...

E ela é ainda mais bonita do que eu poderia imaginar!

— Desculpa, mas não — ela responde.

— Por que "desculpa"?

— Sei lá... Acho que seria falta de educação dizer que não sou sua fã?

Seguro um sorriso e digo:

— Não vejo como isso poderia ser falta de educação. Ninguém é obrigado a ter os mesmos gostos musicais dos outros.

— Tem razão.

Não consigo desgrudar os olhos dela.

Não consigo acreditar que a conheci!

Ela percebe que a estou encarando, então, para disfarçar, continuo a conversa.

Conforme os assuntos se desenrolam entre nós, me pego cada vez mais fisgado por essa garota.

Como se não bastasse ela ter uma voz angelical e ser incrível por dentro — como pude perceber pelas nossas conversas ao longo dos últimos dias —, ela é linda por fora também. Sem contar que é engraçada sem nem tentar — talvez ela nem perceba que é divertida, mas, cara... Que garota!

Não consigo resistir e, quando vejo, estou provocando minha parceira de elevador. Seu constrangimento por saber tanto sobre mim é tão nítido que não posso evitar cutucá-la sempre que posso. Sua expressão sem graça é tão... fofa. *Que Peter não me escute pensando isso, senão não terei mais um segundo de sossego.*

Em determinado momento, aceitando que iríamos ficar aqui por um bom tempo, nos sentamos no chão, um de frente para o outro.

Pelo fato de o elevador estar à meia-luz, não consigo observar tão bem os detalhes de seu rosto, mas me atenho ao que posso.

Cabelos cacheados e castanhos, pele clara, olhos escuros, nariz arrebitado, boca rosada, traços delicados...

Além de ser encantadora, conversar com ela é tão bom quanto conversar com Amber.

Sei que são a mesma pessoa, mas tinha medo de que, se a gente se conhecesse de verdade, as coisas não fluíssem tão bem quanto pelo banheiro, quando estávamos escondidos um do outro.

Fico feliz de ver que não é o caso.

Penso em dizer para ela que sou o Henry, mas não sei como fazer isso. Não agora, pelo menos... O plano era contar para ela amanhã, quando a gente se encontrasse antes do show, como combinamos alguns dias atrás.

Além de que também me pergunto se este é o melhor momento para contar isso, considerando que estamos os dois cansados e presos em um elevador.

Talvez seja melhor esperar até amanhã mesmo. Assim, o choque não será tão grande, tendo em vista que tanto eu quanto — *imagino* — ela estaremos mais preparados para esse momento de revelação.

Tenho medo de falar agora e ela se assustar, ou não acreditar em mim, ou não sei... Falar amanhã apenas parece uma ideia melhor.

Enquanto isso, vou aproveitar para descobrir o máximo possível dela. Afinal, ela sabe tanto sobre mim, nada mais justo que eu saiba mais sobre ela também, certo?

Faço todas as perguntas que queria fazer para Amber há muito tempo, mas que sabia que ela não responderia: idade, se tem irmãos, se tem algum animal de estimação...

Ela me presenteia com muito além das respostas. Seus comentários e acréscimos coroam toda a nossa conversa, a ponto de que, se eu pudesse, continuaria falando com ela a noite inteira.

No meio de um dos assuntos, um tremor percorre o corpo de Amber — quero dizer, *Madu*.

É Madu, cara, não Amber. Se você chamá-la de Amber agora, pode estragar tudo.

Levanto, tiro a jaqueta e a estendo para ela.

— Obrigada.

— Disponha.

Aproveito que estou de pé e faço algo que já queria há um tempo: sento-me ao lado dela.

Bem melhor assim.

— E aí, estão curtindo muito o Rio? — ela puxa assunto.

— Nem tanto.

— O quê? Por quê?

Acho graça de sua reação, mas explico que é um tanto difícil curtir qualquer lugar depois que você se torna uma pessoa conhecida no mundo inteiro.

A conversa continua fluindo até que, quando menos percebo, nos encontramos em silêncio, apenas nos olhando.

Agora que estamos mais perto, consigo ver melhor os detalhes de seu rosto.

Os cílios escuros, as sobrancelhas suaves, algumas pintinhas no nariz...

De fato, essas pintinhas delicadas e discretas se espalham pelas maçãs do rosto também, o que só aumenta seu charme.

— Você tem sardas. — Escuto-me dizer.

Mal pensei no que iria falar, as palavras simplesmente deslizaram por minha boca.

Ela cora, o que só a deixa ainda mais adorável.

— Tenho.

É surreal! Finalmente conheci o rosto da voz que vem sendo minha companhia preferida nas últimas semanas!

Amber's voice, Freckles' face. "Voz de Âmbar, rosto de Sardas"...

Soa tão musical quanto ela.

Minha mão parece tomar vida própria, porque se ergue e vai até suas bochechas. Percebendo a tempo o que estava prestes a fazer, recuo meu braço.

Não tenho essa liberdade para sair tocando no rosto de moças bonitas. Ainda que Madu seja muito mais que isso.

— A Carol vai pirar quando descobrir que fiquei presa no elevador com Derek Duncan — Madu fala e fico feliz pela distração.

Encosto-me de novo na parede atrás de mim, para manter o tom cordial da conversa.

— Não se esqueça do fato de que você também está usando minha jaqueta — falo.

Madu solta uma risadinha.

— É, não posso me esquecer disso. — Ela encosta a cabeça na parede também e sua fala começa a sair mais arrastada: — Não sei para que esse ar-condicionado congelante aqui no hotel, inclusive...

— Bom, considerando que o Rio é quente para caramba, acho que posso entender o motivo, Sardas...

O apelido vem com tanta naturalidade que quase me assusta. Mas se encaixa tão bem com ela que não me arrependo.

E é melhor manter o Sardas do que chamá-la de Amber sem querer.

Sardas, que parece não ter reparado em seu novo apelido, solta uma risada frouxa e percebo que tem dificuldade para manter os olhos abertos.

Como ela disse que acordou antes das 5h hoje, resolvo não puxar mais assunto nenhum.

Minha vontade é continuar conversando com ela pelo tempo que a gente tiver, mas também não quero impedi-la de descansar.

Assim, cantarolo baixinho uma melodia suave, na esperança de que a ajude a pegar no sono.

Funciona.

Em questão de instantes, ela já está dormindo.

Eu deveria estar mais cansado do que imaginava, porque logo em seguida o sono também leva a melhor sobre mim.

Acordo pouco tempo depois com sons de conversa em algum lugar próximo ao elevador.

Abro os olhos e concluo que deve ser nosso resgate chegando, uma vez que as vozes estão logo acima de nós.

Hora de acordar a Amber, então.

— Sardas?

Aperto de leve seu braço, mas não obtenho resposta alguma.

— Sardas? — tento chamá-la mais uma vez.

Ela se estica e boceja.

— Dormi muito? — pergunta.

— Acho que uns dez minutos.

— Nossa, foi mal.

— Não se preocupa. Acho que até eu dormi.

Como ela não diz mais nada, acrescento:

— Eu te acordei, porque finalmente vieram nos tirar daqui. — Aponto para cima, onde os barulhos indicam que estão tentando possibilitar um meio para sairmos.

Ela se levanta e se espreguiça enquanto enfim abrem as portas de metal.

Os homens gritam alguma coisa de lá, Sardas assume o papel de intérprete e faz a comunicação entre mim e eles acontecer, e então estamos fora do elevador.

Começo a elaborar uma frase na minha cabeça, pensando no melhor jeito de convidar Sardas para ir até o restaurante e tomar um café — ou chocolate quente, considerando o horário, ou qualquer outra coisa que ela quiser —, mas aí aparece um funcionário do hotel pedindo desculpas e não digo nada. Se ele já parecia desesperado antes, depois que me reconhece só piora.

Logo uma pequena multidão se acumula ao nosso redor e qualquer esperança que eu tinha de convidar Sardas para passar um pouco mais de tempo comigo vai por água abaixo.

Em determinado momento, fico tão cercado que perco Sardas de vista, até que a vejo indo em direção às escadas.

Desvencilho-me de umas duas ou três pessoas e corro atrás dela.

— Ei, Sardas! — falo em um tom mais alto, para ela me ouvir, mesmo não estando perto.

Por sorte, ela para e vira em minha direção.

— Você estava fugindo de mim? — pergunto de brincadeira, mas com medo de que seja verdade.

— Acredita que não? — ela responde em um tom sincero, que faz com que meus ombros relaxem na mesma hora. — Estava só querendo continuar o que a gente começou no elevador.

Não faço ideia ao que ela está se referindo, mas não posso deixar a oportunidade escapar:

— Que coincidência! Eu estava querendo o mesmo!

Ela franze o cenho.

— Você está falando sobre dormir?

— Não — digo em um tom bem-humorado. — Eu estava falando sobre continuar conversando com você.

Queria ter alguma câmera para registrar a reação dela.

Sardas arregala os olhos e tenho certeza de que teria aberto a boca também se não estivesse mordendo os lábios.

Tenho vontade de rir, mas me seguro.

— Ah — ela diz, constrangida, e não posso evitar achar essa sua expressão extremamente bonitinha.

Penso em implicar mais um pouco com ela, mas então Madu olha ao redor um tanto desconfortável e é quando me lembro de que não estamos sozinhos.

Contenho um suspiro.

— Você se importaria de me esperar na escada enquanto tento me livrar da plateia? — pergunto, próximo ao seu ouvido. — Que aí eu, pelo menos, te acompanho até seu quarto.

Para a minha alegria, ela concorda e volto para mais perto do elevador, a fim de livrá-la da minimultidão indesejada.

Levo mais alguns minutos até conseguir despistar as pessoas em volta de mim e enfim corro para as escadas, onde a encontro cochilando.

Subimos os andares conversando e então me surge a ideia...

E se eu convidasse agora Sardas para ir ao show de amanhã também? Eu estava pensando em fazer essa proposta apenas no dia seguinte, depois de me apresentar a ela como Henry, mas por que não chamar logo agora?

Faço o convite, ela aceita — ainda que com certa relutância, que chega a ser até divertida — e a deixo no quarto.

Depois que Madu fecha a porta, espero alguns segundos antes de me mexer, para me certificar de que ela não sairia novamente. Quando concluo que ela não deve mesmo voltar, viro na direção dos dois seguranças parados na porta ao lado.

— Boa noite, Craig, boa noite, Paul — sussurro e cumprimento os dois com a cabeça. — Obrigado por não falarem nada e agirem como se não me conhecessem.

Paul permanece sério, como sempre, dando apenas um aceno como resposta, mas Craig solta uma risada baixinha e diz:

— Depois de alguns anos trabalhando com vocês, a gente começa a ficar esperto sobre quando devemos calar a boca ou não.

— Valeu mais uma vez — digo, aproximando meu cartão-chave da trava magnética para destravar a porta.

Assim que entro, dou de cara com Peter deitado no sofá da sala com os pés no encosto e a cabeça quase tocando o chão, enquanto mexia no celular.

— Onde você estava? — ele pergunta assim que me vê.

— Fiquei preso no elevador — digo sem prestar muita atenção, já procurando pelas pulseirinhas que dão acesso à área restrita, que devem estar em algum lugar no meio da bagunça do nosso apartamento.

Daisy sempre deixa algumas com a gente, justamente para casos como esses, em que queremos convidar alguém para ficar no camarim em algum dos shows.

— O quê?! — Peter fica em pé com uma cambalhota para trás. Ele me olha empolgado, como se eu tivesse dito que tinha pulado de bungee jumping. — Sério que ficou preso?

— Sim, e não sei por que você acha isso legal.

— *Cara...!* — ele diz, como se explicasse tudo. — E como você saiu? Precisou abrir aquela janelinha do teto e escalar pelas vigas internas do prédio?

Olho para ele de esguelha.

— Não viaja... — Volto minha atenção para a pilha de papéis de contrato, doces e embalagens diversas misturados na mesa da sala. — Uns funcionários do hotel abriram pra gente e nos tiraram de lá.

— A gente? Tinha outras pessoas com você?

— Só uma.

Peter abre a boca, mas não sei o que ele falaria, porque nessa hora avisto meia dúzia de tiras de papel verde-limão.

— Achei! — comemoro e pego duas pulseirinhas.

— Vai chamar quem para o show? — Peter pergunta, sua atenção se desviando do que falávamos para os objetos em minhas mãos.

— A Amber.

— Então, vocês se conheceram? — Peter me segue pelo apartamento conforme me aproximo da porta.

— Eu, sim; ela, não.

— Quê?

— Longa história.

Encosto na maçaneta, mas então me toco que, se eu voltasse tão rápido, Sardas poderia perceber que meu apartamento não fica muito longe do dela, o que poderia fazê-la concluir que sou o Henry, mas realmente acho que seria melhor se eu contasse isso para ela apenas amanhã. Então me viro de costas para a porta, ficando de frente para Peter, que me olhava com mais animação que de costume.

— Ok — suspiro —, vou resumir rápido para você. Bom que enrolo um pouco.

Vou até o sofá, onde me jogo, e Peter se senta no braço.

— Vi uma garota na recepção pós-show de hoje — começo — e desconfiei de que pudesse ser a Amber. Quando ela foi embora, fui atrás e fiquei jogando papo fora...

— *Você*, jogando papo fora? — Peter ergue as sobrancelhas de forma teatral. — A Amber deve mesmo ser um anjo...

Ignoro seu comentário engraçadinho e continuo:

— Fiquei tentando pensar em um jeito de perguntar se era ela ou não. No fim, ela acabou se entregando sozinha, mas ainda não falei para ela que sou o Henry.

— E quando vai apresentá-la para a família?

Estreito os olhos.

— Do que está falando, cara?

A gente não está nem namorando — ou perto disso — ainda...

— A família! — Ele abre os braços. — Eu, Josh e Drew.

— Ah. — Apoio a cabeça no sofá. — Se tudo der certo, amanhã.

— Yay! E aí vocês podem aproveitar e cantar "Grass of glass" na versão da Amber ao vivo pra gente?

— Você está parecendo uma *glassie*.

— Ei — ele se finge de ofendido —, eu *sou glassie*!

Solto uma risada.

— Tá bom. Vamos ver se a Madu aceita...

— Madu?

— É, é o nome de verdade da Amber, e você acabou de me dar uma ideia muito boa...

— Topo!

— Nem te falei o que era.

— Topo mesmo assim!

— Nem te falei se você estava no plano...

— Continuo topando!

Dou uma risada.

— Ok. — Troco um sorriso conspiratório com Peter. — Acabei de decidir como vou contar para a Madu que sou o Henry.

Vou precisar mudar um pouco meus planos originais, mas é por um bom motivo.

Que jeito melhor para essa revelação do que fazendo o que mais fazemos juntos?

Se nos conhecemos pela música, nada mais justo que nos reconheçamos por meio dela também.

FIM

CENA EXTRA

Dinossauros não são domesticáveis

— Oi, *glassies*! — Alongo a última sílaba por alguns segundos enquanto sorrio para a câmera e giro em volta de mim mesma com o braço livre aberto. — Ah! — Solto um gritinho. — Mal posso acreditar que vou falar isso, mas, sim! Ah! — Grito mais uma vez e saltito no lugar. — Vou fazer uma live com os meninos da Glass! — Arregalo os olhos para enfatizar e finalizo: — E *na sede da Glass*!

Grito mais um pouco. O puro suco do surto.

As pessoas acompanhando a live surtam nos comentários também.

Como eu tinha anunciado há mais ou menos uma hora que faria uma live relâmpago com a Grass of Glass, eu mal havia começado e já tinha mais visualização do que qualquer coisa na história do @glassielidades!

— É isso, meninas! Os dias de glória chegaram! Os humilhados foram exaltados! Mas, bem, vocês não estão aqui para olhar para a minha cara, por mais linda que ela seja. Vamos ao que interessa. Senhoras e senhores, *glassias* e *glassios*, com vocês... — Encaixo o celular no apoio do tripé e me afasto para mostrar os meninos já sentados obedientemente no sofá e no chão. — Peter, Josh, Derek e Drew!

Eu, Madu, os meninos e Daisy estávamos na sala de descanso. O mesmo local em que eu e Madu ficamos esperando por eles ontem para o início das gravações da nova versão de "Grass of glass".

Na verdade, apenas a Madu ficou esperando. Eu aguentei cerca de cinco minutos sentada no sofá e aí pedi, não, *implorei* para Madu para darmos uma volta pela sede. Ela não quis ir, mas, sendo o anjo que é, deixou eu saracotear por aí.

Perambulei pelo prédio até chegar a um corredor com uma parede repleta com os prêmios que a Grass of Glass já ganhou até hoje — Emmy, Grammy, Tony... por enquanto só falta o Oscar.

Passei um bom tempo ali, apreciando as provas vivas do talento dos meus meninos quando eles em pessoa apareceram diante de mim.

"Ah!" Soltei um gritinho e saltitei. "Perdão, perdão. Não consegui me conter a tempo, é que ainda não me acostumei com o fato de que agora somos amigos, sabe?"

Eles riram e me cumprimentaram.

Derek, em específico, foi o primeiro a vir até mim.

"E aí, Carol?"

"Oi, D!" Dei um abraço nele, que retribuiu um tanto desajeitado como sempre.

"Cadê a Madu?" ele perguntou num tom casual incapaz de esconder o quanto ele queria saber essa resposta.

Soltei uma risadinha e falei:

"Naquela sala com um monte de instrumentos, um sofá e uns pufes."

"Legal." Ele assentiu e um raro sorriso se abriu em seu rosto. "Valeu."

E sumiu pelo corredor.

Eu e os meninos nos entreolhamos por um segundo antes de cairmos na risada.

"É, sua amiga realmente fisgou o Derek..." Josh comentou com um tom cúmplice.

Nesse clima descontraído, eu e os meninos seguimos logo atrás de Derek. Mas, ao chegarmos à sala de descanso e vermos os pombinhos compenetrados no piano, esperamos um pouco e apenas observamos.

Depois, demos um tempo a eles, para finalizarem as mudanças nos acordes, ou seja lá como chama, de "Grass of glass", mas acabou levando o resto do dia.

Então, a única parte que foi para frente ontem, além das atualizações na parte instrumental, foi o relacionamento do Derek e da Madu.

Sim, senhoras e senhores! Minha melhor amiga e um dos meus artistas preferidos da vida inteira *estão namorando*!

E estou quase explodindo com isso!

Na manhã seguinte, voltamos ao prédio da Glass, para eles de fato começarem as gravações. No fim do dia, após encerrarem o expediente, nós nos reunimos na sala de descanso mais uma vez, para relaxar um pouco e aproveitar a companhia uns dos outros.

E foi quando surgiu a ideia de fazer uma live relâmpago. Os meninos toparam, ajeitei tudo e aqui estamos.

E Daisy fez questão de ficar por perto, para garantir que não falaríamos nenhuma besteira nem estragaríamos as coisas de alguma forma.

— Muito bem. — Limpo a garganta e tento ficar séria, para passar um ar mais profissional. — Muito obrigada por toparem participar da live, meninos. É uma alegria ter vocês aqui com a gente!

Falo em inglês e Madu, sentada ao meu lado, traduz para o português após eu finalizar. Foi a solução que encontramos, já que nem todas as minhas seguidoras sabem o idioma deles.

— O objetivo de hoje, meninas — Eu me volto para a câmera diante de nós e falo em português. Enquanto isso, Madu traduz baixinho para os meninos. —, é ser um bate-papo com a Glass mesmo. Então, se você tem alguma pergunta, algo que você queira saber deles, a hora é agora! A caixinha de perguntas aqui da live já está liberada e eu e minha equipe iremos selecionar as melhores.

"Eu e minha equipe" significa nada mais, nada menos que eu, Madu, Daisy — todas logadas na minha conta, cada uma em seu próprio dispositivo — e o programa de tradução on-line que se encarregaria de ajudar a assessora da Glass a monitorar as perguntas que poderiam ser feitas ou não. Além disso, tínhamos também uma lista de perguntas já pré-selecionadas a que eu poderia recorrer quando julgasse necessário.

Eu estava com o iPad no colo, aberto no @glassielidades, onde olhava as perguntas.

— Muito bem. — Subo as centenas de respostas que já havia na caixinha. — Vamos começar com as básicas, então, para as *glassies* nível 1. — Eu me viro para a câmera mais uma vez e digo: — Para quem não sabe, as *glassies* nível 1 são as recém-chegadas no melhor *fandom* do mundo. Então, vamos responder a perguntas que *glassies* mais antigas já sabem, mas que quem chegou agora não tem a obrigação de saber. Inclusive, se você é nova no universo da Glass, fiz um "Guia definitivo para uma *glassie*" com um resumo bem resumido das principais informações que você precisa saber sobre nossos quatro garotos aqui. — Estendo as duas mãos abertas em direção aos integrantes da Grass of Glass. — Como já faz *muito* tempo que postei esse guia, vou colocar nos meus stories de novo depois que a live terminar, ok? Dito isso, vamos às perguntas.

Eu me volto para os meninos mais uma vez.

— A primeira é bem fácil, não tem como vocês errarem. Estão preparados?

Eles assentem.

— Quantos anos vocês têm?

Todos soltam uma risadinha. Até Derek esboça um princípio de quase sorriso.

— Eu tenho 24 — Josh responde.

— Vinte e três — Derek diz.

— Tô com 21 — Peter fala

— E eu faço 21 mês que vem — Drew abre um sorriso animado que gera muitos comentários no chat.

— Ótimo. Vamos agora para uma seção de perguntas rápidas. Posso começar? — Eles assentem. — Quem é o mais bagunceiro?

— Drew — Josh, Peter e Derek respondem ao mesmo tempo.

— Peter — Drew diz sozinho.

Drew faz uma careta constrangida, daquelas que as *drewzetes* sempre dizem que é adorável.

— Sei que as recém-chegadas devem estar em choque agora — digo para a câmera. — *Como assim não é o Peter?!* Pois é, meninas! Vocês não estão erradas ao pensar que o Peter é bagunceiro, ele realmente é. É só que o Drew consegue ser *mais*. Então, imaginem o caos que é o quarto dele!

— Ei, não é tão ruim assim! — Drew tenta se defender.

— Não? — Josh solta uma risada e se recosta melhor no sofá. — Então, não foi no seu quarto que quase perdemos a letra de "If only I cared" e só encontramos depois de mais de doze horas de limpeza e muitas pessoas envolvidas, né?

— Vocês quase perderam "If only i cared"?! — exclamo. — Gente do céu! Ainda bem que acharam! Essa música é simplesmente perfeita! Espero que vocês nunca mais tenham deixado nenhuma letra de música sob a responsabilidade do Drew.

— Ei! — ele protesta, mas logo complementa com um: — Agora só compomos no digital.

— Com exceção do Derek — Josh diz. — Que precisa de um papel e uma caneta para...

— ... se conectar — completo. — Sim, sabemos. E entendemos. Estamos com você, Derek. — Ergo uma mão. — Ainda que eu, particularmente, prefira mil vezes os eletrônicos, se escrever à mão vai te ajudar a compor, vai nessa! Tudo que queremos é ouvir suas músicas. Mas, bem, vamos à próxima pergunta, então.

Volto a olhar a tela do meu iPad.

— Eu tinha falado que seriam perguntas rápidas, né? Vamos ver se conseguimos ser mais diretos com as próximas.

Solto uma risada e eles me acompanham.

— Quem é o mais animado?

— Peter. — Todos respondem em uníssono.

— Não posso negar. — Peter dá de ombros.

— É, essa foi fácil. — Solto uma risada e continuo: — A próxima também está bem óbvia, mas, como eu disse, é para *glassies* nível 1. — Dou de ombros. — Quem é o mais inteligente?

— Josh — Derek e Drew respondem.

— Ei, por que essa é tão óbvia? — Peter reclama.

— Supera, cara... — Drew dá dois tapinhas no joelho do amigo, então se volta para mim e diz: — Pode ir para a próxima.

Solto uma risada e pergunto:

— Quem é o mais queridinho das fãs?

— Drew.

— Derek.

Os quatro respondem ao mesmo tempo.

— Ok, não vou nem tentar desempatar essa, para ninguém sair daqui magoado — digo em tom de brincadeira. — Quem tem espírito de tiozão?

— Peter — todos dizem.

— Derek — Peter fala e, ao ouvir o consenso dos demais, exclama: — Ei! Não sou eu que odeio sair de casa e interagir com outros seres humanos!

— Mas aí a gente estaria falando de espírito de vampiro, não de tiozão — Drew retruca.

Intervenho com um tom descontraído:

— Certo, certo, garotos, sem brigas por aqui! Vamos em frente. Agora as perguntas são de "isso ou aquilo" e serão direcionadas. Bora lá?

Eles assentem.

— Josh — Fico de frente para o rapaz sentado no sofá. —, qual você escolheria: lutar contra 50 cavalos do tamanho de um pato ou um pato do tamanho de um cavalo?

— Um pato do tamanho de um cavalo, com certeza — Josh responde na hora. Ele descruza a perna e se inclina para a frente. — Patos não são tão pequenos quanto a gente costuma pensar, na verdade, eles são até grandes. E cavalos são muito fortes. Lutar contra *cinquenta* cavalos do tamanho de patos? Sem chance. Não sei nem se eu lutaria contra cinquenta *patos*.

Dou risada.

— Tem toda a razão — falo. — Além de que patos bicam e machucam. Mas enfim. Derek. — Viro para ele, sentado no chão com as costas apoiadas no sofá e abro um sorriso malicioso. Diante de minha expressão, ele suspira. — Você prefere perder tudo o que tem e encontrar o amor da sua vida ou ter tudo o que quiser e nunca mais se relacionar?

O canto de seus lábios se ergue de leve e ele parece fazer um esforço descomunal para não olhar para a Madu. Mesmo assim, minha amiga fica vermelha no mesmo instante.

O namoro dos dois não é segredo. Eles só não anunciaram para a mídia por enquanto. Além de tudo ter acontecido *ontem*, Madu ainda está se preparando psicologicamente.

Sem nem sequer titubear, Derek responde:

— Perder tudo e encontrar o amor da minha vida.

— Own! — Junto as mãos sobre o queixo e faço um biquinho. Então, volto a ficar séria e digo: — Muito bem, mocinho, se você respondesse algo diferente, eu seria obrigada a tomar atitudes drásticas. Você sabe que te amo, mas amo mais a... Enfim. — Olho meu iPad, para conferir a próxima pergunta.

É o suficiente para o chat ir à loucura, pedindo que eu completasse a frase. Apenas me faço de sonsa e prossigo como se nada tivesse acontecido:

— Drew. — O garoto sentado no chão ao lado de Derek ergue as sobrancelhas para mim. — Você prefere um dinossauro ou um dragão de estimação?

— Puts... — Ele deita a cabeça no sofá e mexe na franja. — Ai, que difícil, cara! Não posso ter os dois?

— Não, senhor. Apenas um.

— Ai... — Drew morde o lábio inferior e o chat pipoca de tanta mensagem.

— Vamos, Andrew — falo. — Decida rápido.

Josh solta uma risada.

— Escolheu a pessoa errada, então, Carol. O Drew é uma das pessoas mais indecisas que conheço.

— Ah, nem vem! — Drew dá uma cotovelada na canela do irmão. — Você acha fácil escolher entre um dragão e um dinossauro?

— Com certeza — Josh diz.

— Qual você escolheria, então?

— O dragão tem asas? — Peter questiona antes que Josh consiga responder.

— Existe dragão sem asas? — Franzo o cenho.

— São raros, mas existem — Josh diz e logo em seguida ri de si mesmo. — Como se dragões existissem mesmo, mas você entendeu.

— Mas e aí, tem asas? — Peter insiste. — Voa?

— Não foi especificado na pergunta. — Dou de ombros.

— Então, eu digo que tem asas e voa — Peter fala. — E aí a escolha fica bem óbvia. Bora, Drew, decide aí. — Peter dá um tapa com as costas da mão no ombro do amigo.

— Ai! — Drew reclama, mas diz: — Se o dragão voa, então dragão. "Como treinar seu dragão" é um dos meus filmes preferidos.

— Então, por que demorou tanto para decidir? — Derek resmunga.

— Porque também curto muito "Jurassic Park".

Derek apenas balança a cabeça e solto uma risada.

— Boa escolha — Josh diz. — Eu teria escolhido o dragão também, e nem precisaria pensar tanto.

— Só para eu ver se entendi — falo —, nenhum de vocês escolheria o dinossauro, então?

— Eu escolheria, se pudesse ter os dois — Drew responde. — Mas como só pode um… — Dá de ombros.

— É que o dinossauro não é tão domesticável, né? — Derek diz. — Com o dragão a gente consegue voar, lutar numa guerra… Com o dinossauro, a gente ia fazer o quê?

— Em defesa dos dinossauros, alguns voam — digo —, mas também ficaria com o dragão — Viro para Madu. — E você, amiga?

— Dragão também — ela responde sem nem pensar.

— Nossa! Realmente ninguém preferiria o dinossauro? — Arregalo os olhos. — Ninguém? E você, Daisy?

Todos direcionamos a atenção para a assessora no canto da sala e fora do alcance da câmera.

Daisy sorri de lado e diz:

— Queria muito ser a diferentona e falar dinossauro, mas vou ter que ficar com o dragão.

— Poxa vida, Daisy, você era a minha última esperança! — Finjo chorar.

— Sinto muito, mas o Derek está certo. Dinossauros não são domesticáveis, o que eu ia fazer com um animal que não posso controlar? Além disso, ele ia fazer uma bagunça e já me basta o Drew.

— Ei! — Drew protesta.

— Não falei como algo ruim.

— Não? Falou como um elogio?

Daisy dá de ombros.

— Se te fizer feliz, sim.

— Então, muito obrigado, Daisyzinha! — Ele manda um beijo para ela.

Uma risada escapole pelos lábios de Daisy.

— Você fica linda quando sorri! — exclamo. — Devia fazer isso mais vezes.

Daisy revira os olhos, mas um sorrisinho permanece em seus lábios.

— Certo, obrigada, mas agora vamos voltar a falar dos meninos, que tal?

— Ok, ok — digo. — Vamos para a última pergunta deste bloco, então. Peter. — Viro para o rapaz, que está sentado no sofá com os cotovelos apoiados nos joelhos.

— Finalmente! — Ele ergue um punho no ar. — Bora!

— Você prefere falar em velocidade 2 ou ouvir as pessoas em câmera lenta?

— Ah, a minha foi fácil, não vale! Quero outra!

— Responde essa e penso no seu caso.

Peter se endireita no lugar e diz:

— Falar em velocidade 2, com certeza! Primeiro, porque eu *já* falo na velocidade 2, então não mudaria nada de fato na minha vida. Além de que, se eu ouvisse as pessoas em câmera lenta, *eu é* que iria morrer de forma lenta! Ia ser algo bem sofrido, arrastado e demorado! Horrível, horrível!

— Pobrezinho. — Formo um biquinho de lamento.

— Sim, tenha pena de mim e me faça outra pergunta. — Peter faz um biquinho também e junta as mãos em frente ao corpo. — Agora uma pergunta digna de mim. Vamos, Carol, sei que você consegue.

Solto uma risadinha.

— Tá, vamos ver... — Passo os olhos pelas perguntas de "isso ou aquilo" que eu havia anotado mais cedo para a live até que me deparo com a perfeita. — O que você prefere: terminar toda frase com "eu te amo" ou começar toda frase com "oi, mamãe"?

Peter joga a cabeça para trás e gargalha.

— Ai, cara! — Ele ri mais um pouco, se inclina para frente e dá um tapinha no joelho. — Agora, sim! — Ele respira fundo e pensa por um instante. — Bom, vamos ver... Acho que começar sempre com "oi, mamãe". Além de ser mais engraçado, não iludiria ninguém no processo.

— Sabia que você escolheria essa! — falo. — Muito bem. Vamos em frente, então. Agora que já quebramos o gelo, queremos saber de coisas mais profundas, meninos. Por exemplo, qual vocês diriam que é o maior desafio de vocês como banda hoje?

Peter, Drew e Derek olham de forma instantânea para Josh. Ele endireita a postura no sofá e diz:

— Acho que adaptar nossas músicas antigas ao nosso estilo atual.

— Imaginei mesmo que você falaria isso. — Abro um sorriso largo.

Pelo canto dos olhos, percebo Daisy balançar a cabeça para mim de forma frenética.

Viro para ela, que move as duas mãos em frente ao pescoço, em um claro sinal de "cale a sua boca agora e encerre esse assunto!".

É claro. As pessoas sabem que Madu está aqui na sede da Glass para gravar uma música, muitas desconfiam que seja a versão que ela cantou com Derek no palco, mas esse ainda não é um fato confirmado.

Então, engulo minha língua e dou seguimento à entrevista:

— Falando nas músicas de vocês, muitas meninas estão aqui perguntando se tem previsão para o lançamento de um novo álbum. — Retiro os olhos do iPad e abro um sorriso enorme para os quatro, em especial para Derek. — Estou sabendo que temos uma música e meia saindo diretinho do forno.

— Carol — Daisy diz entredentes.

— Ai, menina, relaxa. — Reviro os olhos. — Não vou falar nada que não devo, ok? Só quero gerar curiosidade no *fandom*!

O chat, é claro, está com tantas mensagens a esta altura que mal consigo acompanhar.

Daisy balança a cabeça, claramente insatisfeita, e resmunga algo que pareceu muito com "você e o Peter ainda vão me endoidar".

Solto uma risadinha, mas Josh assume o controle da situação mais uma vez:

— Ainda não temos previsão para um novo álbum, mas queremos apresentar pelo menos uma das novas músicas para vocês em setembro.

— Setembro! — exclamo. — Que bom que tocou nesse assunto, porque essa é mesmo outra pergunta que fizeram. Vocês voltam mesmo ao Brasil em setembro?

— Isso aí! — Drew é quem responde, com um sorriso aberto. — Estaremos presentes na primeira edição do The Town!

— E ficarão durante todo o evento? — pergunto apenas para cumprir minha função de repórter, porque, é claro, eu já sabia a resposta.

— Sim, a ideia é essa! — Drew diz.

A princípio, eles terão duas participações no The Town de 2023, uma em um dos primeiros dias e a outra, no último. E eu mal podia esperar pelo evento, porque, é claro, eu e Madu estaríamos lá também!

— Última pergunta relacionada à banda — digo e volto a rolar a tela do meu iPad. — Ah, essa aqui é boa! — Abro um sorrisinho travesso e olho para os meninos, mas não deixo de lançar uma espiada na direção da minha amiga. — A Glass vai ter mais uma integrante no grupo?

Sem pensar, os quatro meninos olham para Madu.

Minha amiga trava por um instante.

— O quê? Eu?! — Madu arregala os olhos.

— Bom, é você que está aqui na sede da Glass para gravar uma música, né...? — Ergo um ombro. — A pergunta é natural.

— Não, eu não! — Ela abana as mãos na frente do corpo. — A banda já está perfeita apenas com quatro integrantes.

— Perfeita, é? — Derek provoca com um sorrisinho.

Madu estreita os olhos de forma breve para ele e continua falando como se não tivesse sido interrompida:

— Além de que, se eu entrar no grupo, eles vão deixar de ser uma *boy*band[1], né? Vamos deixar as coisas como estão!

Solto uma risada com o desconcerto da minha amiga e intervenho para livrá-la do seu desconforto:

— Certo, certo. Vamos em frente, então. Vamos voltar a uma rodada de perguntas direcionadas. — Subo as respostas da caixinha em busca de perguntas feitas especificamente para algum dos meninos da banda. — Josh, qual música está no seu *on repeat*[2]?

— Hummm... — Josh faz um bico, pensativo, em uma expressão que as fãs consideram superatraente. O chat explode de mensagens. — Acho que "In the end" do Linkin Park.

— Nada disso, mocinho. — Balanço o indicador de um lado para outro, fazendo "não". — Não trabalhamos com achismos aqui. Abra agora mesmo seu Spotify e nos mostre qual é sua música mais repetida do momento!

Josh ergue as sobrancelhas, mas me obedece enquanto Peter resmunga:

— Que mandona...

— Sou mesmo!

Josh mexe no celular por alguns instantes, então vira a tela para nós e diz:

— Quase. É "Castle of glass".

---

[1] "Boyband" é um termo em inglês que vem da junção de duas palavras: "boy", que significa "garoto", e "band", que significa "banda".

[2] "On repeat" significa "em repetição".

— Boa, acertou a banda, pelo menos. — Pego o celular de Josh e aproximo do meu, para mostrar o resultado do Spotify dele para as meninas. — Bom, percebemos que você é muito fã de Linkin Park, né? É só você ou todos da banda curtem também?

— Todos curtimos — Drew responde.

Eu já sabia, é claro, mas precisava de um gancho para continuar com a minha entrevista.

— Ótimo. Isso nos leva à próxima pergunta. Como você já começou a responder, Drew, vou direcionar a você. Qual é a maior inspiração de vocês?

— Bom... — Drew morde os lábios, organizando os pensamentos. — Linkin Park com certeza tem uma influência muito forte no nosso estilo, curtimos o som dos caras desde que somos pequenos. O primeiro *cover* que fizemos foi com uma música deles, inclusive.

— Ai, queria tanto ver a primeira apresentação de vocês! — Faço um biquinho.

— Acredite em nós — Josh diz —, você *não* vai querer ver.

— Não *vou*? No futuro? Isso quer dizer que tem mesmo filmagens?! — Arregalo os olhos. — Sempre ouvi rumores de que existia um vídeo da primeira vez que vocês se apresentaram juntos, mas nunca consegui encontrar nada na Internet.

— Ainda bem — Derek resmunga.

— Ah, não! Agora vocês *precisam* me mostrar esse vídeo! — Aponto o indicador de forma ameaçadora para eles.

— Carol... — Madu cochicha. — Estamos no meio de uma live...

— Ai, tá. — Suspiro, mas lanço um último olhar feio para os meninos e digo: — Vocês não me escapam.

Peter coloca uma mão sobre a boca, fingindo discrição, e sussurra em um tom completamente audível:

— Cola comigo, que é sucesso.

— Isso! — Danço sentada.

— Peter, cara...! — Drew ergue as mãos. — Você não tem, tipo, um *pingo* de senso de autopreservação, sei lá?

Peter finge pensar por um instante.

— Não — responde com um sorriso.

— Não tem um *pingo* de vergonha de sofrer uma humilhação pública?

— Não! — Peter diz ainda em um tom alegre.

Drew balança a cabeça.

— Tá, desisto de você.

Solto uma risada.

Volto minha atenção para o chat, que está enlouquecido. Basicamente, todas pedem a mesma coisa: CAROL, MOSTRA O VÍDEO PRA GENTE TAMBÉM!!!!!!!

— Não prometo nada sobre o vídeo, meninas! — digo para meu celular.

Nesse momento as *haters* dão as caras e começam a me xingar, dizendo como sou convencida e exibida, além de coisas piores que não me dei ao trabalho de ler por completo.

Ignoro o ataque gratuito e sigo como se não tivesse me abalado.

— Bom... — Passo os olhos pelas perguntas de novo, em busca de alguma que amenize o clima novamente. Então, a pergunta perfeita me vem à mente e abro um sorriso malicioso para o integrante da banda que considero como meu cunhado. — Derek...

Ele suspira.

— Lá vem...

Solto uma risadinha sapeca.

— Quero te fazer mais uma pergunta de "isso ou aquilo".

— Hum.

— O que você prefere: camarão ou sardinhas?

Desta vez, ele não consegue se controlar. É mais forte que ele.

Assim que termino a pergunta, Derek olha para Madu. Minha amiga fica vermelha no mesmo instante, mas os dois trocam um sorriso discreto.

Ainda sorrindo, Derek diz:

— Sardinha, com certeza.

Mesmo que em inglês "sardinha", o peixe, seja uma palavra diferente de "sardas", as pintinhas, a piadinha foi perfeita para mim, que sei de todo o contexto.

Então, é claro, minha única reação possível é saltitar na cadeira com um gritinho estridente.

— Ai, como eu amo o amor!

— Carol, você não poderia ser um pouco mais óbvia? — Daisy sussurra do canto.

Solto uma risadinha e pisco para ela.

— Bem, a última da rodada, então. Peter. — O rapaz em questão olha para mim. — Promete que vai responder com sinceridade?

Ele estreita os olhos.

— Está me chamando de mentiroso?

Faço uma careta.

— Não, né? Só... escorregadio.

— Escorregadio? — Ele gargalha. — Só faz a pergunta de uma vez.

— Tá... — Respiro fundo. — Qual é a real origem da sua cicatriz?

— Fico muito feliz que você tenha perguntado isso. Amo essa história. — Os olhos de Peter brilham e já sei que estamos prestes a ouvir uma das maiores asneiras da nossa vida. — Saí no soco com o Capitão Gancho. — Ele abre um sorriso satisfeito.

— Você pelo menos ganhou a briga? — Derek pergunta.

— Se a única marca que tenho desse dia é essa pequena cicatriz — Peter aponta para a própria boca com os dois indicadores —, o que você acha?

Derek solta uma risadinha.

Eu, por outro lado, suspiro.

— Ok, mas você vai contar a história real agora?

— O quê?! — Peter coloca uma mão no peito. — Você não acredita em mim?

Balanço a cabeça.

— Tá vendo? Escorregadio. Mas tudo bem, vamos em frente... — Direciono a atenção ao iPad. — E agora já nos encaminhamos para as últimas perguntas, ok?

Os meninos assentem.

— Ah, não, que isso! Não nasci para fazer live sem plateia ao vivo! Cadê a galera lamentando com um "ah!" depois que eu falei que estamos indo para o fim do nosso programa? — Viro para a câmera. — Vamos lá, pessoal, quero todo mundo mandando emoji triste depois que eu repetir a frase, hein! E vocês aqui comigo se encarregam de fazer o som ao vivo, ok? Então, vamos lá... — Pigarreio e repito: — E agora já nos encaminhamos para as últimas perguntas...

Os meninos e até Madu e Daisy soltam um "ah!" triste de forma teatral enquanto o chat pipoca com carinhas de choro.

— Agora, sim! — Bato palmas. — Mas enfim. — Procuro a próxima pergunta. — Drew, qual é o plano de fundo do seu celular?

Drew retira o aparelho do bolso e o estende para mim.

Toco duas vezes na tela, que acende, e me deparo com uma foto dos quatro em um dos primeiros shows depois que a banda estourou de fato. Drew está em evidência na imagem, de costas enquanto segura as baquetas cruzadas em X acima da cabeça, e Josh, Peter e Derek aparecem mais ao fundo da foto (que, na realidade, seria mais à frente no palco), também de costas, cada um com seu respectivo instrumento.

— Awn! — Coloco uma mão no peito. — Eu *amo* essa foto! Já foi meu plano de fundo também, confesso.

Mostro a tela para a câmera e as meninas enchem o chat com emojis de coração e carinhas apaixonadas.

Devolvo o celular ao dono e dou seguimento à entrevista.

— Josh, se você fosse um animal, qual seria?

— Hum... não sei... — Ele pensa por um instante. — Num primeiro momento, quase falei coruja, mas acho que um lobo.

Assinto com uma expressão impressionada.

— Os dois combinariam bem com você, mas acho que gosto mais do lobo também.

Ele assente.

— Derek — chamo —, conhecendo sua personalidade, conta um pouco pra gente como é dividir o quarto com o Peter.

— Ué! — Peter exclama. — Por que a pergunta é só para ele? Será que é só ele que sofre com essa divisão de quarto?

Derek revira os olhos e reprimo um sorriso.

— Tudo bem, Peter, vou direcionar a pergunta a você, então. — Sorrio de fato agora. — Peter, considerando o grande, não, *enorme* abismo de personalidade entre você e o Derek, como é dividir o quarto com ele?

Ele lança um olhar estreito para a câmera e diz:

— Acharam que eu ia dizer que é horrível, né? Pois saibam que é uma experiência ótima, o Derek é uma pessoa incrível, mesmo ranzinza desse jeito, e é sempre muito divertido implicar com ele.

Derek suspira, mas vejo que é mais teatro, porque abre um sorriso discreto para o amigo.

— Então, agora é sua vez, Derek — digo. — Como é dividir o quarto com o Peter?

Ele ergue um ombro.

— Enlouquecedor às vezes, mas, de forma geral, muito bom. Peter não é apenas um amigo para mim, é meu irmão mesmo.

— Awn! Amo uma *found family*[3]! — Junto as mãos em formato de coração. — Mas, bom, vamos para a última pergunta. — Olho com expectativa para meus companheiros de sala e todos soltam um "ah!" triste. O chat acompanha com emojis de carinhas chorando. Sorrio satisfeita e digo: — Muito bem. — Volto a atenção às minhas anotações. — Agora é a pergunta que todas mais querem saber! Como anda o coração de vocês?

— Faz tempo que não vou ao cardiologista, mas, até onde sei, está tudo ótimo — Peter diz.

Olho feio para ele e digo apenas:

— Escorregadio.

Ele suspira e fala:

---

[3] Expressão em inglês que tem o mesmo sentido de "família do coração".

— Estou bem. Solteiro e sem a menor intenção de namorar no momento. Quero aproveitar minha solteirice para buscar melhor a Deus. Depois, penso nisso de relacionamento se for o caso.

— Tô tranquilo também — Josh responde, conciso.

Drew abre um sorriso de lado.

— À espera de um milagre.

— Ah, nem vem! — Alcanço uma almofada largada no chão ali por perto, mas fora do alcance da câmera, e taco no Drew. Ele se esquiva com uma risada. — Você é *Andrew Saunders*! Se *você* está precisando de um milagre, o que dizer de nós, reles mortais?

Drew revira os olhos.

— Não exagera, Carol.

— Estou exagerando, chat?! — Viro para a câmera com os olhos arregalados e, no mesmo instante, milhares de meninas dizem que não, não estou exagerando.

Olho para Drew com uma expressão satisfeita.

— Sempre uma alegria estar certa — digo e eles riem. — Mas tudo bem. Só falta você, Derek.

— Tudo o que vou dizer — Derek se ajeita, para apoiar melhor as costas no sofá. — é que encontrei a voz que eu tanto procurava e não pretendo largá-la nunca mais.

Madu morde os lábios ao meu lado, segurando um sorriso, e os dois trocam um dos olhares mais doces que já vi na minha vida.

Eu, num misto entre derreter e explodir, preciso de todo o domínio próprio do mundo para não falar nada comprometedor.

— Ok... — digo no tom mais neutro que consigo. — Depois dessa, vamos até encerrar.

O chat quase trava com tantas mensagens.

— Infelizmente não vamos conseguir responder mais nenhuma pergunta, meninas — digo —, até porque nem estou conseguindo mais acompanhar o chat neste momento. — Solto uma risada. — Enfim, muito obrigada a todos que estiveram por aqui, acompanhando a live! Amei esse momento de conversa com vocês! E, é claro — Viro para os meninos. —, muito obrigada a vocês! Saibam que fizeram a noite de muitas, *muitas glassies!* E é isso, pessoal! Até mais! Beijos!

Os meninos acenam em despedida também e clico para encerrar a live.

guia definitivo para uma glassie
por Carol — nível 01

① Joshua Saunders → Josh
04/05/1999
instrumento: baixo
é o pai da banda

② Derek Duncan
02/09/1999
instrumento: guitarra, violão e piano
é o mais carrancudo

irmãos

③ Peter Harrison — meu fav
02/02/2002
instrumento: guitarra e violão
é o mais animado

④ Andrew Saunders → Drew
29/08/2002
instrumento: bateria
é o mais charmoso

Agradecimentos

Agradeço a Deus em primeiro lugar, como não poderia deixar de ser. Porque nEle vivemos, nos movemos e existimos[15]. Se não fosse pelo Senhor, não teria tido a vida, nem a força, nem a capacidade, nem a criatividade para concluir este livro. Agradeço a Deus também por ter me dado esta história em um período bem difícil da minha vida. *Glass* foi uma espécie de terapia para mim, usada por Deus para me ajudar em algumas questões específicas (como em relação à paz verdadeira, que só Deus pode dar, o que deve ter ficado um tanto óbvio, haha).

Weber, meu marido, meu parceiro de vida. Obrigada por me apoiar em mais essa empreitada! Se não fosse pelo seu constante incentivo, eu provavelmente nunca teria tido coragem de publicar um livro, para início de conversa. Então, se hoje estou aqui, *sendo publicada por uma editora*, é porque você me encorajou a dar o primeiro passo. Você é bênção de Deus na minha vida. Te amo!

Nane, muito obrigada por sempre topar me ajudar nos meus projetos. Obrigada por sempre acreditar em mim, me incentivar e responder cada uma das minhas mil mensagens. Te amo, sis!

Minha querida amiga, a Maria da minha Eduarda, muito obrigada por ter me ajudado a dar vida para "Lugar de paz". Fomos Ma & Du ao longo da composição, haha. Fico impressionada com seu talento! Muito obrigada pelo carinho, dedicação e paciência. Essa música é tão sua quanto minha (como você pediu, não vou

---
[15] Atos 17.28

colocar aqui seu nome, mas não podia deixar de registrar minha eterna gratidão por ter me ajudado a realizar mais esse sonho!).

Também agradeço aos meus betas, de todos os processos simultâneos de betagens que aconteceram para que Glass chegasse até aqui.

Às minhas betas da história: Clara Costa, Raquel Eller, Nicole Heinrich, Aline Russo, Raabe Freitas, Giovanna Manfredo, Larissa Yonaha, Dulci Veríssimo, Ana Sousa, Nathaly Brandão, Laís Bockorni, Sarah Domingues e Renata da Silva, muito obrigada! Vocês foram essenciais para *Grama de Vidro* ser o que é hoje!

Aos meus betas da tradução da música "Grass of glass" para o inglês: Nicole Heinrich, Luciana Costa, Samuel Lane, Jenni Lane, Abigail Roe da Silva e Sarah Lane. Todos vocês salvaram "Grass of glass" e por isso sou muito grata.

Maina Mattos, muito obrigada por me acolher e me apoiar! Sua ajuda foi imprescindível! Ana Maria Duarte, muito obrigada por todo o carinho com a história, você é *glassie* de carteirinha, haha. Ter sua companhia durante todo o processo foi muito importante para mim! Isabelle Filgueiras, obrigada por sua amizade! Compartilhar esse momento de alegria com você tornou tudo ainda mais especial!

Aos meus leitores. Vocês não têm ideia de como o carinho e a empolgação de vocês me incentiva nessa jornada de escritora. Muito obrigada!

Sou muito grata a todos que me ajudaram de alguma forma, mesmo que apenas com orações.

Não teria conseguido sozinha e Deus é bom demais ao me cercar de pessoas dispostas a me abençoar nessa jornada, nesse ministério que Ele mesmo preparou para mim.

"Ora, àquele que é poderoso para fazer **infinitamente mais do que tudo quanto pedimos ou pensamos**, conforme o seu poder que opera em nós, a ele seja a glória, na igreja e em Cristo Jesus, por todas as gerações, para todo o sempre. Amém!" (Efésios 3.20-21)

Soli Deo Gloria.

Outras obras da autora

O Bloqueio Perfeito
Sonhos nem sempre se realizam.

Catarina sempre teve como meta de vida ser atleta olímpica. Desde pequena ela dedica boa parte do seu tempo para o vôlei, mas uma lesão no ombro e um pino no braço acabam se colocando entre ela e seu sonho.

Como se não bastasse, suas duas irmãs, sua melhor amiga e Eduardo Carvalho, um atleta intrometido, são convocados para as Olimpíadas de Paris, deixando o coração de Catarina balançado.

Agora, Cáti se vê obrigada a ir para as Olimpíadas a serviço do seu clube e precisará lidar não apenas com suas dores internas, mas também com suas questões mal-resolvidas com Edu, enquanto Deus vai tratando o seu interior.

Será que o coração de Catarina sairá ileso?

Ficção cristã • Romance com esportes • Olimpíadas de Paris
"Não vou com a sua cara" to lovers • Apelido especial (não carinhoso)

Apenas Mais Um Conto
Qual é o preço de um segredo?

A vida de Isabela Castelli parece muito com as histórias das Princesas da Disney que ela assistia quando criança. Órfã aos dez anos, ela foi acolhida pela família dos amigos mais próximos de seus falecidos pais, mas o que parecia um recomeço acabou se tornando um enredo digno de um clássico conto de fadas.

Sentindo-se aprisionada na mansão dos Bastos, Isabela cresceu à mercê das manipulações e vontades de sua tutora e de seus três filhos. Mimados, eles nunca viram a menina como mais do que uma gata borralheira. Agora, aos 16 anos, tudo que Isabela mais deseja é encontrar um escape de sua realidade nada encantada.

Quando sua escola promove um Baile de Máscaras, Isabela se vê em sua noite de princesa, finalmente longe de seus afazeres e obrigações. E é com o Menino da Máscara Preta que ela se sente mais à vontade para se abrir e se sentir novamente como ela mesma.

Mas e se o príncipe se mostrar não tão encantado assim? Isabela terá coragem de se revelar depois de perder um objeto tão importante com ele? Valerá a pena arriscar relações para se manter anônima? Por quanto tempo ela tentará fugir?

Isabela terá que ser corajosa e encarar a verdade. Afinal, a verdade sempre permanecerá.

Ficção cristã • Romance adolescente • Baile de Máscaras
Releitura moderna de Cinderela • Haters to lovers

Apenas Mais Outro Conto
Nada se resolve da noite para o dia.

Isabela Castelli aprendeu essa lição do jeito mais difícil, com toda a confusão do Baile de Máscaras.

Quase dois anos após ter se mudado da casa dos Bastos, Isabela ainda precisa encarar seu passado e lidar com as consequências de tudo que aconteceu.

Agora, começando a faculdade e sobrevivendo à correria da vida adulta, Isabela reencontra o maior dilema de sua adolescência: Benjamim.

Será que, depois de tanto tempo sem mal trocarem uma palavra com o outro, eles já se perdoaram de verdade? Será que Ben ainda tem interesse em voltar a ser seu amigo? Ou pior: será que Isabela ainda corre o risco de sentir todas aquelas borboletas no estômago?

Apesar de todas as dúvidas, uma coisa é certa: o passado precisa ser resolvido.

"Apenas Mais Outro Conto" é o desfecho da Duologia Apenas Mais Um Conto, então é altamente recomendado que se leia o primeiro livro antes de ler o segundo.

Ficção cristã • Romance jovem-adulto • Second chance
Releitura moderna dos contos de fadas

Convites para o amor
Ana Maria Duarte, Bruna Diana, Débora Ciampi Eller e Lavínia Queiroz

Para o dia mais romântico do ano, quem convida é o amor.
Sarah, mesmo envolta pela atmosfera do Dia dos Namorados, tem as próprias armas para evitar a carência. Mas a luta se intensifica quando precisa passar a semana com o ex-namorado, a fim de ajudar os melhores amigos.
Maria Tereza precisa viajar a trabalho e, enquanto tenta garantir seu lugar em um voo, um encontro no balcão da companhia aérea transforma o Dia dos Namorados em uma data especial.
Júlia sempre amou o Dia dos Namorados. Graças à ajuda do melhor amigo de seu irmão, essa data seria ainda mais mágica, já que faria o que ama: pintar um casal em sua troca de votos.
Ana Beatriz acredita que o Dia dos Namorados é uma data mal-assombrada, até que seu namorado resolve ressignificar esse dia para ela.
Quatro histórias, quatro oportunidades para encontrar o amor.
Quem aceitará o convite?

Leia também

Clube das apaixonadas fracassadas
4 amigas. Um clube. 10 regras.

A última sendo a mais importante: não se apaixonar de novo. Isso não seria tão difícil assim, não é?

Cansada de ver suas amigas sempre tendo os seus corações partidos e seguirem nesse ciclo vicioso, Amélia Garcia resolve tomar providências, sem imaginar em todos os desdobramentos que isso traria. Mas o que antes parecia ser uma tarefa simples para Amy, se tornará um grande desafio, graças a Ethan Rodriguez, o seu sorriso convencido e seu incrível talento de tirá-la do sério.

Entre jogos de basquete na chuva, fotografias do pôr-do-sol e um clube improvisado, Amy e suas amigas irão descobrir que suas férias podem ir muito além do que imaginam.

Fadas Madrinhas S.A.
E se a história da Cinderela fosse protagonizada pela Fada Madrinha?

Dinx é uma fada artesã talentosa, se não fosse por um problema: seus encantos mágicos não duram mais do que uma hora. Já Lin Jeong, seu melhor amigo, é uma fada do amor que nunca junta os casais certos.

Quando a única chance de Jeong não ser expulso da organização em que trabalha é cumprindo a tarefa de juntar o príncipe com uma moça chamada Cinderela, e uma reviravolta o impede de fazer o serviço, Dinx será a única solução para ajudá-lo.

Nessa releitura fantástica de um famoso conto de fadas, conheceremos os acontecimentos que levaram a fada madrinha a ajudar Cinderela em seu final feliz enquanto sonhava com o seu próprio felizes para sempre.

Meu enredo de amor

Quatro garotas. Quatro leitoras românticas assumidas. Quatro contos de amor.

Beatriz, Napáuria, Júlia e Lyra são jovens cristãs cujos corações anseiam por serem as protagonistas da própria história de amor, aquela escrita pelo melhor Autor.

Como as personagens de seus livros preferidos, aprenderão a guardar o coração e esperar em Deus, enquanto descobrem que viver um romance com propósito é melhor do que qualquer paixão recreativa e passageira.

ns

@novoseculoeditora

Edição: 1ª
Adobe Garamond Pro e Bettawork